ハヤカワ文庫 SF
〈SF1975〉

宇宙の眼

フィリップ・K・ディック
中田耕治訳

早川書房
7421

EYE IN THE SKY

by

Philip K. Dick

Translated by
Koji Nakada
Published 2014 in Japan by
HAYAKAWA PUBLISHING, INC.
This book is published in Japan by
arrangement with
THE WYLIE AGENCY (UK) LTD.
through THE SAKAI AGENCY.

The official website of Philip K. Dick: www.philipkdick.com

宇宙の眼

1

一九五九年十月二日の午後四時、ベルモント市にあるベバトロン陽子ビーム加速器は、その発明者の意図に反して暴走した。一瞬のうちに、次のことがおこった。まずもはや正常に加速されないまま——したがって制御されないまま——六十億ヴォルトの陽子ビームがチェンバーの屋根に向けて放射され、次にドーナッツ型の磁石装置の上に張り出していた観測台を焼きつくした。

たまたま、観測台の上には八人の人間が立っていた。見学者と案内係《ガイド》だった。台が一瞬のうちに消滅したので、この八人はベバトロン・チェンバーの床めがけてまっさかさまに落下した。磁場が消されて強力な放射線が部分的に中和されるまで、このひとたちは傷つき、ショック状態のまま取り残されていた。

八人のうち四人は入院加療が必要だった。ふたりは火傷もさほどひどくはなかったが、容体に変化がないかみるためにしばらく身柄をひきとめられた。あとのふたりは診察と治療をうけてから帰された。サンフランシスコとオークランドの地方新聞がこの事件を報道した。

被害者の弁護士たちは、さっそく提訴の手続きをとった。ベバトロンに関係する役人数名が、ウィルコックス＝ジョーンズ加速装置とそれを発明した気鋭の発明家を帯同して、陽子ビーム加速器の廃墟となった瓦礫を視察した。作業員がやってきて、物理的に破壊されたあとを修復しはじめた。

この事故の発生はほんの一瞬であった。四時に異常変流がはじまり、四時二分には、磁場の内部循環回路から放射される途方もなく強力な陽子ビームにさらされて、この八人がおよそ二十メートルも落下したのである。若い黒人のガイドが最初に落ちて床にたたきつけられた。いちばん最後に落ちたのは、この近くにある誘導ミサイル工場に勤務する若い技師だった。彼はこの一行が観測台の上に案内されたとき、一行から離れて廊下にもどりかけ、ポケットから煙草をとりだそうとしていたところだった。

おそらく、妻のからだを抱きとめようとしてとびださなかったら、ほかのひとたちといっしょに転落することもなかっただろう。いきなり眼の前に大きくひろがった妻のコートのすそをつかもうとして、煙草を手から落とし、手をむなしく宙におよがせたことが、あざやかに脳裏に刻まれた彼の最後の記憶だった……

朝のうちずっとハミルトンはミサイル工場の研究室にこもっていたが、鉛筆をやたらに削ったり、ただいらいらするばかりで、なにも手につかなかった。自分の周囲では部下が仕事にはげみ、研究が進められていた。正午になるとマーシャがあざやかな魅力をたたえて姿を見せた。ゴールデン・ゲート・パークで飼われているアヒルさながらに光沢のある服装だった。やたらと金はかかるが、甘くさわやかでかわいらしい妻のおかげで、ほんのわずかなあいだだが、ハミルトンは重苦しい気分から解放された。やっと手に入れた、たいせつにしているハイファイの再生装置や、極上ウイスキーのコレクションより、ずっとかけがえのないものだと思っている。

「どうかしたの？」にぶい色の金属製デスクの端にあさく腰をかけ、手袋をしたまま指を組みあわせ、すんなりとした脚を小刻みに揺らしながら、マーシャが訊いた。「急いでお食事をすれば、すぐにも出かけられるわ。今日は、あなたも見学したがっていた、あの加速器が活動をはじめる日。忘れちゃったの？　したくはできてる？」

「ガス処刑室に行くしたくならできているよ」ハミルトンはゾッとしない声でいった。「それに、ガス室のほうでもちゃんと準備して待っているんだ」

マーシャの茶色の眼が大きくひらかれ、ちょっと芝居がかってはいるが真剣な調子でたずねた。「なんのこと？　それも秘密で、わたしにはいえないことなの？　あなた、今日は別にたいしたこともないっていってたじゃない。朝食のときなんか、仔犬みたいにはしゃぎまわっていたくせに」

「朝食のときには知らなかったんだ」腕時計に眼をやりながら、ハミルトンは冴えない顔つきで腰をあげた。「せめて食事は豪華なものにしよう、これが最後になるかもしれないからね」ここでことばをつけ加えた。「それに、これが最後の観光旅行になるかもしれないし」

ところが、このカリフォルニア・メンテナンスの建物や設備の巡回区域をこえた道路ぞいに一軒だけあるレストランどころか、研究所の出口へと向かう傾斜路までも行き着けなかった。制服を着た連絡要員のひとりに呼びとめられて、きちんと折りたたんだ白い紙をつきつけられたからだ。「ミスタ・ハミルトン、お受けとりください。T・E・エドワーズ大佐がおわたしするようにとのことで」

ハミルトンは、ふるえる手でその封をきった。「さあ、きたぞ」妻にはおだやかにいった。「しかたがない。ラウンジで待っていてくれ。一時間たってもぼくがもどってこなかったら、家に帰って、肉と豆の缶詰で食事をすませてくれ」

「だって――」マーシャはがっかりしたような身ぶりをした。「あなた、なんだか――ひどくめいっているみたい。なんの用件かわかっているの?」

彼は知っていた。そのままからだをかがめると、いくぶんあっけにとられている妻の、しっとりと赤く濡れた唇にかるくキスをした。そのあと連絡要員について廊下を急ぐと、エドワーズ大佐から指定された会議室へと向かった。会社の幹部たちが列席し、重大な案件を話しあう上級幹部用会議室だった。

ハミルトンが着席すると、中年の実業家たちの、どんよりとくすんだ空気、葉巻の煙と防臭剤と黒の靴クリームのまざったにおいが彼のまわりに波のように押し寄せてきた。長いスティール製の会議用テーブルをかこんで、絶えず声を低めた私語がかわされていた。テーブルの一方の奥にはエドワーズ老大佐が書類や報告書をうずたかく積みあげて着席していた。同席している上級幹部たちはそろって鞄を開けて、機密書類らしきものや灰皿やなまぬるい水を入れたコップなどを防壁のようにまわりに並べていた。エドワーズ大佐の向こう側に、ずんぐりした制服姿の人物、チャーリイ・マクフィーフがすわっていた。保安員を指揮して警備にあたり、ロシアの諜報機関の活動からこのミサイル工場を守っている人物だった。

「やあ、きたな」T・E・エドワーズ大佐は眼鏡ごしにじろりとハミルトンを見ながら、低い声でいった。「ジャック、あまり時間はかからんよ。きみにかかわりのある議題はひとつだけだ。それ以外の議題につきあう必要はない」

ハミルトンはなにもいわなかった。緊張した表情で全身をこわばらせながら、次のことばを待っていた。

「じつはきみの奥さんの件が問題になっている」エドワーズは、肉の厚い親指を舌の先で舐め、報告書をめくりながらいいはじめた。「ところで、サザランドが辞職して以来、きみが当社の研究部門の責任者になっている。そうだね」

ハミルトンはうなずいた。机の上においた彼の両手はみるみるこわばって血の気のない白さになった。すでに死人だな、と彼は妙にいじけた考えを抱いた。まるで絞首刑をうけて、この人生からも日光からも無理やりしめだされてしまったみたいじゃないか。腸詰ハムのように、肉屋の暗いひっそりした場所にぶらさげられているというわけだ。

「きみの奥さんは」エドワーズは重々しい口調でそういうと、赤褐色の斑点《しみ》のういた手首を上げたり下げたりしながら、報告書をめくりつづけた。「機密防衛上の要注意人物として指名をうけている。ここに報告書がきている」彼はなにもいわないでいる工場の保安責任者のほうに顎をしゃくってみせた。「マクフィーフが提出したものだ。ついでにつけ加えておくが、心ならずもだがね」

「まったくいやなお役目でね」マクフィーフが、じかにハミルトンに向かってことばをはさんだ。灰色の、鋭い眼がハミルトンの許しを求めていた。石のようにハミルトンはマクフィーフのことばを無視した。

「むろんきみとしても」エドワーズが、だみ声でつづけた。「ここの防諜対策はよく知っているはずだ。このカリフォルニア・メンテナンスは民間企業だが、お得意先は政府だ。ミサイルを買い上げてくれるのは合衆国《アンクル・サム》政府以外にはいないからね。したがって、われわれは自分自身を監視する必要がある。この点を指摘すれば、きみも自分で対処できるはずだ。基本的にはきみ個人の問題だからな。われわれにとって重要なのは、きみが研究部門の責任者であるということだ。その点については、われわれにも関係してくる」まるでいままでいちども見たことがない、といったような眼で、エドワーズはハミルトンに視線を投げた——実際にはもう十年も前の一九四九年、当時マサチューセッツ工科大学を卒業したての、輝かしい将来を約束された若い熱心な電子工学技師だったハミルトンを雇ったのは、エドワーズ本人だったのだが。

「つまり、それは」ハミルトンは自分の両手が痙攣《けいれん》したように閉じたり開いたりするのを見ながら、かすれた声で訊いた。「マーシャが工場に立ち入るのを禁ずるということですか？」

「そうじゃない」エドワーズが答えた。「事情がかわるまではきみが機密事項に近づくことを差しとめられるということだ」

「しかし、そうなると……」ハミルトンは驚きのあまりことばを失った。「そうなると、ぼくの関係している研究事項は全部ですね」

だれも答えなかった。室内にぎっしり詰めていた会社の幹部は、鞄と書類を要塞のように固めて並べていた。隅で空調装置が金属音を立てて唸っていた。

「こいつはまいったな」ハミルトンは不意に、ひどく大きなはっきりした声でいった。数人がびっくりして、がさがさ書類をかきまわした。エドワーズは好奇心をみせて、じろりと横目で彼を見た。チャーリイ・マクフィーフは葉巻に火をつけて、いてもたってもいられないように、大きな手で薄くなった頭髪をかきあげた。茶色い地味な制服を着ているせいか、でっぷり太ったハイウェイ・パトロールの警官のように見えた。

「理由をいってやってください」マクフィーフがいった。「大佐、彼に反論する機会をあたえておやりなさい。彼にはその権利があるはずです」

エドワーズ大佐はしばらくおびただしい報告書をかきまわしていた。やがて彼の顔はだんだんと暗くなり、すべてをマクフィーフに押しつけた。「きみの部下がこんな報告書を作ったんだぞ」この件から手をひくといったふうにつぶやいた。「きみが話したまえ」

「ここで読みあげようというんですか？」ハミルトンが抗議した。「三十人も列席者のいる前で？　会社の全幹部の出席している前で？」

「この報告書は全員がすでに読んどるんだよ」エドワーズのいいかたは、さほどそっけないものではなかった。「ひと月ばかり前に作成されて、それからずっと回覧されていたんだ。なんといってもきみは、ここでは重要な人物だからね。われわれとしては、この問題をかるがるしくとりあげたくはなかった」

マクフィーフが明らかに困りきったようすで口をきった。「この件は、連邦捜査局《FBI》から連絡があったものなんだ。先方からわれわれに送付してきた」

「きみが要求したのか？」ハミルトンはズバリと訊いた。「それとも、その報告書はたまたま全国に回送されていたのか？」

マクフィーフの顔色が変わった。「そりゃ、こちらから要求したかたちにはちがいない。普通の調査依頼としてね。しかしジャック、このおれだってＦＢＩには資料が作られているんだ――ニクソン大統領の調査資料だってあるんだぜ」

「そんな紙屑をここでいちいち読むにはおよばないよ」ハミルトンがいった。声がふるえていた。「マーシャは一九四八年、大学の一年在学中に進歩党に入党した。スペイン亡命者救済委員会に献金した。《真相》を購読していた。そんな話ならぼくもずいぶん前に聞いたよ」

「最近の資料を読んであげたまえ」エドワーズがいった。

注意深く報告書をえらんでいたマクフィーフは新しい資料をとった。「ミセス・ハミルトンは一九五〇年、進歩党を離党。《真相》は当時廃刊。一九五二年、容共的傾向を有する前衛的団体、〈カリフォルニア芸術・科学・知識人〉の集会に参加。ストックホルム平和宣言に署名。一部よりプロ左翼的と見なされている〈人権擁護連盟〉に加入」

「その〝プロ左翼的〟というのはどういう意味だ？」ハミルトンが反問した。

「共産主義に同調的なグループあるいは個人に対して、好意的であるという意味だ」苦しそうにマクフィーフはつづけた。「一九五三年五月八日、ミセス・ハミルトンは、かの悪名高き共産主義同調者、チャーリイ・チャップリンのアメリカ入国禁止措置に対して抗議の投書を《サンフランシスコ・クロニクル》に出した。反逆者として断罪されたローゼンバーグ夫妻助命嘆願書に署名。一九五四年、彼女は〈アラメダ婦人有権者連合会〉において、共産主義国家、赤色中国《レッド・チャイナ》の国連加盟承認賛成の演説を行なった。一九五五年、鉄のカーテン内の諸国に支部をもつ〈国際平和共存協会〉のオークランド支部に加入。一九五六年、〈有色人種助成協会〉に献金」マクフィーフは数えあげた。「四十八ドル五十五セント」

沈黙が流れた。

「それが証拠なのか？」ハミルトンが訊いた。

「関連資料だがね、これは証拠になる」

「それでは反問するが」ハミルトンは声を落ちつけようとしながらいった。「マーシャが《シカゴ・トリビューン》を購読していること、一九五二年には民主党の大統領候補アドレー・スティーブンソンのための選挙運動に参加したこと、一九五三年に犬猫の愛護を目的とする〈人間協会〉に献金したことも、その資料には列挙してあるのか？」

「当面の問題に、それがどんな関係があるのかね」エドワーズはじりじりしながらいった。

「全体が把握できるじゃありませんか！　なるほどマーシャは《真相》を読んだ――でも《ニューヨーカー》だって読んでいましたよ。ウォーレスが進歩党をやめたとき、おなじことをした――しかも民主党青年部に入っている。その資料に書いてありますか？　確かに共産主義に好奇心を抱いた。だからといって、それだけでコミュニストになるんですか？　あなたがたの指摘していることは、マーシャが左翼系の新聞を読み、左翼の演説を聞いたということだけで、なにも共産主義を承認しているとか、党の紀律の下にあるとか、政府打倒を唱導しているといったことを証明しているわけではないし、しかも……」

「おれたちは、きみの奥さんがコミュニストだとはいっていない」マクフィーフがいった。

「だが、機密防衛上、警戒を要する危険人物だといっているんだ。マーシャがコミュニストである可能性はあるからね」

「おやおや」ハミルトンは無益にことばをつづけた。「すると、ぼくは妻がコミュニストではないことを証明すべき立場にあるというわけだね？　そう受けとっていいのかな？」

「可能性はあるんだよ、ジャック」エドワーズがくり返した。「理性的になってくれ。興奮したり、大声をあげるのはやめたまえ。マーシャはアカかもしれんし、アカではないかもしれん。それは問題ではないんだ。手もとにある資料は、きみの奥さんが政治に――過激派に関心を抱いていることを示している。これがまずいのだよ」

「マーシャはどんなことにでも関心をもっていますよ。教養のある、知識人ですからね。いつもいろいろなことを理解しようとしています。家に閉じこもって、ただ」――ここまでいかけてハミルトンは適当なことばを探した――「暖炉の埃の掃除をしていなければいけないんですか？　食事のしたくと裁縫と料理だけやっていなければいけないのでしょうか？」

「おれたちが見ているのはある種のパターンなんだよ」マクフィーフがいった。「確かに、こういった材料はどれひとつとして、直接的にはなにを証明するものでもないさ。だけど、全体をひとつのものとして見て、統計的平均を考慮すれば……ことはあまりにも危険なんだ。ジャック、きみの奥さんは、あまりにも多くの左翼的運動に関係しすぎているんだよ」

「結社に参加したから有罪ってわけかい。彼女《あれ》は好奇心を抱いていた、関心をもっていた。そういう団体に加わってたことだけで、そうした団体の主張に賛同していたと証明されるってわけか？」

「おれたちはきみの奥さんの心のなかまでのぞくことはできないよ――きみだって、それは同じだ。おれたちが見ることができるのは、彼女の行動だ。彼女が参加したグループ、彼女が署名した嘆願書、彼女が献金した基金などだ。おれたちの手もとにある唯一の証拠は、これだけだ――おれたちとしては、この証拠に頼るしかない。彼女はそうした集会には出席しているが、そこで表明されたことに賛同しているわけではないときみは反駁《はんばく》する。こんなふうに考えてみろよ。たとえば警官がいかがわしいエロ・ショウの現場に踏みこんで、女たちと主催者を逮捕したとする。ところがそこにいた客は、みんなショウを楽しんでいたわけではないと申し立てて釈放されるんだ」マクフィーフは両手をひろげた。「ショウを楽しんでなかったんなら、なんで連中はそんな場所にいたんだ？　はじめてのときはそうかもしれない。好奇心からかもしれないさ。だがね、次から次へ、なんどもそういった場所に顔を出すとなれば話は違ってくる。

きみの奥さんは十八歳のころから、十年間も左翼グループと密接な関係があったんだ。コミュニズムについてはっきり態度をきめる時間はたっぷりあったはずだ。ところが、いまだに関係を断ってはいない。コミュニストのグループが南部の私刑《リンチ》に抗議したり、最近の軍事予算についてがなりたてたりすると、いまでもそれに賛同しているじゃないか。マーシャが《シカゴ・トリビューン》を読んでいるという事実は、エロ・ショウを見る男が教会に行くのとおなじ程度の意味しかないんじゃないかな。エロ・ショウを見る人間が教会に行くのは、彼の性格に多くの面があることを証明していて、おそらく、それらはたがいに矛盾したものかもしれないが……それでも、そうしたさまざまな面のひとつが、ワイセツなものを楽しむことだという事実はあくまでも残るわけだ。教会に行くから逮捕されるわけじゃない。エロ・ショウが好きで見に行くから逮捕されるのさ。

マーシャだって、九十九パーセントまでは普通のアメリカ人だろうよ――料理が上手で、車の運転は注意深いし、所得税をきちんと払い、慈善には献金するし、教会の催しのためにお菓子を作るかもしれない。でも、残った一パーセントは共産党に結びついているかもしれないんだ。そいつが問題なんだよ」

そのすぐあとで、ハミルトンはいまいましそうに相手のいいぶんを認めた。「うまくいいくるめたものだ」

「おれは自分の主張を信じているからね。きみがここに勤務するようになって以来、ずっときみとマーシャを知っているよ。おれはきみたちが好きだ──エドワーズも、みんなもそうだ。でもね、だとしてもしようがないんだ。読心術が発明されて、他人の心が読めるようにならないかぎり、おれたちはこの統計的資料に依存せざるを得ないんだよ。むろん、おれたちにしても、マーシャが外国の諜報機関の一員かどうか証明することなんてできない。でもきみだって、そうじゃないとは証明できないんだ。さしあたって、われわれは彼女に対する疑惑をはらさなければならないのさ。それ以外に方法はないんだ」そして、厚い下唇をこすりながらマクフィーフが訊いた。「彼女がコミュニストであるという考えは、いちども頭にうかばなかったのかい？」

そんな疑いをもったことはいちどもなかった。汗をかきながらハミルトンは輝くテーブルの表面を無言のまま見つめていた。どんなときでもマーシャは真実を語っていた、マーシャは単にコミュニズムに好奇心をもっていただけだ、と彼は思っていた。ここにきてはじめて、みじめな、不快な疑惑が頭をもたげはじめた。統計的にはあり得ることだった。

「ぼくから彼女にきいてみよう」思わず大きな声になっていた。

「ほんとうかい？」マクフィーフがいった。「それで彼女はなんと答えると思う？」

「むろん否定するに決まっているよ！」

頭をふりながらエドワーズがいった。「そんなことをしてもなんの役にも立たないよ、ジャック。きみだってよく考えればわかるだろう」

ハミルトンは、腰をうかせた。「妻がラウンジで待っています。直接なんでも質問なさったらいいじゃありませんか。ここに連れてきて、ご自分でおききになったらどうです」

「きみとここで議論をするつもりはない」エドワーズがいった。「きみの奥さんは危険人物と見なされている。追って沙汰があるまで、きみは一時停職ということになる。彼女がコミュニストではないという確定的な証拠をあげるか、さもなければ離婚することだね」彼は肩をすくめた。「きみには輝かしい経歴がある。ここでの仕事は、きみのライフワークじゃないか」

マクフィーフが立ちあがって重々しくテーブルをまわり近づいてきた。会議はこれで散会だった。ハミルトン解任に関する会議は終わった。この技師の腕をとってマクフィーフは、無理やりドアに向かって連れていった。「さあ、こんなところにいないで、気の落ちつく場所へ行こう。一杯やるかい？　きみとおれとマーシャの三人で。〈セーフ・ハーバー〉まで行ってウイスキー・サワーでも飲もうじゃないか。あれなら、けっこう、味もいいからな」

2

「お酒なんか飲みたくないわ」マーシャは冷たく、歯切れのよい調子で、きっぱりといった。青ざめた、しかし、はっきり覚悟をきめたようすでマクフィーフに顔を向けていたが、ラウンジにぞろぞろ入ってくる会社の幹部たちのほうには眼もくれなかった。「これからジャックとわたしはベバトロンに行って、こんどの新しい装置の稼働式の見学をするつもりなの。何週間も前から計画していたのよ」

「駐車場におれの車があるんだ」マクフィーフがいった。「そこまで送っていくよ」皮肉な調子でつけ加えた。「警備員だからね——まちがいなくちゃんとお届けできるさ」

埃をかぶったプリマス・セダンで、ベバトロンの施設に向かう長い斜面をのぼってゆくとき、マーシャがいった。「笑っていいのか、泣いていいのか、どうしたらいいのか、わたしにはわからないわ。とても信じられないんですもの。あなたがたは、みんな本気で信じているの？」

「きみを古ぼけたコートみたいにほうりだしちまえといわんばかりだったたな、エドワーズ大佐は」マクフィーフがいった。

茫然として、身をふるわせていたマーシャは、手袋とハンドバッグをつかんだまま硬直したようにすわっていた。「あなたは、そうなさるつもり？」夫に訊いた。

「バカな」ハミルトンが答えた。「たとえきみが性倒錯者で、コミュニストで、おまけにアルコール中毒だったとしても、そんなことはするものか」

「お聞きになって？」マーシャがマクフィーフにいった。

「聞いてますよ」

「どうお思いなの？」

「きみたちふたりとも、立派な人間だと思っている。きみと別れたりしたら、ジャックのことを大バカ野郎だと考えるだろうな」マクフィーフはことばをきった。「エドワーズ大佐にもそういってやったんだが」

「きみたちふたりのどちらかが」ハミルトンがいった。「この車から出てってくれ。ぼくがコインをはじいてきめてやってもいい」

ぎくりとしたようにマーシャは、じっと彼を見つめた。茶色の瞳が涙ぐみ、指さきは意味もなく手袋をつかんでいる。「わからないの、あなたには？」彼女がささやいた。「これは恐ろしいことだわ。あなたとわたしをおとしいれようとする陰謀なのよ。わたしたちみんなを」

「おれだって、やりきれない気分なんだよ」マクフィーフが認めた。プリマスを州道からわかれる道に乗り入れ、やがて検問所を通過してベバトロンの敷地内に入った。入口の警備員が敬礼をして手をふった。マクフィーフも手をふって応えた。「なんといってもきみたちはおれの友人だからな……職務上やむを得ず友人に関する報告書を作るようなはめになった。名誉を傷つけるような証拠を集めたり、噂話を調査したり――おれが好きでこんなことをやっていると思うかい？」

「なにをいい気な――」ハミルトンがいいかけたがマーシャがさえぎった。

「このひとのいうとおりよ。このひとが悪いんじゃないわ。わたしたちみんながこの事件にまきこまれているのよ。三人とも」

正面入口の前で駐車した。マクフィーフがエンジンをとめて車から出ると、三人はものうい態度で幅の広いコンクリートの階段をあがっていった。

技術者たちが数人見えた。ハミルトンは階段のそばに集まっているその連中をふり返った。そろってクルー・カットにボオ・タイ姿のきちんとした服装をした若い連中が、のんびり雑談している。そのまわりには見学者たちがいた。検問所でチェックを受け、ベバトロンの稼働式を見ようと敷地内に入ってきたところだ。だが、ハミルトンが関心をもったのは技術者たちだった。〝ぼくもあの連中の仲間なんだ〟と彼は自分のことを考えた。

だがすぐに思いなおした。〝いや、仲間だったんだ〟と。

「わたし、あとから行くわ」マーシャは、涙に濡れた眼をかるく押さえながら、よわよわしい声でいった。「化粧室へ行ってから、すぐもどってくるわね」

「ああ、いいよ」彼は、まだ深く考えこんでいたが、低い声でそういった。

　マーシャが小走りに去ったあと、ハミルトンとマクフィーフはベバトロンの施設内の、音がよく反響する廊下で向かいあって立っていた。

「これでいいのかもしれない」ハミルトンはいった。十年という歳月は長い時間だった。どんな仕事でも十年もやれば充分だ。さて、その結果がどういうことになったか？　まったく、いいざまじゃないか。

「きみが怒るのはあたりまえだ」マクフィーフがいった。

「いかにもおっしゃるとおりさ」ハミルトンはそういってマクフィーフからすこし離れてひとりになると、ポケットに手を突っこんだままたたずんだ。

　むろんハミルトンは怒り悲しんでいた。どんな結果になるにしろ、この問題が解決するまでは怒り悲しむだろう。いや、そうではない。彼が悲しんでいたのは、彼の生き方が、これまでの生活が、日常の習慣が、ことごとく崩れてしまったことにあった。これまで自分が信じ、少しも疑いをさしはさまなかったさまざまなことが崩壊してしまった。マクフィーフによって、みずからの存在のもっとも深い部分まで、すっかり断ち切られてしまったのだ。結婚生活、そして、この世のなにものにもかえがたい女性までもが。

　どんな人間よりも、どんなことよりも、マーシャはたいせつな存在だった。ハミルトンはそのことに気づいた。仕事よりもたいせつな存在。彼女に対する誠実な思いこそがすべてであったことに気づくと、不思議な気がした。彼が怒り悲しんでいたのは、会社への忠誠心の問題などではなかった。自分とマーシャがこんどのことで切り離され、たがいの気持ちが離れてしまったと感じたためだった。

「そうさ」彼はマクフィーフにいった。「ぼくは猛烈に怒っているんだ」

「ほかで就職できるよ。経験があるんだから――」

「妻のことなんだよ」ハミルトンはいった。「ぼくがいっているのはマーシャのことなんだ。ぼくがきみたちと張りあって勝てるチャンスがあると思うかい？　そんなチャンスがあれば、そうしたいけどどね」そういいながら、まるで子どもっぽく聞こえるなと自分で思った。「きみたちは病的だよ」とにかく、すべて吐きだしたかった。ほかにどうしようもなかったこともあって、ことばをつづけた。「なんの罪もない人間を葬り去ろうとしてるんだ。偏執的な妄想で……」

「よせよ」マクフィーフがきっとなっていった。「きみにだってチャンスがあったじゃないか。何年も。長すぎるくらいの年月だった」

ハミルトンが反駁のことばを探しているうちに、マーシャがもどってきた。「一般の見学者がなかに入っているわ。おえらがたはもう見学したらしいのよ」いくらか平静をとりもどしていた。「あの装置――新しい加速器が――動きはじめたんじゃないかしら」

ハミルトンは、気の進まないようすで、からだつきのがっしりした保安責任者のそばを離れた。「それじゃ行ってみようか」

マクフィーフがうしろからついてきた。「おもしろそうだな」だれにともなくいった。

「そうかもな」ハミルトンがよそよそしく応えたとき、自分のからだがふるえていることに気づいた。深呼吸をしてからマーシャについてエレベーターに入り、無意識にドアのほうに向きなおった。マクフィーフもおなじことをした。エレベーターがあがっていくあいだ、ハミルトンは、マクフィーフの真っ赤になった首すじを見せつけられることになった。マクフィーフもまた、気をたかぶらせていたのだ。

二階には若い黒人がいた。そでに幅の広い腕章をつけ、見学者のグループを集めている。三人はそのグループに加わった。うしろでは、ほかの見学者たちが根気よく順番を待っていた。三時五十分、ウィルコックス＝ジョーンズ加速器は、すでに焦点をあわせられ、稼働をはじめていた。

「さあ、こちらにどうぞ」若い黒人の案内係《ガイド》は廊下から観測台に向かって見学者をひきつれながら、よく通る熟練した声で説明をはじめた。「ほかにもお客さまがお待ちですから、すこしお急ぎください。ご存じのようにこのベルモント・ベバトロンは、宇宙線現象を制御された状態で人工的に発生させ、より高度な研究を促進するために、原子力委員会によって建設されたものです。ベバトロンの中心部は巨大な磁石で、その磁場が陽子ビームを加速し、そのイオン化現象を増大させます。きわめて強力に帯電した陽子はコッククロフト＝ウォルトン加速管から線形チェンバーに導かれます」

見学者はそれぞれの気質をまるだしにしていた。とりとめもない微笑を浮かべているひともいれば、まるっきり説明を聞いていないひともいる。背が高くて、痩せた、きびしい顔つきをした、かなり年配の紳士がひとり、堅い柱のように腕を組んで立っていた。科学全般に対する断固たる侮蔑を、そのからだ全体で示している。軍人だな、とハミルトンは見てとった。木綿の上着にいぶし銀の徽章《きしょう》をつけているから。くたばっちまえ、とハミルトンはにがにがしく思った。愛国主義なんかくそくらえだ。具体的であろうと、抽象的であろうと、みんなだ。軍人や警官は、みんな同じだ。インテリも黒人も、大嫌いな連中じゃないか。ビールに犬に車に銃以外は全部、大嫌いな連中なんだ。

「パンフレットはございませんか？」ポチャポチャに太って、贅沢な服装をした中年の母親が、ちいさく、しかしよくとおる声で訊いた。「家にもって帰って読めるようなものが欲しいのですけれど。学校の勉強に役立たせたいと思いまして」

「あれ、何ヴォルトなの？」その婦人が連れてきた少年がガイドに向かって大声を出した。「十億ヴォルトよりも、もっとなの？」

「六十億ヴォルトをやや上まわります」黒人が根気よく説明した。「それだけの電子ヴォルトが陽子ビームを圧迫してそれを軌道から曲げて円形加速器の外に導くのです。一回転するたびにビームはその電荷と速度が増大されていきます」

「どのくらいの速さですか？」すんなりしたからだつきで、三十代前半の有能そうな女性が訊いた。飾り気のない眼鏡をかけ、目の粗い実用いってんばりの服を着ていた。

「光の速度よりわずかに遅い程度です」

「円形加速器を何回ぐらい循環するのですか？」

「四百万回です」ガイドが答えた。「その距離は天文学的な数字、つまり五十万キロメートトルに達しますが、それに要する時間は一・八五秒しかかかりません」

「信じられないことですね」豪奢な身なりをした奥さんが度胆をぬかれた、たあいのない声で叫んだ。

「陽子が線形加速器を離れると」ガイドがつづけた。「一千万ヴォルト、つまり十メガ電子ヴォルトのエネルギーを帯びているわけです。次の問題は、それを正確な位置と正確な角度で回路軌道に導くこと。そうすれば大磁石の磁場にとらえられるからです」

「磁石はそんなことできないんじゃないの？」少年が質問した。

「ええ、でも心配はいりません。調節装置《インフレクター》がそのためについています。そうでないと高電荷の陽子は、たちまち所定の軌道を離れて四方八方に散ってしまいますからね。複雑な周波数調整装置が、陽子の軌道を螺旋状に拡散させないために必要なんです。さて、ビームが予定された電荷を獲得してからも、それを円形加速器から外に出すという問題が残ります」

観測台の柵の下を指さしながら、ガイドは眼下に横たわっている磁石を示した。巨大で堂々とした磁石は、どことなくドーナッツに似ていた。それはすさまじい轟音を発していた。

「加速チェンバーはあの磁石の内部にあります。全長百二十メートル。残念ながらここからは見えませんが」

「ちょっとききたいんだが」白髪の退役軍人が口をはさんだ。「神の手になるごく普通のハリケーンのひとつでさえ、この機械やなにやらを含む人工動力いっさいを合わせたものよりはるかに強大だということを、この機械を作ったひとびとは自覚しているのかね？」

っていた。「ここのひとたちは、ハリケーンの力が実際にどれほどのものか、詳細に教えてくれますよ」

「そりゃ自覚しているはずですわ」飾り気のない眼鏡をかけた若い女性がいたずらっぽくいった。「ここのひとたちは、ハリケーンの力が実際にどれほどのものか、詳細に教えてくれますよ」

退役軍人は超然たる威厳をみせて、じろりと彼女に眼を向けた。「あなたは科学者ですか、奥さん？」おだやかに訊いた。

ガイドは、この一行を観測台へ案内した。「どうぞおさきに」マクフィーフは一歩横へどきながらハミルトンにいった。マーシャはうつろな顔で前へ進み、ハミルトンがつづいた。マクフィーフは観測台をのぞむ壁に貼ってある説明用ポスターに興味をもったような顔をしながら、しんがりについた。

妻の手をとったハミルトンは、その手を強く握りしめて耳もとでささやいた。「ぼくがきみをすてるとでも思っているのかい？　ぼくたちはナチに支配されたドイツに住んでいるわけじゃないんだよ」

「いまのところはまだね」マーシャは元気のない声でいった。このときもまだ青ざめて沈んでいた。化粧をほとんど落としてしまったので、その唇はよわよわしく、血の気がなくなっていた。「ねえ、あんなところへあなたを呼びだして、わたしのこと、わたしのしたこと、まるでわたしが……まるで娼婦かなにかみたいに、さもなければ、馬かなにかと淫らな関係があるとでもいわんばかりに、あなたに向かってわたしのことを中傷した連中のことを考えると……殺してもあきたりないくらいだわ。それに、マクフィーフはわたしたちにとっては友人だったはずなのに。信頼できるひとだと思っていたわ。わたしたちの家で食事をしたことだって、数えきれないくらいあるのに」

「ぼくたちはアラビアで生活しているわけじゃないからね」ハミルトンは彼女をたしなめた。「いくらごちそうしたからって、あいつが義兄弟になってくれたわけじゃないんだよ」

「この前なんか、とっときのレモンメレンゲパイまで作ってあげたのよ。マクフィーフの気に入るようなものならなんでも作ってあげたわ。あのオレンジ色の靴下どめ。ねえ、あなたはぜったい靴下どめなんかしないって約束してちょうだい」

「ゴムのついた靴下以外は、はかないことにしよう」彼女を身近に引き寄せながら、そんなことをいった。「あいつをあの磁石のなかに突き落としてやろうか」

「磁石に消化されるようなひとだと思う？」マーシャは青ざめながら少し微笑をみせた。「磁石のほうで吐きだすわよ、きっと。消化が悪すぎるって」

ふたりのうしろを、例の母子がのんびり歩いていた。マクフィーフはポケットに手を突っこみ、途方にくれたように肉づきのよい顔をげっそりさせながら、ずっと遅れてのろのろとついてきた。

「あのひと、あまり楽しそうな顔してないわね」マーシャが気づいた。「ある意味ではあのひとも気の毒な気がするわ。彼が悪いわけじゃないんですもの」

「それじゃ、だれが悪いんだ？」まるで冗談口をたたくようにかるくハミルトンが訊いた。「ウォール街の血に餓えた資本主義のけだものたちのせいかい？」

「そんなふうにはぐらかすのはおかしいわ」マーシャが気にしていった。「あなたがそんなことばを使うなんて、はじめて聞いたわ」不意に彼女は彼の腕にとりすがった。「あなた、ほんとうは疑っているのね――」ことばをとぎらせると、荒々しく彼から離れた。「そうよ。きっと全部ほんとうのことだと思ってるのよ」

「なにがほんとうなんだって？　きみが進歩党に所属していたということかい？　いつもシヴォレーのクーペできみを集会に連れていったのはぼくじゃないか、おぼえてるだろう？　そんなことなら十年も前から知ってるよ」

「そのことじゃないわ。わたしのしたことじゃないの。それが意味することなのよ――あの連中が解釈したその意味なのよ。あなたもあの連中とおなじように考えているんでしょう、どうなの？」

「しかし、だね」彼はどぎまぎしながらいった。「きみは地下室に短波送信機を隠していないよ。少なくともぼくの知るかぎりでは」

「自分の眼でたしかめた？」声が冷然として責めるような調子だった。「隠しているかもしれないじゃないの。そんなしたり顔はしないほうがいいわ。もしかしたら、わたしはこのべバトロンの破壊工作をするために、ここにきているのかもしれないのよ」

「声を小さくしろよ」ハミルトンは警告するようにいった。

「命令なんかしないで」憤怒がこみあげてきてみじめな思いにかられた彼女が、さっとうしろにさがった拍子に、痩せぎすで酷薄な感じの退役軍人にぶつかってしまった。

「気をつけてくださいよ、奥さん」しっかり彼女のからだをつかんで、柵から遠ざけながら注意した。「落ちたらどうするんです」

「構造上の最大の難点は」ガイドがそう説明しているところだった。「陽子ビームを円形加速器から外へ導き、目標《ターゲット》に衝突させるために用いられる調節装置《インフレクター》にあります。これまで数種類の方法が採用されました。当初、発振器《オシレイター》は決定的な瞬間にうまく働きませんでした。したがって、陽子は外側へ螺旋状に拡散してしまいました。偏向があまりにも不完全だったからです」

「それはちがうぞ」ハミルトンが、せきこんでいった。「バークレイのサイクロトロンの場合は、たしか拡散したんじゃなくて、完全にそれてしまった。そうじゃないかね？」

ガイドは興味ありげに眼を向けてきた。「そういうこともあったそうですね」

「そのために研究室が焼けてしまったこともあったそうだよ。いまだにその焦げ跡が見られるという話だ。夜になって照明を消すと、放射能がまだ見える、とか」

「青い雲みたいになって光っているそうですね」ガイドが認めた。「あなたは物理学専攻のかたですか？」

「電子工学のほうなんだ」ハミルトンが答えた。「じつは偏向器《デフレクター》に関心があってね。レオ・ウィルコックスとも、ほんのちょっと面識があるものだから」

「今日はレオにとっては晴れの日ですよ」ガイドがいった。「レオの装置がはじめて動きだしたところですからね」

「どのユニットなんだい？」ハミルトンが訊いた。

下を指さしながら、ガイドは磁石の片側にある複雑な装置を示した。幾重にも遮蔽された厚板が暗灰色の分厚いパイプを支え、その上に液体をみたしたチューブが山のように重なりあう複雑な装置があった。「あれをあなたのお友達が完成なさったわけです。きっと、どこかで見てらっしゃるでしょう」

「うまくいきそうかい？」

「まだわからないですよ」

ハミルトンのうしろにいたマーシャが観測台の後部にあとずさっていった。彼はあとを追った。「子どもみたいな真似はよせよ」低く怒ったような声でささやいた。「せっかく来たんだから、なにがどうなっているか、はっきり知っておきたいんだ」

「あなたはいつもそう。科学、科学、ワイヤーにチューブ――そんなもののほうが、わたしの人生より重大なことなんだわ」

「せっかくこの装置を見にきたんじゃないか。あくまで見たいものは見るさ。気分をぶち壊さないでほしいな。人目をひくようなことはしないでくれよ」

「騒いでいるのはあなたのほうじゃないの」

「もう充分なくらいじゃまをしてくれてるじゃないか」ハミルトンは不機嫌に背を向けると、例のキビキビした職業婦人を押しのけ、マクフィーフの横をすりぬけるようにして観測台から廊下へもどる傾斜路に向かった。煙草を探そうとしてポケットに手を入れたとき、非常警報サイレンの不吉な音が、静かに唸りをたてる磁石の音にだぶって鳴り響きはじめた。「もどってください！」ガイドが叫んだ。ほっそりした黒い腕をあげ、ふりまわす。「放射線スクリーンが――」

猛烈に大きな唸り声が観測台の上で響きわたった。白熱した粒子のかたまりが燃えあがり、爆発し、恐怖にあえぐひとびとの上に雨のようにふりかかってきた。ものの焼ける異臭が鼻を衝いた。みんなは夢中で観測台の後方へ先を争ってもどろうとした。

観測台は、みるみるうちにひび割れてきた。強烈な放射線のために金属製の支柱があっというまに熔解し、ぐにゃりとたるむと穴があいた。中年の母親が口を開け、甲高い、つんざくような声で悲鳴をあげた。混乱した状態のなかで、マクフィーフは必死になってもがきながら、溶けていく観測台と、あたりいちめんを焼き焦がす強力な放射線から逃げだそうとした。マクフィーフはハミルトンとぶつかった。ハミルトンはパニック状態のマクフィーフを突きとばすと、そのからだの上をとび越え、必死にマーシャのかたわらに駆け寄ろうとした。

ハミルトンの服が燃えあがった。洋服に火がついたひとびとが観測台から逃げようとして、もがきながら争っていたが、台はゆるやかな速度で傾いてゆくと、一瞬その位置にとどまってから、いっきに崩れ落ちた。

ベバトロンを収容した建物全体に自動警報ベルが響きわたった。人間の叫び声と機械のあげる恐怖の叫喚がまざりあい、名状しがたい不協和な騒音になった。ハミルトンの足もとの床が轟音を立てて崩壊していく。固さを失った鋼鉄、コンクリート、プラスチック、ワイヤーなどがかってに形を変えて、散乱する粒子となった。本能的にハミルトンは両手をあげた。機械が吹きあげるぼやけたかたまりのなかに前のめりに転落していたからだ。ワァーッという不快な悲鳴が、肺から出る空気のように押しだされた。漆喰《しっくい》がバラバラふりかかり、焼けただれてふわふわ落ちてくる灰がからだに降りそそぐ。あっというまに彼は、磁石を保護していた複雑な金網を突き破ってしまった。引き裂ける金属の鋭い音と強烈な放射線の怒り狂った猛威が彼の上で渦まき……

はげしくたたきつけられた。苦痛が眼に見えるものになった。柔かくなってさらに吸収性を帯びた、ぎらぎら輝く金属のかたまりは、まるで放射能を帯びた鉄鋼の毛糸のように見えた。それが波を打って膨張しながら、静かに彼を包みこむ。はげしい苦悶にさいなまれながら、ハミルトンは湿った有機的な物体となった。無限に広がる濃い金属製繊維のなかに、音もなく吸いこまれたのだ。

やがて、それさえも引き潮のように終わっていった。からだがグロテスクに破壊されてゆくのがわかった。あてもなく、反射的におきあがろうとしながら、静止したかたまりのなかに横たわっている。そのくせ同時に、だれひとり立ちあがれる者はいないのだという意識があった。ほんの一瞬たりとも立ちあがることなどできないのだと。

3

暗黒のなかでなにかが動いた。

長いあいだ横たわったまま、その音を聞いていた。からだの力がぬけて動くことができなくなっていたため、眼を閉じて、必死になって巨大な耳になろうとしていた。その音はリズムを伴ったタプタプという音で、まるでなにかが暗黒の内部に入りこみ、あてどなくあたりをまさぐっているような感じだった。巨大な耳となった彼は絶えずその音をとらえていたが、やがて巨大な脳となった彼は、それが窓にぶつかるヴェネチアン・ブラインドの音で、自分が病院の一室にいることにぼんやりと気がついた。

普通の眼と視神経と脳にもどった彼は、妻の姿をぼんやりと知覚した。ベッドからすこし離れた場所に立って、ふらふら揺れたり、うしろのほうにさがったりしている。深い感謝の念が彼を押しつつんだ。マーシャは、あの強烈な放射線で灼きつくされなかったのだ。ああ、よかった。ことばにならない感謝の念が、彼の脳をつつんだ。彼は安堵して、心からのよろこびを感じた。

「意識を回復しそうですね」声量の豊かな権威のある医師の声だった。

「そうですね」マーシャがいっていた。かなり遠くから聞こえてくるような感じだった。

「はっきり意識をとりもどすのは、いつごろでしょうか？」

「ぼくはだいじょうぶだよ」ハミルトンは、しぼりだすような声でいった。

たちまち、ぼんやりしていた人影が急にはっきりした姿になった。「あなた」マーシャは声をとぎらせながら、夢中になって彼にとりすがり、かるく揺すった。「だれも死なかったのよ。みんな命に別条はなかったの。あなたも助かったんだわ」彼女は大きな月のように、眼のくらむような輝きを彼に浴びせた。「マクフィーフは足首を捻挫したけれど、じきになおるでしょう。あのときいっしょにいた男の子は、脳震盪をおこしたんですって」

「きみはどうなんだい？」ハミルトンは、よわよわしく訊いてみた。

「わたしもだいじょうぶよ」自分をすっかり見せようと、くるっとからだをまわす。あのとき着ていた粋なコートとドレスのかわりに、白いあっさりした病院のスモックを着ていた。「放射線のおかげで服が焼け焦げだらけになってしまったから、病院のひとたちがこれをくれたのよ」はにかんだように焦茶色の髪に手をあてた。「ほら、こんなになっちゃった。短くなってるでしょ。焼けた部分を切ったの。でも、すぐのびてくるわ」

「おきてもいいかな？」ハミルトンはすわる姿勢になろうとからだをおこしながら訊いた。頭がぐらぐらした。たちまち、また仰向けに倒れこんで、あえぐように息をはずませた。暗黒の断片がぐるぐる踊り狂い、渦をまく。眼を閉じて、眩暈《めまい》がおさまるのをじっと待った。

「しばらくはからだが弱まっていますよ」医師が教えてくれた。「ショックと出血多量ですね」ハミルトンの腕に手を触れた。「かなりひどい裂傷です。金属の破片ですが、摘出しました」

「いちばんひどい重傷者は？」ハミルトンは眼を閉じたまま訊いた。

「アーサー・シルヴェスターという退役軍人でした。いちども意識を失わなかったのですが、むしろ意識不明だったほうがよかった。なにしろ脊椎の骨折ですからね。外科に収容されています」

「もろいものですね、人間なんて」ハミルトンは自分の腕を手さぐりしながらいった。白いプラスチックの包帯がぐるぐる巻いてあった。

「わたしがいちばん軽傷だったの」マーシャがおずおずといった。「だけど、気を失ってしまったの。放射線のせいね。なにしろビームのまんなかに落ちたんですもの。火花と稲妻のようなものしか見えなかったわ。もちろんすぐに装置のスイッチが切られたから、実際はもの一秒とつづかなかったのよ」思いだしてもゾッとするようにことばをつけくわえた。

「まるで百万年も続いたみたいだったわ」

さっぱりした服装の若い医師が、シーツをめくってハミルトンの脈をとった。ベッドの横に背の高い看護師が立っていて、きびきびした態度でなにかしていた。器具がハミルトンの肘にあてがわれる。いろいろなことが一糸みだれず、みごとに統制されているような気がした。

い、いい、いい、ような気がした……しかしなにかおかしかった。ハミルトンにはそれが感じられた。心の奥に、なにか根本的なものがずれているような焦燥感があった。

「マーシャ」いきなりいった。「きみは感じないか？」

マーシャはちょっとためらいながら、かたわらに寄ってきた。「なにを感じるの、あなた？」

「ぼくにもわからないんだ。しかし、なにかへんな感じなんだよ」

一瞬、不安な、とまどった空気が流れたが、すぐにマーシャは医師のほうに顔を向けた。

「わたしもあなたにおなじことをいいませんでしたか？　なにかへんな感じがするって、意識が回復したときに」

「だれでもショックを受けたあとには、そうした感覚をもつものなんですよ」医師が答えた。「普通のごくありふれた感覚です。一日かそこらで消えてゆくでしょう。いいですか、おふたりとも鎮静剤の注射を受けている。しかも、ひどい目にあったんです。高電荷の物質にさらされたんですから」

ハミルトンもマーシャも口をきかなかった。おたがいに顔を見合わせて、顔の表情をよみとろうとした。

「ぼくたちは幸運だったみたいだね」ハミルトンはためらいがちにいった。先ほどの歓喜の念は疑惑にみちた不安にとってかわっていた。さっき感じられたものはなんだったんだろう？　あの知覚は合理的なものではなかった。はっきり把握することができなかったのだ。

あらためて部屋を見まわしても、奇妙なもの、場違いなものはなにも見えなかった。

「とても運がよかったのですよ」看護師がことばをはさんだ。まるで自分の個人的な功績だったというような誇らしさで。

「ぼくはいつまでここにいなければいけないんですか？」

医師は考えていた。「今夜には帰宅できるでしょう。でも一日か二日はベッドに寝ていなければなりませんね。おふたりともたっぷり休息する必要があります。ここ一、二週間はね。看護師をお世話しましょう」

ハミルトンは考えこみながらいった。「せっかくですが、そんな余裕はありませんので」

「いや、費用のことは心配されなくてもいいのですよ」医師はちょっと気を悪くしたようにいった。「政府が補償することになっています。わたしがあなただったら、しばらく健康の回復に専念しますね」

「どうやらそのほうがいいようですね」ハミルトンは辛辣にこたえた。それ以上はいわなかった。しばらくのあいだ、自分のおかれた立場について暗鬱な思いにのめりこんでいった。

事故が発生しようがしまいが、彼の立場に変化はなかった。自分が意識不明におちいっているあいだに、T・E・エドワーズ大佐が心臓麻痺で死んだのでもないかぎり。そんなことはありそうもなかった。

医師と看護師をもうだいじょうぶだからといって帰したあと、ハミルトンは妻にいった。

「ともかく、これで口実ができたね。となり近所のひとたちに、ぼくが会社に行かない理由を、これで説明できる」

さびしそうにマーシャはうなずいた。「そんなこと、すっかり忘れていたわ」

「これから、機密事項にかかわらない仕事を見つけなきゃ。国家防衛に関係のない仕事だ」陰気に考えこみながらいった。「アインシュタインが一九五四年にいっていたみたいにね。鉛管工にでもなるか。いや、それともテレビの修理工かな。そっちのほうがぼくの性に合いそうだ」

「自分がいつもやりたがっていたこと、あなたおぼえている？」ベッドの端にかるく腰をおろしながらマーシャは落ちついた態度で、短くなってなんとなくふぞろいになった髪に手をあてた。「新型のテープ・レコーダーの回路を設計したがっていたわ。それにFMの回路も。ボーゲンやトーレンスやスコットのようにハイファイの領域で有名になりたがっていたじゃないの」

「そうだったね」彼は、できるだけ確信ありげなようすで、同意した。「ハミルトン三重音響システム。その設計を空想した晩のことをおぼえているかい？カートリッジ、針、増幅器、スピーカーが、それぞれ三つあるんだ。それを三つの部屋におく。それぞれ別の部屋にいるひとがハイファイ装置に耳を傾ける。それぞれの装置は違った曲を演奏するんだ」

「ひとつはブラームスの二重協奏曲を演奏するのね」マーシャが、さほど興味がないようすで口をはさんだ。「おぼえているわ」

「もうひとつはストラヴィンスキーの《結婚》を、最後のひとつはダウランドのリュートのための曲をやるんだ。それから三人の聞き手の印象が、ハミルトン三重音響システムの核であるハミルトン・ミュージフォニック・オーツ・サーキットによって結びつけられる。三つの脳の受ける感動は、プランク常数に基づく厳密に数学的な関係において混合される」彼の腕がピクピクふるえはじめ、せきこんでことばをつづけた。「合成された結果はテープ・レコーダーに録音され、普通速度の三対一四の比率で再生されるんだ」

「それを水晶発振装置で聞くんでしょう」マーシャはさっと身をかがめて彼にすがりついた。「ねえ、あなた。わたしが意識をとりもどしたとき、あなたは死んでしまったのかと思ったわ。なにしろ——あなたは死体みたいに、すっかり白くなって声も立てないし、身動きもしないんですもの。わたし、心臓が破裂するんじゃないかと思ったわ」

「ぼくは保険にはいっているからね」まじめな顔でいった。「きみは金持ちになったはずだよ」

「お金持ちになんかなりたくないわ」彼にすがりついたままうちひしがれたようにからだを前後に揺すりながら、マーシャはささやいた。「わたし、あなたに対してなんてことをしてしまったんでしょう。退屈だったし好奇心にかられていたのよ。わたしがへんな政治団体にかかわりあったおかげで、あなたの仕事も将来もめちゃめちゃにしてしまったわ。わたし、自分をののしってやりたい。あなたが誘導ミサイルの仕事をしている以上、ストックホルム平和宣言なんかに署名できないことは心得ているべきだったのに。だけど、それがどんなひとでも嘆願書をわたされると、いつでも署名してしまうのよ。みじめな、虐げられたひとたちだから」

「そんなことは気にするなよ」彼女にズバリといった。「いまが一九四三年だったら、きみが普通で、マクフィーフのほうが仕事から追いだされてたよ。危険なファシストとしてね」

「そうよ」マーシャは熱をこめていった。「彼は危険なファシストなのよ」

ハミルトンは妻を押しやった。「マクフィーフは確かに狂信的な愛国主義者で反動主義者さ。だからといって、ファシストだというわけじゃない。コミュニストでない人間が――」

「その話はやめましょう」マーシャがさえぎった。「あなたはそんなに興奮しちゃいけないの。わかった?」はげしく彼の唇にキスした。「家に帰るまで待ってちょうだい」

マーシャが離れようとしたとき、彼はその肩をつかんだ。「あれはなんだったんだろう? いったい、なにがおかしいんだろう?」

おびえたように彼女は頭をふった。「わからないわ。意識が回復してからずっと、わたしのすぐうしろになにかがいるような気がするのよ。それが感じられるの。まるで――」身ぶりで説明しようとし、「ふり返ったらなにかがいるみたいに。それがなんだかわからないの。でも、なにかが隠れているのよ。恐ろしいものが」不安そうに身をふるわせるのが見えた。

「わたし、怖いわ」

「ぼくも怖いんだ」

「きっと、そのうちにわかってくるわ」マーシャは消えいりそうな声でいった。「なんでもないのかもしれない……ショックと鎮静剤のせいなのよ、あのお医者さまがいってたように」

ハミルトンは信じなかった。そして彼女も、そんなことは信じていなかった。

病院の医師が運転し、車で家まで送ってくれた。飾り気のない若い女性がいっしょだった。彼女も清潔な病院のスモックを着ていた。パッカードがベルモント市街の暗い道路を走っているあいだ、三人は後部座席にひっそりとすわっていた。

「肋骨に二、三本、ひびが入っているんだそうです」女性が落ちついた声でいった。そして、すぐにつけ加えた。「あたし、ジョーン・リースといいます。おふたりをお見かけしたことがありますよ……あたしのお店にいらしたとき」

「なんのお店ですか？」ハミルトンは簡単に自分と妻を紹介してから問い返した。

「エル・カミノにある書籍と美術用品の店です。去年八月にシャガールのスキラ版の二枚折《フォリオ》をお買いになりましたね」

「そうだったわ」マーシャがうなずいた。「ちょうどジャックの誕生日で……あれはいま、壁にかけてありますわ。階段下のオーディオ・ルームに」

「地下室のことです」ハミルトンが説明した。

「ちょっと気がかりなことがあるんだけど」マーシャは、指さきで神経質にバッグのなかを探りながら突然いいだした。「あなたをみてくれたお医者さま、気がついた？」

「気がつくって？」彼は面くらった。「いいや、別になにも」

「それなのよ、わたしのいう意味は。あのひと——ほら、ぜんぜん記憶に残らないの。歯磨きの広告に出てくるようなお医者さまにそっくり」

ジョーン・リースは熱心に聞いていた。「なんのことですの？」

「なんでもありませんよ」ハミルトンはそっけなく答えた。「こっちの話ですから」

「それに、あの看護師さん。あの女のひともおなじよ。まるで合成物みたい。いままでに見てきた看護師さんを、全部まぜあわせたみたいだったわ」

考えこみながら、ハミルトンは車の窓から夜の闇に眼をこらした。「マスコミの影響かもしれないね」そんな説を立てた。「みんな広告に影響されて、自分を仕立てあげるわけだ。そうじゃありませんか、ミス・リース？」

ミス・リースがいった。「おふたりに、ちょっとおうかがいしたいことがあるんですけど。気になって落ちつかないんです」

「なんです？」ハミルトンは疑わしそうな顔で問い返した。ミス・リースには、ぼくたちが話していたことは理解できなかったはずなのだが。

「あの観測台の上に警官がいましたわね……台が崩れ落ちるちょっと前に。どうしてあそこにいたのかしら？」

「あの男はぼくたちといっしょにきたんですよ」ハミルトンは当惑しながらいった。

ミス・リースは彼に、ひたと眼を向けた。「そうでしたの？　あたしはてっきり……」声が曖昧《あいまい》に消えた。「台が崩れる直前に、身をひるがえして外に出ようとしたみたいでしたけれど」

「そうでしたね」ハミルトンがうなずいた。「崩れることがわかったんですよ。ぼくもわかりました。でも、ぼくは逆の方向に走ったんです」

「あなたは承知の上でもどったんですか？　助かったかもしれないのに？」

「妻がいましたから」ハミルトンはいらだたしげにいった。

……たぶんショックと緊張のせいですね。「へんなことをいってすみません」ミス・リースは明らかに満足したようすでうなずいた。でも、あたしたち、運がよかったんですわ。なかには運の悪いかたもいましたもの。ほとんどけがをしないで助かったひともいるのに、あのお気の毒な軍人のかた、シルヴェスターさんなんか背骨を折ったんですって。わからないものですね。ほんとうに不思議な気がします」

「じつは、そのことですが」車を運転していた医師が口を出した。「アーサー・シルヴェスターさんは背骨を折ったわけではないんですよ。脊椎にひびが入ったのと、脾臓《ひぞう》がやられたらしいんです」

「ひどいものですね」ハミルトンがつぶやいた。「あの案内係《ガイド》はどうなったんです？　あの黒人のことはだれもいわなかったが」

「内臓に障害をうけたようですね」医師が答えた。「まだ診察結果が出ていないんです」

「あのひとは予備室に入れられてあとまわしにされたんですか？」マーシャがいった。

医師は笑いだした。「ビル・ロウズがですか？　いちばん先に病院で診察を受けましたよ。施設の職員に、友人がたくさんいるんです」

「話は違いますけれど」マーシャが不意にいった。「あんなに高い場所から転落して放射線を浴びたのに――わたしたち、ひとりもたいしたけがはないでしょう。わたしたち三人はまるでなにもなかったみたいにこうして動きまわっている。おかしいとは思いませんか。話がうますぎるみたい」

ハミルトンがいらいらした。「きっと安全ネットのなかに落ちたんだよ。くそったれ《ゴッダム》のあの――」

もっともっといいたいことはあったのだが、それはことばにならなかった。その瞬間、鋭い劇痛が右足を襲ったからだ。思わず悲鳴をあげてとびあがった拍子に頭をいやというほど車のルーフにぶつけた。夢中になってズボンをたくしあげると、翅《はね》のあるちいさな虫が逃げようとするのが眼についた。

「どうしたの？」マーシャが心配そうに訊いた。すぐに彼女もそれを見た。「ハチだわ！」

ハミルトンは怒ってハチを踏みつけ、靴で踏みつぶした。「刺されたんだ。右のふくらはぎを」みるみるうちに醜い赤痣《あかあざ》が浮かんできた。「いやなことは重なるっていうけど、ぼくはろくな目にあわないな」

医師は急いで車を路肩に寄せた。「ハチは殺しましたか？　駐車していたあいだに、まぎれこんできたんですね。申しわけない。だいじょうぶですか？　薬をつけてあげましょう」

「だいじょうぶですよ」ハミルトンは傷口を用心しいしいそっとなでながらつぶやいた。

「ハチか。一日のうちに、たてつづけに悪いことばかりおこったのに、まだ足りないみたいだ」

「もうじき家に着くわ」マーシャは窓から外を眺めながらなだめるようにいった。「ミス・リース、よかったら家《うち》にお寄りになって。お茶でも召し上がりませんか」

「ええ」ミス・リースは、細くて骨ばった指を唇にあててことばをにごした。「コーヒーをいただいてもいいですか。すみません、かってなことを申しあげて」

「ええ、どうぞどうぞ」マーシャが急いでいった。「わたしたち八人はおたがいに助けあわなきゃいけないと思うんです。あんなに恐ろしい体験をしたんですもの」

「このまま無事に終わればいいんですけれど」ミス・リースは不安そうにいった。

「お祈りでもしますか」ハミルトンがことばを加えた。それからしばらくして、車は歩道に寄ってとまった。家に着いたのだ。

「まあ、すばらしくかわいいお家《うち》に住んでいらっしゃるのね」車からおりたときミス・リースがいった。ほのかな黄昏《たそがれ》につつまれて、現代的な、寝室がふたつあるカリフォルニアの牧場主の家《ランチ・スタイル・ハウス》がひっそり立っていた。小道をあがったところがフロント・ポーチだった。ポーチには大きな黄色の牡猫がすわって待っていた。からだの下に四肢を抱えこむようにしている。

「ジャックの猫ですの」マーシャはバッグから鍵をとりながらいった。「餌が欲しいんだわ」猫に向かっていった。「さあお部屋に入りなさい、阿呆なニャンコちゃん《ニニー・ナムキャット》。外ではお食事をあげませんよ」

「へんてこな名前ですわね」ミス・リースがちょっとびっくりしたらしく、そんなことをいった。「どうしてそんな名前をつけましたの？」

「阿呆だからですよ」ハミルトンがぶっきらぼうに答えた。

「ジャックはどの猫にもそんな名前をつけるんですの」マーシャが説明した。「これの前の猫は〝おばかな詩集《パーナサス・ナンプ》〟でしたわ」

大きくて不格好な牡猫は、からだをおこすとぴょんと入口に跳び降りた。ハミルトンのそばに寄ってきて咽喉をごろごろ鳴らしながら彼の足にからだをすりつけた。ミス・リースは、ゾッとしたような顔をしてあとずさりした。「あたし猫は苦手なんです」本音を吐いた。

「猫って、こそこそしていて、なにをするかわからないじゃないですか」

いつもなら、ここでハミルトンがさっそくなにかひとこというところだった。しかしこのときの彼は、ミス・リースが猫をどう思っているかなど、気にもとめなかった。鍵穴に鍵を入れて、玄関のドアを開け、居間の照明をカチリとつけた。明るい小さな家に光があふれ、女たちが室内に入った。うしろからニニー・ナムキャットが続き、まっしぐらにキッチンめざして進んでいく。バサバサの毛の尻尾を、黄色い棒のようにピンと立てていた。

まだ病院の服を着たまま、マーシャが冷蔵庫を開けて牛の心臓の煮こみの入っている緑色のプラスチックのボウルを出した。肉を小さく切って猫にやりながらいった。「電子工学の秀才って、たいてい趣味で機械のペットをつくるらしいんですよ。火に魅入られた蛾やなにかみたいに、ふらふらばたばた、あっちへぶつかり、こっちへぶつかりするものを。ジャックも結婚したばかりのころ、ネズミとハエをつかまえる機械を作ったものでしたわ。だけどあの機械はあまりよくなかったわね。こんどは、その機械をつかまえる機械を作らなければならなくなっちゃって」

「宇宙の正義のためさ」ハミルトンは帽子と上着をとりながらいった。「ネズミやハエがこの世界に繁殖するのはがまんできないんでね」

ニニー・ナムキャットが夕食をぺろりと平らげているうちに、マーシャは着がえるために寝室に行った。ミス・リースは居間を歩きまわりながら、とくに花瓶や版画や調度品に、専門家的な眼を向けていた。

「猫ってやつには魂がないんですよ」ハミルトンは、牡猫がわきめもふらずに食べているのを見ながら、不機嫌そうにいった。「この世でいちばん偉い猫でも、豚のレバーをもらうためなら、頭の上にニンジンをのせたまま落とさずに踊るでしょうね」

「動物ですものね」ミス・リースが居間から同意のことばをかけてきた。「このパウル・クレーの複製はうちの店でお買いになりましたか？」

「そうだったと思いますが」

「クレーがなにをいおうとしているのか、あたしなんかにはまるで見当がつきませんわ」

「なにもいってないんですよ、きっと。いい気分になっているだけかも」ハミルトンは腕が痛みはじめた。包帯の下はどんなふうになっているんだろうと思った。「コーヒーをさしあげるお約束でしたね？」

「コーヒー――それも濃いのにしてください」ミス・リースが語気を強めた。「お手伝いしましょうか？」

「いや、どうかくつろいでいてください」ハミルトンは機械的な足どりで、コーヒー沸《サイレックス》かしのそばに寄った。「トインビーの『歴史の研究』の普及版がマガジン・ラックにありますよ、あの長椅子のそばの」

「あなた」鋭く、せき立てるようなマーシャの声が寝室から聞こえた。「ちょっとここにきてくれない？」

サイレックスを手にもったまま急いだので、水をこぼしてしまった。マーシャは寝室の窓のわきに立って、シェードをおろそうとしていた。彼女は緊張しきって、不安なしわを眉根に寄せながら、夜のたたずまいをじっと凝視していた。「どうしたんだい？」ハミルトンが訊いた。

「あそこをごらんなさい」

ハミルトンは見た。だが彼に見えたのは、ぼんやりとした闇と、おぼろげな家並の輪郭だけだった。あちこちで明かりが弱い光を放っている。空は曇り、霧が低くたれこめて音もなく家々の屋根の上に漂っていた。なにひとつ動くものはなかった。生気がなく、活動するものもなかった。人間の姿も見えない。

「まるで中世みたいだわ」マーシャが静かな声でいった。

なぜそんなふうに見えたのだろう？　彼にもマーシャのいいたいことはわかった。だが、客観的に見れば、その光景に異様なところは少しもなく、寒い十月の夜の九時三十分に寝室から眺めた、いつもと変わりない風景だった。

「それに、わたしたちは中世にいるみたいに話していたわ」マーシャがからだをふるわせながらいった。「あなたはニニーの魂のことをなにかいってたじゃない。前にはそんなことは口にしたこともなかったのに」

「なんの前に？」

「家に帰る前よ」窓を離れて彼女は椅子の背にかけてあったチェックのシャツに手をのばした。「それに……もちろんこれはつまらないことだけど、あなた、ここまで送ってくれたお医者さまが車で帰るところを見た？　さようならをいった？　なにかおこった？」

「ああ、彼は帰ったよ」ハミルトンは、曖昧にことばをにごした。

とても真剣な眼つきで、マーシャはシャツのボタンをはめ、シャツのすそをスラックスのなかに押しこんだ。「病院のお医者さまにいわれたように、わたし、ちょっとおかしくなってるのかも。ショックと鎮静剤のせいね、きっと……だけど、あまりにも静かすぎるわ。まるで生きているのはわたしたちだけみたい。灰色のバケツのなかで、光もなく、色彩もない、原始世界に住んでいるみたいだわ。古代の宗教のことは知っているでしょう？　宇宙が混乱におちいる前。陸が水とわかれる前。暗黒が光とわかれる前。すべてのものが名前を持たなかったときのこと」

「ニニーには名前があるよ」ハミルトンがおだやかに指摘した。「きみだって、ミス・リースだって、パウル・クレーだって名前はあるからね」

ふたりはいっしょにキッチンにもどった。マーシャがコーヒーをいれる仕事をひきうけた。しばらくするとサイレックスが煮えたぎった。テーブルに向かってこわばったように腰かけていたミス・リースは、ひどく緊張した表情をしていた。まるで渦巻に落ちこんだように、血色のないきついその顔にはなにか思いつめたような表情が浮かんでいた。彼女は砂のような色の髪を後頭部できつく丸めた、質素な感じの、意志の強い女性だった。鼻すじはほっそりと細く、唇は負けずぎらいな性格を見せていた。うっかり口論でもしようものなら、やりこめられそうな女性だ。

「あなたがたはなにを話していらしたの？」彼女はコーヒーをかきまわしながら訊いた。

ハミルトンは当惑しながら答えた。「個人的な問題を話していたのですよ。それが、どうかしましたか？」

「まあ、あなたったら」マーシャがとがめた。

無愛想な顔で、ミス・リースに向かってハミルトンが質問した。「あなたはいつもそんなふうなんですか？ あたりをのぞきまわったり、穿鑿《せんさく》したりするんですね？」

ミス・リースの緊張した顔には、なんの感情も浮かばなかった。「あたし、注意しなきゃいけませんね」彼女は説明した。「今日の事故のおかげで、自分がまきこまれている危険が、はっきり感じられてきたんです」それからすぐにいいなおした。「いいえ、危険というより、いわゆる事故と呼ばれているものですけれど」

「なにがはっきりしたんです？」ハミルトンは確かめようとした。

ミス・リースはその問いに答えなかった。ニニー・ナムキャットをじっと見ている。うすぎたない大きな牡猫は食事を平らげたあと、寝場所になるひとの膝を探しているところだった。「この猫はどうしたのかしら？」ミス・リースは、かぼそい声で恐ろしそうに訊いた。「どうしてあたしをそんなに見つめているんでしょう？」

「あなたがすわっているからですよ」マーシャがなだめるようにいった。「膝に乗せてもらって、眠りたがっているの」

とたんに椅子から腰をうかせたミス・リースが猫をどなりつけた。「そばに寄らないで！ 汚いからだでそばにこないでちょうだい！」彼女はハミルトンに向かっていった。「ノミがいなければ、そんなに怖くないんですけど。でもこの猫ときたら薄汚いようすをしているし。きっと小鳥を殺したりするんでしょうね？」

「一日に六、七羽は殺しますね」ハミルトンは腹立ちまぎれにそう答えた。

「やっぱりそうなんだわ」ミス・リースは不思議そうな顔をしている牡猫から、用心深くあとずさりした。「獰猛な殺し屋だってことは、見ただけでわかるもの。この市は禁止条例かなにかをだすべきなんです。ひとを脅やかすペットや凶暴な動物は、少なくとも鑑札をつけるべきだわ。この街ではほんとに——」

「小鳥だけじゃありませんよ」ハミルトンはさえぎった。冷酷で容赦ないサディズムが彼を動かしていた。「ヘビや地ネズミも殺しますよ。今朝なんか、死んだウサギをもってきました」

「あなた」マーシャが鋭くたしなめた。ミス・リースは恐怖にかられて、おびえたように身をふるわせている。「猫が嫌いなひとだっているのよ。だれもがあなたとおなじ趣味というわけにはいかないんだから」

「ちっちゃいふわふわしたネズミも食べますよ」ハミルトンは、残酷ないいかたをした。「一ダースもね。全部は食べないで、残りを人間のところにもってきて見せびらかすんです。この前の朝なんか、どこかのおばあさんの頭をくわえてきましたよ」

恐怖の悲鳴がミス・リースの唇から洩れた。ひどいとりみだしかたで、恐怖におののきながら、よろよろとうしろにさがっていく。とたんにハミルトンは後悔した。自分をはずかしく思い、場違いな冗談を取り消してあやまろうとした……

そのとき、空中から彼の頭上にイナゴの大群が押し寄せてきた。荒れ狂ったようにとびまわる害虫の大群に埋めつくされて、ハミルトンは必死に逃げだそうともがいた。ふたりの女性と牡猫は信じられないように立ちつくしていた。しばらくあたりをとびまわり、ところきらわず噛んだり刺したりする害虫の大群のなかで、ハミルトンはころげまわって闘った。やがて大群から逃れなんとか払い落とすと、あえぎあえぎ、部屋の隅へとさがった。

「まあ、なんてことなの」マーシャはブンブン音をたててとびまわるかたまりから逃げながら、恐怖にふるえる声でいった。

「いったい……これはどうしたことでしょう？」ミス・リースは眼のくらむように動きまわ

っている昆虫の群れに眼をすえて、ようやくいった。「こんなことがあり得るのかしら?」

「いやいや」ハミルトンは、わなわなふるえながらいった。「あり得ないもなにも、実際にここでおこっていることなんだから」

「だけどどうして?」三人と猫一匹がキッチンから撤退して、翅と角質の昆虫の洪水を避けたとき、マーシャがミス・リースのことばをくり返した。「こんなことってあり得ないわ」

「だけど、実際におこったことだ」ハミルトンはよわよわしい、低い声でいった。「あのハチのこと――おぼえているだろう? やっぱり思ったとおりだったんだ。なにかがおこってるんだよ。これでつじつまがあう。これには意味があるんだ」

4

マーシャ・ハミルトンはベッドで眠っていた。あたたかく黄色い朝の光が、あらわにむきだしになった肩から、毛布、アスファルト・タイルの床に降りそそいでいる。ジャック・ハミルトンは、けがをした腕がズキズキ痛むものの、浴室でせっせと髭をそっていた。湯気で曇り、しずくがしたたる鏡に映ったその顔は、石鹼だらけのために、いつもの顔の歪んだパロディのように見えた。

この時刻には家のなかは静かでいつもどおりだった。昨夜のイナゴの大群は大部分が姿を消していたが、ときどき乾いた、引っかくような音がするので、まだ壁にとまっているやつがいるのかもしれない。すべてが正常にもどったようだ。牛乳配達のトラックが家の前を走っていく。マーシャはまどろみながら、ふっと大きく息をして、片腕をシーツの上に出してからだをもぞもぞ動かした。裏のポーチでは、ニニー・ナムキャットが家のなかに入ろうとしている。

注意深く、日ごろの手並もあざやかに髭をそり終えると、ハミルトンは剃刀をしまい、顎と首すじにタルカムをはたいて、新しい白いシャツを探した。前の晩一睡もせずに横になっていたあいだに、心に決めたことがあったのだ。髭をそり、さっぱりした気分で、髪の手入れも終わった。新しい服を着て、すっかり眼もさめている。さあ、はじめよう。

彼はぎこちなく片膝をつくと、両手の指を組みあわせ、眼を閉じて深呼吸をしてからはじめた。

「主よ」口ごもるように、なかばささやくような声でいった。「わたしはミス・リースに悪いことをしました。後悔しています。御心《みこころ》にかないお許しいただけるのであれば、心からの感謝をささげます」

しばらく膝をついたままだった。このお祈りでいいのだろうか。まちがいなく聞きとどけてもらえただろうか。だがすこしずつ、針でつつかれたような怒りが、よわよわしい悔悟にとってかわった。一人前の大人がひざまずいているこの格好は、どう見ても不自然だった。腹立たしげに、威厳もなにもない、いやしむべき姿勢であり……いつもとはちがう姿勢だった。

「正直にいうと――彼女は当然のむくいをうけたのです」酷薄なつぶやきが、ひっそりと静まり返った家のなかにひろがった。マーシャはまた吐息を洩らし、寝返りを打って胎児のようにからだをまるめた。もうすぐ眼をさますだろう。外ではニニー・ナムキャットがスクリーン・ドアをガチャガチャ引っかいて、なんでまだ鍵がかかっているんだろうと思っていた。

「ミス・リースがいったことをお考えください」ハミルトンは注意深くことばを選びながらつづけた。「彼女のような態度が、絶滅収容所につながるのです。あの女は冷酷無情な強迫神経症患者です。猫嫌いは、あと一歩すすめば反ユダヤ主義に通じます」

返事はなかった。そもそも、なにかあると期待していたのだろうか？　だとしたら、いったいなにを？　自分でもはっきりしなかった。だが、なにかを期待していたのだ。なんらかの啓示を。

なんの反応も得られなかったのは、祈禱《きとう》することにうしろめたさを感じていたせいかもしれない。いわゆる宗教にかかわったのは、八つのとき、いまではぼんやりとしか思いだせない日曜学校が最後だった。前の晩に一所懸命に読んだことは、なんの結果ももたらさなかった。なんだかやたらに面倒くさいことが書いてあるということしかわからなかった。正式な作法や典礼……そんなものはT・E・エドワーズ大佐を相手に論争するよりも始末が悪そうだ。

だが、このふたつにはどことなく似たところがある。

背後でひとの気配がしたとき、ハミルトンはまだ祈りの姿勢をとっていた。すばやくふり向くと、ゆっくりと居間を歩いてくる人影が眼についた。セーターを着てスラックスをはいた男、若い黒人だった。

「きみがぼくの求めている啓示なのかな？」ハミルトンは辛辣な口調でいった。

黒人の顔には疲労の色が濃かった。「わたしをおぼえていますか。あなたがたをあの観測台にご案内した案内係《ガイド》です。この十五時間というもの、ずっとあることを考えていました」

「あれはきみの責任じゃないよ」ハミルトンがいった。「きみだってぼくたちといっしょに転落したんだからね」とまどったように立ちあがって、浴室から廊下に出ていった。「朝食は食べたのかい？」

「いえ、お腹はすいてません」黒人はハミルトンをじっと見つめた。「なにをされてたんです？ お祈りですか？」

「そうだよ」ハミルトンが認めた。

「毎朝の習慣ですか？」

「そうじゃない」彼は躊躇《ちゅうちょ》した。「八つのときからお祈りしたことはなかったんだ」

黒人はこの説明に考えこんだ。「わたしはビル・ロウズといいます」ふたりは握手した。

「どうやらあなたも気がついたんですね。いつおわかりになりました？」

「昨夜と今朝のあいだのどこかだよ」

「なにか特別なことでもおこったんですか？」

　ハミルトンはイナゴの大群とハチのことを話した。「因果関係をたどるのは、さしてむずかしくはなかったよ。ぼくは嘘をついた――罰を受けた。その前のときは冒瀆的《ぼうとくてき》なことばを使った――そして罰を受けた。つまりは因果応報ってやつだね」

「お祈りしても時間がむだなだけですよ」ロウズはそっけなく彼に断言した。「わたしも祈ってみました。まるっきり効き目はありませんでした」

「なにを祈ったんだい？」

皮肉っぽく、ロウズは自分の黒い肌に指をあててみせた。「これで想像がつくでしょう。

世のなかってやつはそんなに簡単じゃありませんよ……いままでだってそうじゃなかったし、これからだってけっしてそうはなりませんから」

「ずいぶんひねくれた見方だな」ハミルトンは用心深くいった。

「えらいショックでしたよ」居間を歩きながらロウズはいった。「突然おじゃましてすみません。でも、玄関のドアに鍵がかかっていなかったんで、もうおきてるんだと思いましてね。あなたは電子工学がご専門でしたね？」

「そうだよ」

顔をしかめてロウズはいった。「それじゃ、お仲間ですね。大学院で先進物理を専攻してます。それで、このガイドの仕事にありつけたんです。最近は、こんな仕事でも競争がたいへんで」彼はいい足した。「そういわれました」

「どうやって見つけたんだい？」

「こんどのことですか？」ロウズは肩をすくめた。「そんなに苦労はしませんでしたよ」ポケットから布でくるんだ包みを出した。それをひろげて、なかに入っていた銀色の小さな金属片を見せた。「ずいぶん前のことですが、姉が肌身離さずもっているようにと、こんなものをくれたんです。いまではこれをもち歩くのが習慣みたいになっていました」その護符をハミルトンにわたした。信仰と希望の敬虔なことばが刻まれていたが、古いものらしく、その文字は磨滅しかかっていた。

「さあ、どうぞ」ロウズがいった。「これを使ってみてください」

「これを使う?」ハミルトンには、意味がわからなかった。「正直にいって、こんなものに興味はないんだが」

「あなたの腕ですよ」ロウズはじれったそうな身ぶりをした。「効き目があるはずです。けがをしたところにのせてください。そのまえに包帯をとったほうがいいな。じかにつけると、ずっと効き目があるんです。世間じゃ、接触療法《コンティギティ》というんですがね。わたしも、これまでいろいろな痛みやけがをそうやってなおしてきましたよ」

とても信じられなかったが、ハミルトンはそれでも注意深く、そっと包帯の一部をはがした。朝の光のなか、鉛色で、じとじとした血まみれの肉が現われた。一瞬ためらったのち、その上に冷たい金属片を置いた。

「さあ、効き目が現われますよ」ロウズがいった。

みるみる傷の醜いただれが消えてゆく。ハミルトンが凝視しているうちに、赤みがかった肉が、薄いピンク色に変わった。オレンジ色の輝きがその上に現われた。けがは収縮し、乾き、そして閉じた。細くて白い、よく見ないとわからない痕が残っただけだった。もはや、あのズキズキする痛みもなくなっていた。

「こんなぐあいです」ロウズはそういって護符に手をのばした。

「前にも効き目があったのかい?」

「いちどもありませんよ。世間じゃ、そんなたわごとをいっている連中もいましたがね」ロウズはポケットにしまった。「こんど、髪の毛を数本、ひと晩じゅう水に浸けておこうと思ってるんです。もちろん、朝には虫になってるはずです。糖尿病の治療法を教えましょうか？ 処女の乳房から出る乳に、ヒキガエルのからだ半分をすりつぶしたものをまぜて、池の水につけておいた古いフランネルの布につけて首に巻くんです」

「そんなばかげた話が――」

「実際よく効くんですよ。田舎のひとのいうとおりにね。いままでは、そんな連中がまちがっていた。でも、いまはまちがっているのはわれわれのほうなんです」

ロープ姿のマーシャが寝室の戸口に現われた。ほつれた髪が顔にかかり、眼はまだ眠そうになかば閉じていた。「まあ」ロウズに気がつき、びっくりして声を出した。「あなたでしたの。その後、おからだはいかがですか？」

「元気ですよ。ありがとうございます」ロウズが答えた。

眼をこすりながら、マーシャは急いで夫のほうに向きなおった。「よく眠れた？」

「眠ったよ」そのはりつめたような声の調子に驚いて、ハミルトンはたずねた。「どうして？」

「夢を見なかった？」

ハミルトンは記憶をたどった。とりとめのない情景につきあたり、ぐるぐるそのまわりをまわっていたような気がする。だが、はっきりこれといって口に出すことができなかった。

「見なかったよ」彼はいった。

鋭敏なロウズの顔に奇妙な表情が現われた。「夢をごらんになったんですか、ミセス・ハミルトン？　どんな夢でした？」

「とてもおかしな夢。正確にいえば夢じゃないかも。つまりなにもおこらなかったから。それはただ――見ていただけで」

「あの場所ですか？」

「ええ、あの場所なんです。それにわたしたちと」

「われわれ全部ですか？」ロウズは問いつめるような口調で訊いた。「八人全員？」

「そうなんです」彼女は大きくうなずいた。「転落した場所に倒れているの。ベバトロンの床に。わたしたちみんながそこにぐったり倒れているんです。意識不明で。ところがなにもおこらないのよ。時間も流れないの。変化もないんです」

「隅のほうで、なにかが動いていませんでしたか？」ロウズがいった。「たぶん治療班のひとたちかなにかが？」

「ええ」マーシャがくり返した。「だけど動いていないんです。ただ、梯子《はしご》みたいなものに乗っているだけ。そこに凍りついているのよ」

「彼らは動いているんですよ」ロウズがいった。「わたしもその夢を見たんです。はじめのうちは、その連中は動かないんだと思ってました。でも動いてるんです。非常にゆっくりと」

不安な沈黙が流れた。

またしても心のなかを探りながら、ハミルトンはゆっくりといった。「つまり、きみたちの話していることは……」ここで肩をすくめた。「外傷性の記憶なんだよ。ショックを受けた瞬間のね。いったんわれわれの脳に刻みつけられてしまうと、もうけっしてその記憶を忘れることができなくなるんだ」

「でも」マーシャははりつめた声でいった。「それはまだつづいているのよ。わたしたちは、まだあそこにいるんだわ」

「あそこに？　ベバトロンのところで倒れているのかい？」

マーシャは不安そうにうなずいた。「そういう気がするの。わたしは、確かにそう思うのよ」

その声から、ひどくおびえていることを感じ取ったハミルトンは、話題を変えた。「驚いたよ」すっかりなおったばかりの腕を見せながら彼女にいった。「ロウズは黙ってすわっているだけで、奇蹟をやってのけたんだ」

「わたしじゃありませんよ」ロウズはきっぱりといった。黒い眼がけわしかった。「もう奇蹟なんてまっぴらです」

きまり悪げに、ハミルトンは腕をこすりながら立っていた。「この腕をなおしたのは、きみの護符じゃないか」

ロウズは金属製の幸運の護符をあらためた。「どうやらわたしたちは、ほんとうの現実の下へと沈みこんでしまったのかもしれませんね。この護符は、これまでずっと現実の表面のすぐ下にひそんでいたのかも」

マーシャはゆっくりとふたりに寄っていった。「わたしたちは死んでいるんじゃないかしら?」声がしわがれていた。

「そんなことはなさそうだよ」ハミルトンが答えた。「ぼくたちはまだ、カリフォルニア州ベルモント市にいる。だが、もとのままのベルモントじゃない。あちらこちらにいくつかの変化がある。新しく加わったものもある。だれかがひそんでるような気がするんだ」

「それはどういうことです?」ロウズがたずねた。

「ぼくに訊いてもむだだよ」ハミルトンはいった。「ぼくのせいでこうなったわけじゃないんだから。明らかにベバトロンでおこった事故のせいなんだ。それがどんな性質のものであれ、それはまちがいない」

「このあとどうなるか、わたしにはわかるわ」マーシャがおだやかにいった。

「どうなるんだい?」

「わたしが外へ出て働くの」

ハミルトンは眉をあげた。「どんな仕事?」

「どんな仕事だっていいわ。タイピストでも店員でも電話の交換手でもいいの。そうすれば食べていけるわ……忘れたわけじゃないでしょうね?」

「おぼえてるさ」ハミルトンがいった。「でも、きみは家にいて、暖炉の掃除をしていればいいんだよ。仕事を見つけるのはぼくにまかしてくれ」彼は綺麗にそった顎と新しいシャツを指さしてみせた。「さしあたって、仕事を探すためのステップはふたつすましたわけだ」

「だけど」マーシャが反対した。「あなたが失業したのはわたしの責任よ」

「われわれはもう働く必要はないのかもしれませんよ」ロウズが皮肉っぽい口調で、考えこみながらいった。「われわれは口をポカンと開けて、空からマナが降ってくるのを待っていればいいのかもしれない」

「きみはもうそれをやってみたと思ったよ」ハミルトンがいった。

「ええ、やってはみましたがね。残念ながらなにも得られなかった。でも、なかにはうまくいった連中もいるかもしれない。これからは、こういったことの力学《ダイナミックス》を研究してみる必要がありますね。この世界がどういうものであれ、固有の法則があるはずです。われわれが慣れ親しんだものとは、まったく違った法則がね。げんに、すでにいくつかは目にしてるじゃないですか。護符の効き目がそうですよ。あれは恩寵の全システムがいま働いていることを意味しているんです」ロウズはいい足した。「それに天罰もね」

「救済もでしょ」マーシャはつぶやいた。茶色の眼が大きくなった。「だけどあなたは、ほんとうに天国があると思う？」

「そりゃ絶対にあるさ」ハミルトンが肯定した。彼は寝室にもどった。すぐに彼はネクタイを結びながら現われた。「だけど、そんなものはあとの問題さ。さしあたっては半島に車で出かけてくるよ。銀行預金は五十ドルしかないからね。お祈りの効き目を待ちながら餓え死にするなんて、そんな気はないよ」

ミサイル工場の駐車場で、ハミルトンは自分のフォード・ビジネス・クーペに乗った。ジョン・W・ハミルトン専用と表示された駐車スペースに、とめたままになっていたのだ。エル・カミノ・リアルに向かって、ベルモントの街を離れた。三十分後には南サンフランシスコに入った。バンク・オブ・アメリカの南サンフランシスコ支店の入口の大時計は、十一時半をさしていた。砂利を敷きつめた落ちついた感じの駐車場に入って、EDA職員のキャデラックとクライスラーのとなりに車をとめた。

電子工学開発局《EDA》のビルは右手にあり、工業団地がひろがる丘陵を背に、白いセメント・ブロックの姿を見せていた。何年か前に、ハミルトンがはじめて先端電子工学の論文を発表したとき、EDAは彼をカリフォルニア・メンテナンスからひきぬこうとしたことがあった。アメリカの指導的な統計学者のひとり、ガイ・ティリンフォードがこの開発局の長官だった。聡明で独自の識見を持ったこの人物は、たまたまハミルトンの父の親友でもあった。

ここでなら仕事は見つかるはずだ——とにかく仕事を見つけるつもりならば。それにいちばん重要なことは、EDAがさしあたって軍事的研究にたずさわっていないことだった。ティリンフォード博士はプリンストン大学の先端科学協会を立ちあげたグループ（このグループは公式には解散していた）の一員で、軍事よりも実用的な科学全般に関心を寄せていた。EDAからは、西側の産業界や大学で広く採用されているもっとも高性能のコンピュータ、大電子頭脳のいくつかが発明されていた。

「どうぞ、ミスタ・ハミルトン」きびきびした小柄な秘書が、書類をぱらぱらめくりながらいった。「いらしたことをお伝えいたします……よろこんでお会いになると思いますわ」

ハミルトンは緊張してラウンジを歩きまわり、両手をこすりあわせたり、声に出さずに祈ったりした。祈りのことばは、こんどはすらすらと心に浮かんできた。せっぱつまっていただけに、祈ることに自意識がじゃますることはなかった。銀行預金が五十ドルでは、とても長いあいだ食いつなぐわけにはいかない……たとえ奇蹟がおこったり、イナゴの大群が降ってくるこの世界であっても。

「やあ、ジャックじゃないか」豊かな、深みのある声が響いた。ガイ・ティリンフォード博士がオフィスのドアから姿を見せた。年老いた顔に明るい表情を浮かべ手をさしのべた。

「これはめずらしい。ひさしぶりじゃないか。あれから十年にもなるかな?」

「もうそれくらいたちますね」心をこめて手を握りながらハミルトンがいった。「お元気そうですね、博士」

オフィスに入ると、コンサルタント・エンジニアや技術者たちがいた。クルー・カットにボオ・タイという格好で、くもりのない顔にぬけめのない表情を浮かべた若者たちだ。彼らには眼もくれず、ティリンフォード博士は木製ドアをいくつも通りぬけて、ハミルトンを私室に案内した。

「さあ、ここで話そうじゃないか」黒い革張りの安楽椅子に腰をおろしながら声をかけた。

「この部屋を——なんというか、まあ個人的な隠遁所として使っているんだよ。ここで瞑想したり、ひと息ついたりするためにね」そして悲しそうに、ことばをつけ足した。「毎日やっている単調な仕事にうんざりするときがあるんだよ。そんなときはこの部屋に……一日に二度か三度かだけどね……舞いもどって、元気を回復するのさ」

「じつは、カリフォルニア・メンテナンスをやめたんです」ハミルトンがいった。

「ほう？」ティリンフォードがうなずいた。「きみのためにはいいだろう。あそこは悪い場所だ。武器に重点をおきすぎる。あそこの連中は科学者じゃない、まるで役人だよ」

「正確にいうと、辞職したのではないんです。解雇されたんです」ハミルトンは簡単に事情を説明した。

ティリンフォードはしばらくなにもいわなかった。前歯を見せて、額にしわを寄せながら考えこんでいた。「マーシャのことはおぼえている。いい娘だ。わしはいつも好意をもっていたよ。どうも近ごろは、この機密保護というやつが多すぎるな。しかし、ここではそんなものを気にする必要はない。いまのところ政府と契約はしていないんでね。いってみれば、ここは象牙の塔だよ」皮肉な声でくすくす笑った。「純粋な研究の最後の牙城というわけだ」

「ぼくを使ってはいただけないでしょうか？」ハミルトンは、できるかぎり自分を抑えながらたずねた。

「使っていけない理由などないさ」ぼんやりした態度で、ティリンフォードは小さな祈禱の輪を出してまわしはじめた。「きみの専門はよく知っている……ざっくばらんにいえば、一日も早くきみにきてもらいたいくらいだよ」

思いがけない幸運に茫然となったハミルトンは、ティリンフォードの祈禱の輪に魅せられたように眼を注いだ。

「もちろん、お決まりの質問にこたえてもらわなきゃならん」ティリンフォードは輪をまわしながらいった。「ただの慣例にすぎないんだがね……書類にして提出する必要はない。わしが口頭でやろう。きみは酒を飲むんだったかな？」

ハミルトンはまごついた。「酒ですか？」

「マーシャに関する件は、ちょっと問題かな。もちろん機密上の問題じゃないんだがね……ところできいておくことがある。ジャック、あくまで真実をいってくれたまえ」ティリンフォードはポケットに手を入れて、『第二バーブ教の教え《バヤーン》』と金文字で刻印された黒表紙の本を出してハミルトンにわたした。「大学に在学中、きみたちふたりが急進的なグループにいたとき、きみたちは――いわゆる〝自由恋愛〟を実行しなかったかね？」

ハミルトンは返事が出てこなかった。ことばもなく、茫然として、『第二バーブ教の教え』を手にして立ちつくしていた。上着のポケットに入れられていたため、その『教え《バヤーン》の書』にはまだティリンフォードのぬくもりが残っていた。明るい顔つきをしたEDAの青年がふたり、音もなく部屋に入ってきた。彼らはうやうやしく立ったまま、見守っている。研究所の長い白衣を着た青年たちは、妙に荘厳で従順そうなようすを見せていた。きっちり刈りこんだ頭は、若い修道僧の頭にそっくりだ……流行のクルー・カットが、古代の禁欲的な僧侶の頭にひどく似ているなんて、このときまで考えてもみなかった。このふたりの青年は、どこから見ても若い物理学者の典型だった。だが、若い科学者特有のずうずうしさは、どこに行ってしまったのだろう。

「それでは、その質問はあとまわしにしよう」ティリンフォード博士がいった。「まだききたいことがあるんだよ。ジャック、その『教えの書《バヤーン》』を手にもって、真実をいってくれないか。きみは聖なる救済に通じる〈唯一なる真の門〉を得度しているかね?」

全員の眼がハミルトンにそそがれていた。思わず唾をのみこんで、顔をほてらせた彼は、困惑しきって立ちつくしていた。「博士」やっとの思いでことばが出てきた。「また別の日に、あらためておうかがいしたほうがよさそうです」

ティリンフォードは心配そうな顔をして、眼鏡をとると、ひたとハミルトンに眼を向けた。

「ジャック、気分でも悪いのか?」

「このところずっと、ひどく緊張していたせいでしょう。仕事を失ったり……」あわててハミルトンはことばをにごした。「ほかにもいろいろ面倒なことがありまして、マーシャとぼくは、昨日事故にあったんです。新しい偏向器《デフレクター》が故障して、ベバトロンの観測台の上にいたぼくたちは強烈な放射線を浴びたんです」

「うん、そうだったね」ティリンフォードはうなずいた。「その話はわしも聞いたよ。運よくひとりも死ななかったそうだね」

修道僧のような若い技術者のひとりが口をはさんだ。「その八人のかたがたは、預言者とともに歩《あゆ》んでいたのでしょうね。あの事故では、ひどく高い場所から落下したのですから」

「博士」ハミルトンはかすれた声でいった。「いい精神分析医を紹介してくれませんか？」

年配の科学者のまなざしが、ゆっくりと信じられないといったものへと変わった。「なにを紹介しろって？　頭がどうかしているのかね？」

「ええ」ハミルトンが答えた。「どうもそうらしいんです」

「それでは、この問題はあとにしよう」ティリンフォードは押し殺したような声で短くいった。せかせかした態度で、ふたりの技術者を部屋の外に追いだした。「礼拝室《モスク》に行っていなさい」彼はふたりにいった。「あとで呼ぶまで瞑想していたまえ」

そのふたりは考えぶかげにハミルトンをじろじろ見ながら出ていった。

「わしにはなんでも話しなさい」ティリンフォードが、重々しくいった。「わしはきみの味方だ。きみのお父上を存じあげているんだからね、ジャック。偉大な物理学者だった。彼の業績を凌ぐことはだれもできないよ。わしはきみにとても期待していたんだ。きみがカリフォルニア・メンテナンスに就職したとき、とてもがっかりしたよ。もっとも、われわれはみな〈宇宙の意志〉にはしたがわなければならないのだが」

「ぼくから少し質問してもよろしいでしょうか？」ハミルトンの首すじから、じっとりと冷たい汗が糊のきいたシャツに流れてきた。「ここは現在でもまだ科学機関なのでしょうか？　それとも違うものになったんですか？」

「現在でも、というのは？」ティリンフォードは当惑しながら『教えの書』をハミルトンの生気のない指からとり返した。「きみの質問の趣旨が、わからないのだが。もっと明確にいいたまえ」

「それではこういうふうに申しあげましょうか。ぼくは――世間知らずになってるんです。自分の研究に没頭するあまり、同じ分野で行なわれていることにすらうとくなってしまったんです」彼は必死になっていった。「いわんや、ほかの分野のことはなにがどうなっているか、まるで見当もつきません。おそらく――博士なら最近の事情全般にわたって、簡単に説明してくださるのではないかと？」

「事情全般ね」ティリンフォードはうなずきながらくり返した。「確かにそれを見失ってしまうのはよくあることだよ。過度におよぶ専門化の弊害だね。わしにしたところで、たいして話せることはないんだ。ＥＤＡにおけるわれわれの仕事は、完璧にデザインされている。処方されているといったほうがいいくらいなんだよ。カリフォルニア・メンテナンスの研究所で、きみたちは異教徒に対する武器を開発してきた。これは簡単に説明できる。厳密な意味での応用科学だといっていい、そうじゃないかね？」

「そのとおりです」ハミルトンが答えた。

「この研究所では、われわれは永遠にして根本的な問題、すなわちコミュニケーションの問題に取り組んでいる。この仕事は――たいへんな仕事だが――コミュニケーションにかかわる基本的な電子装置を研究しているんだよ。ここには、きみのような電子工学の専門家がいる。意味論の領域では最高の顧問もそろえている。非常に優秀な心理学者もそろえている。われわれ全員が一致団結して、人間存在に関する基本的な問題に取り組んでいるんだ。つまり、天国と地上のあいだを完璧な機能を持った線《ワイヤー》でつなごうとしているんだよ」

ティリンフォード博士はことばをつづけた。「むろんきみはすでにこの問題は承知しているはずだが、念のためもういちどくり返そう。コミュニケーションが厳密な科学の対象となる前の時代には、でたらめでかってなものが数多く存在していた。生け贄《いけにえ》を焼くなんてことは、鼻や口をくすぐって神様の注意を惹こうとするようなものだ。きわめて未開で、非科学的だったわけだ。大声で祈禱したり、讃美歌を合唱することなんかは、いまでも無教育なひとびとのあいだで行なわれている。まあそんな連中には、せいぜい讃美歌を歌ったり祈禱書を朗読させておけばいい」博士がなにかのボタンを押すと、室内の壁がたちまち透明になった。ハミルトンは、自分が精緻をきわめた研究室を眼下に見おろしていることに気がついた。研究室はティリンフォードのオフィスの周囲に輪状に展開されている。人間や無数の設備がひろがり、もっとも進歩した機械や優秀な技術者たちの姿がそこにはあった。

「ノーバート・ウィーナー」とティリンフォードがいった。「ウィーナーの人工頭脳《サイバネティックス》を知っているね。もっと重要なのはエンリコ・デスティニの顕神機《セフオニツクス》の分野での仕事だ」

「それはなんですか」

ティリンフォードは驚いた顔をした。「きみは専門家なんだろうね。むろん人間と神のあいだのコミュニケーションだよ。ウィーナーの完成した仕事と、シャノン、ウィーバーのきわめて貴重な資料をつかって、デスティニは一九四六年当時、天国と俗世のあいだにはじめて通信システムを構築することに成功したんだ。そして彼は、あの異教徒の遊牧者、あの忌わしいボータン崇拝者、樫の木を崇拝する野蛮人に対する戦争で使われた、あらゆる装備を使わねばならなかったんだがね」

「つまり――ナチスのことですか？」

「そんな用語はわしもよく知っている。しかし、ナチスというのは社会学の隠語じゃないか？ 例の〝預言者を否定する者〟や〝反バーブ教主義者〟にしてもそうだ。アルゼンチンに亡命してまだ生きているという噂もある。彼は不老不死の霊薬を見つけたんだそうだ。一九三九年に、悪魔と契約したことは、きみもおぼえているだろう。いや、まだ子どもだったから無理か。しかし、あれは歴史的な事件だから――聞いたことはあるだろう」

「ええ」ハミルトンはしゃがれ声でいった。

「だが、壁に書かれたことばを見なかった者もまだいたんだ。ときどき思うんだがね、信仰篤《あつ》き者こそ、もっと謙虚になるべきだな。世界各地にほんの数個の水爆が落とされただけで、もはや踏みにじることができないほど強力な無神論の流れが――」

「ほかの分野では」ハミルトンがさえぎった。「なにが問題になっているのですか？ 物理学はどうでしょうか？」

「物理学はもはや行きづまった学問だよ」ティリンフォードが教えた。「実際上、宇宙を構成する物質については、あらゆることが――すでに一世紀も前から知られているからね。物理学はもはや工学技術の抽象的な一分野にすぎないんだ」

「それでは工学技術は？」

返事をするかわりにティリンフォードは《応用科学ジャーナル》の一九五九年十一月号を投げて寄こした。「その巻頭論文はきみの役に立つんじゃないかな。見どころのある人物だよ、筆者のハーシュバインは」

その巻頭論文は『貯水池建設にかかわる神智学的側面』という題だった。下に副題がついている。〝主要な住民センターすべてにおよぼす神聖なる恩寵の恒久的供給維持の必要性〟となっていた。

「恩寵か？」ハミルトンはげっそりしたようにいった。

「技術者は」ティリンフォードが説明した。「主として世界じゅうのバーブ教徒の共同体のために、恩寵を送るパイプを敷設する仕事に従事しているのだよ。ある意味では、コミュニケーションの線《ライン》を開放しておくという、われわれの当面の課題と密接な関係がある」

「で、それが技術者のやっていることのすべてなのですか？」

「いや」ティリンフォードは考えた。「寺院や神殿や祭壇をつくる仕事には終わりがない。神は冷厳無比な工事監督だからね。神の設計書はきわめて精密だ。ここだけの話だが、わしはあの連中をうらやましいとは思わないね。いちどヘマをすると――」彼は指を鳴らした。

「バシッだ」

「バシッ？」

「稲妻だよ」

「ああ」ハミルトンがいった。「なるほど」

「だからごく少数の優秀な青年しか工学技術者にはならない。道徳度の基準があまりにも高いんだよ」ティリンフォードは父親のような気づかいをこめて、彼をじっと見つめた。「さあ、これでわかったろう、きみがじつにすばらしい分野にいることが？」

「そのことは疑ったこともありません」ハミルトンの声はしわがれていた。「ただ、この分野がいまどんなふうになっているか興味があったものですから」

「きみの道徳度に関しては、わしも満足している」ティリンフォードがいった。「きみが神を畏怖《いふ》する穢《けが》れなき名門家庭の出身であることは、わしもよく知っている。きみのお父上は誠実で謙虚なかただった。いまでもときどきお父上と話すことがあるんだよ」

「話す？」よわよわしくハミルトンはたずねた。

「お変わりなくおすごしのごようすでね。むろんきみがいないので、さびしがっておられる」ティリンフォードは机の上のインターコムを指さした。「なんならきみから――」

「いや」ハミルトンは、思わずあとずさりながらいった。「ぼくはまだ事故の影響で気持ちが混乱しています。とても耐えられないと思いますので」

「きみのいいようにしたまえ」ティリンフォードは親しみをこめた手で青年の肩をたたいた。

「ひとわたり研究所を見学するかね？　われわれにはすばらしい性能の施設が完備しているんだよ」彼は秘密をうちあけるように低い声でいった。「しかし、まあ、せいぜいうんとお祈りでもすることだね。きみがもと所属していたカリフォルニア・メンテナンスでは、あそこの連中がずいぶん騒がしい音をたててるな」

「ご存じだったんですね」

「ああ、知っていたよ。なにしろ、われわれはコミュニケーションの線《ライン》を敷設したからね」

薄笑いを見せて、ずるそうに目くばせをすると、ティリンフォードはドアへと案内した。

「きみを人事部長に紹介しよう……実際の契約はその男がしてくれるからね」


人事部長というのは血色がよくて、髭を綺麗にそりあげた男だった。机の上にハミルトンの書類をおいて調べながら、うれしそうに笑いかけてきた。「ミスタ・ハミルトン、よろこんであなたを当研究所にお迎えしますよ。EDAにはあなたのような経験に富んだかたが必要なんです。それに博士が、あなたを個人的にご存じなのですから――」

「すぐ手続きしたまえ」ティリンフォードが命令した。「書類やらなにやらはあとまわしでいいだろう。ただちに資格試験をしたまえ」

「わかりました」部長はうなずいた。彼は自分の『第二バーブ教の教え』を出した。それを机において本を閉じた。両眼を閉じて、親指でページをめくりながら、でたらめに本を開けた。ティリンフォードが体をのりだし、肩ごしにじっとのぞきこんだ。ふたりはなにかを相談するように低い声で話しあいながらその箇所を調べた。

「上乗だね」ティリンフォードは満足してからだをおこした。「これで通過だ」

「まさにそうですな」部長が同意した。ハミルトンに向かって彼がいった。「あなたも結果を知りたいでしょう。今年になってわたしが拝見したなかでは、もっとも明瞭な承認のひとつですよ」そういうと、きびきびとした口調で読みあげた。「〝一九三一年の予見《ヴィジョン》、第六章、第十四節、第一行。しかり、真《まこと》の信仰は不信者の勇を融かすべし。信ずる者は神の怒りのいかばかりなるかを知るなればなり。土器《かわらけ》を満《み》たすべき秤《はかり》を知ればなり〟」ここまで読むと、パタンと『教えの書』を閉じて机の上においた。ふたりは、うれしそうにハミルトンに笑顔を見せた。そこには善意と職業上の満足が輝いていた。

あっけにとられて、なにがなにやらわからなくなったハミルトンは、自分をここへ連れてきた、痩せて身綺麗な老人に向きなおった。「給料のことをおうかがいしてもよろしいですか？　それは——」わざと冗談めかしていおうとした。「下品かつ営利主義でしょうか？」

ふたりは不思議そうな顔をした。「給料？」

「そうです。給料ですよ」ハミルトンはヒステリックにくり返した。「ご存じでしょう。経理部が二週間ごとによこすものですよ。雇用者を落ちつかせるためにわたすものです」

「慣例にしたがって」ティリンフォードが冷静な威厳を見せていった。「きみは十日ごとにIBMの貸方に記入される」人事部長のほうを向いて訊いた。「正確な数字はどうだったかね？　細かなことまでは、おぼえていないのだが」

「経理部に問い合わせてみましょう」人事部長はオフィスから出ていったが、たちまちもどってきた。「さしあたって、あなたは四・Aにランクされます。半年以内に五・Aにあがるでしょう。いかがですか？　三十二歳の青年には悪くない条件ですが」

「四・Aというのはなんのことです？」ハミルトンが訊いた。

一瞬、驚愕したようすで声をのんだ人事部長は、ティリンフォードにちらりと視線を投げたあと、唇を舐めて説明をはじめた。「IBMは貸借両方の帳簿を作成しておりましてね。〈森羅万象記録《コズミック・レコード》〉ですな」彼はじれったそうな身ぶりをまじえて話した。「つまり、悪と徳に関する大いなる不滅のリストですよ。EDAは、神のみぞなしたもう御業《みわざ》を行なうわけで、故《エルゴ》に、あなたは神の僕《しもべ》なのです。あなたの報酬は十日ごとに四信用単位《クレジット》の貸となります。つまり、救済に向かって四直線単位《リニア・ユニット》進むわけですね。IBMがその数字のいっさいを処理します。もっともIBMはそのために存在しているわけですが」

事情はわかった。大きく深呼吸をして、ハミルトンはいった。「それでけっこうです。忘れていました――混乱してしまって申しわけありません。でも――」彼はティリンフォードに必死に訴えた。「マーシャとぼくはどうやって生活すればいいんです？ いろいろ支払いもしなければなりませんし、食べていかなければならないんですよ」

「神の僕《しもべ》として」ティリンフォードは、おごそかにいった。「きみの求めるものは与えられるのだよ。きみは『教えの書』はもっているだろうね？」

「は、はい」ハミルトンはいった。

「信仰に欠けるところのないようにしなさい。この仕事に従事する上でのきみの資格からすれば、まあ、なんだね、祈ることで、少なくとも――」博士は頭のなかで計算した。「そうだね、週に四百というところかな。きみはどう思う、アーニイ？」

人事部長は同意を示すようにうなずいた。「ざっとその程度でございましょう」

「あとひとつよろしいですか」ハミルトンはいった。話がまとまり、すっかり満足したティリンフォード博士が元気よく立ち去りかけたからだった。「先ほど精神分析医のことを申しあげたのですが……」

「ねえ、きみ」ティリンフォードが、かぶせるようにいった。「わしからきみにひとつ、ひとつだけいっておくことがあるんだよ。きみの人生はあくまできみ自身の人生だし、きみの好きなように生きていけばいい。これをしろとか、なにを考えろとか、わしがきみにいうことはしない。きみの霊的存在は、あくまできみ自身と、ただひとつの真なる神のあいだの問題だからね。しかしきみが、どうしてもいかさま師と相談したいというのなら――」

「いかさま師ですって！」ハミルトンは、放心したように相手のことばをくり返した。

「狂人と紙一重の連中だよ。これが俗人の場合ならかまわないさ。無教育な人間が何万と列をつくって精神分析医に群がっているのは知っておるよ。統計には目を通しているからね。大衆にあやまった情報が行きわたっているのは残念なことだ。きみのためにこうしてあげよう」上着から手帳と鉛筆を出すとすばやくなにかを書きつけた。「これこそ唯一の正しい道だ。きみがいますぐそこに行かなくても、いっこうにかまわんよ。しかし、われわれはたえまなく試みるよう命じられている。なんといっても、永遠というのは長い時間だからね」

それにはこう書いてあった。

預言者ホレース・クランプ　第二バーブ教聖墓　ワイオミング州　シャイアン

ティリンフォードがいった。「まさに最高峰へといたる道だよ。驚いたかね？　わしがどれほどきみのことを思っているかわかるだろう」

「ありがとうございました」ハミルトンは放心したように、その紙片をポケットに入れながらいった。「あなたがそうおっしゃるのでしたら」

「そういったとも」ティリンフォードは、威厳のこもった調子でくり返した。「第二バーブ教こそが唯一の真実なる信仰なのだよ。天国の楽園を約束するただひとつの道なのだ。神はホレース・クランプのみをとおして語りたまう。あしたにでも行ってみたまえ。仕事につくのはいつからでも、こちらはかまわないからね。地獄の業火からきみの魂を救うことができる人間がいるとすれば、それは預言者ホレース・クランプをおいてほかにはないのだよ」

5

ハミルトンが電子工学開発局《EDA》のビルから釈然としないおももちで出てきたとき、いずれもポケットに手を突っこんで、無表情なくせにおだやかな顔つきをした男たちのグループが、静かにうしろからついてきた。ハミルトンが車のキーを出そうとしていたとき、男たちは駐車場を横ぎり、明らかに彼をめざして歩み寄ってきた。

「やあ」ひとりが声をかけた。

若者ばかりだった。みなブロンドの髪をクルー・カットにし、修道僧のような研究所の白衣を着ている。ティリンフォードの部下の優秀な若い技術者たち。驚くほど高度な教育をうけたEDAの職員だった。

「なにか用かね?」ハミルトンが訊いた。

「帰るんですか?」リーダーがたずねた。

「そうだよ」

ハミルトンの返事をきいて考えこんだ。やがてリーダーが口をひらいた。「でも、またもどってくるんでしょう」

「おいおい」ハミルトンがいいかけたが、相手の青年がさえぎった。「ティリンフォードは、あなたを採用したわけだ」彼がいった。「来週から仕事にくるんでしょう。採用試験に合格したので、研究所のなかを見学していたんですよね」

「試験に合格したかもしれないが」ハミルトンはいった。「しかし、だからといって仕事につくとはかぎらないよ。正直いって――」

「ブレイディといいます」グループのリーダーが口をはさんだ。「ボブ・ブレイディ。さっきあそこで見かけたはずですよ。あなたがあの部屋に現われたとき、ティリンフォードといっしょにいたから」ハミルトンに眼を向けながらブレイディはいった。「人事部は満足したかもしれませんが、ぼくたちは満足していないんですよ。人事部は俗人が運営しているんでね。あそこの連中は、きまりきった形ばかりの資格試験しかやらないんだから」

「おれたちは俗人じゃないんだ」ブレイディのグループのひとりが割りこんだ。

「ちょっと待ってくれ」ハミルトンはいくらか希望をとりもどしていった。「ぼくたちはうまくやっていけるかもしれないね。きみたちのような優秀な人間が、なんであんなあてずっぽうに本を開ける試験《テスト》なんかを認めてるのか不思議だったんだよ。応募者の熟練度とか能力を量るためには、ちっとも適切な基準じゃないからね。この種の高等研究所では――」

「とにかくぼくたちにとっては、そうでないことが証明されるまでは、あなたはあくまでも異教徒なんですよ」ブレイディが容赦なく浴びせた。「異教徒はひとりもEDAで働いてほしくない。ぼくたちには、ぼくたちなりの職業的な基準があるのでね」

「あんたには資格がないよ」グループのひとりがつけ加えた。「あんたのN等級証を見せてくれないか」

「あなたのN等級証《ニンバスグラム》ですよ」ブレイディは片手をのばしながら立って待っていた。「あなたは最近、聖光像を拝受したでしょう?」

「さあ、思いだせないね」ハミルトンは困って答えた。

「やっぱり思ったとおりだ。N等級証をもっていないんだ」上着のポケットからブレイディは小さなパンチカードを出した。「このグループには四・六N階級以下の者はひとりもいない。どうやらあなたは二・〇階級にも達していないらしい。どうなんです、その点は?」

「おまえは異教徒だ」若い技術者のひとりが吐き捨てるようにいった。「こんなところにもぐりこもうなんて、相当な神経だな」

「もう行かれたほうがいいですね」ブレイディがハミルトンにいった。「このまま地獄にでも堕ちて、二度と舞いもどってこないほうがいいですよ」

「ぼくにはきみたちとおなじ権利がある」ハミルトンは腹を立てていった。

「試罪法《オーディール》でやりましょう」ブレイディはちょっと考えてからいった。「いちどでけりをつけましょう」

「望むところだ」ハミルトンは満足していった。上衣を脱ぐと車のなかに投げこんでいった。

「だれとでも闘うぞ」

彼に注意を向ける者はいなかった。技術者たちは輪になって相談していた。頭上では黄昏《たそがれ》の太陽がようやく沈みはじめている。車が次々にハイウェイを通りすぎてゆく。EDAのビルはしだいに暗くなってゆく光のなかで清らかに輝いていた。

「これで試すことにしよう」ブレイディが決めた。華奢《きゃしゃ》なシガレット・ライターを手にしながら、重々しくハミルトンに近寄ってきた。「親指を出して」

「親指を？」

「火による試罪ですよ」ブレイディはライターに火をつけながら説明した。黄色い炎が燃えあがった。「勇気を見せていただきましょう。男であることを示してください」

「ぼくは臆病者じゃないぞ」ハミルトンは怒っていった。「だけど、きみたち狂人が馬鹿げた入門儀式をやりたいからって、自分の親指を火のなかに突きだすなんてまっぴらだね。そんないたずらは、大学を卒業したときに終わりにしたんだ」

技術者たちはめいめいが親指を出した。ブレイディはライターで次から次へと親指に火をあてた。どの親指も少しも火傷しなかった。

「さあ、あなたの番です」ブレイディは敬虔《けいけん》な口調でいった。「男らしいところを見せてください、ミスタ・ハミルトン。自分が堕落した野獣ではないことを思いだすんです」

「地獄へ堕ちろ」ハミルトンはカッとなってやり返した。「そのライターをぼくに近づけるな」

「あなたは火の試罪を拒否するんですね」ブレイディは意味ありげに訊いた。

ハミルトンはいやいやながら指を出した。こんなへんてこな世界では、シガレット・ライターの火は火傷《やけど》をおこさないのかもしれない。自分でも気がつかないうちに、火に対して免疫になっているのかもしれない。どうやらぼくも――

「アッチッチ！」ハミルトンは悲鳴をあげ、手をあわてて引っこめた。

技術者たちは深刻な顔をして頭をふった。「なるほど」ブレイディは勝利に酔ったような顔でライターをしまいながらいった。「こうなると思っていましたよ」

ハミルトンは火傷した親指をこすりながら打ちのめされたように立ちすくんでいた。「サディストめ」彼は非難した。「おまえたちはなんでもかんでも神のせいにする狂信者だ。どいつもこいつも中世に逆もどりしてる。おまえたちこそ――異教徒だ！」

「気をつけてものをいったほうがいい」ブレイディが警告した。「あなたは〈ただひとつの真なる神〉の使徒に向かって話しているんですよ」

「しっかり心に刻みつけておくがいい」アシスタントのひとりがしたり顔でいった。「おまえたちが〈ただひとつの真なる神〉の使徒なら、ぼくも電子工学の分野では少しは知られた技術者だ。見そこなうのはよせ」

「見そこなったのはそっちでしょう」ブレイディは、少しもとりみださずにいった。

「おまえたちは熔接用のトーチランプの炎に親指を突っこむことも、溶鉱炉のなかにとびこむこともできるんだろうな」

「もちろん」ブレイディはうなずいた。「できるに決まってるじゃないですか」

「しかし、電子工学に関してはどうなんだ？」その青年をにらみつけながらハミルトンがいった。「なるほど、そっちがそうくるのならやむを得ない。ぼくからも挑戦しよう。おまえの知識の程度を試してやろう」

「あなたは〈ただひとつの真なる神〉の使徒に挑戦するのですか？」ブレイディは信じられないように訊き返した。

「そうさ」

「でも――」ブレイディは、驚いた顔をした。「それはあまりに非論理的です。さっさと家に帰ったほうが身のためですよ、ハミルトン。いいところを見せようとしてもむだですから」

「臆病風に吹かれたのかな？」ハミルトンは嘲《あざけ》った。

「でも、あなたに勝ち目はないんですよ。あなたが負けることは、公理によってすでに決定ずみなんです。まず前提条件を考えてごらんなさい。〈ただひとつの真なる神〉の使徒が勝利をおさめることは決まっているんです。そうでなければ、神の力が否定されることになってしまいますからね」

「いいのがれはやめろよ」ハミルトンがいった。「そっちからはじめに質問したまえ。それぞれ三つ、質問することにしよう。応用電子工学と理論電子工学を含めて。いいね？」

「いいとも」ブレイディはいやいやながら返事をした。技術者たちは驚いたように眼を見張って、ふたりのまわりに集まり、固唾《かたず》をのんでなりゆきを見守っていた。「あなたは気の毒なひとですね、ハミルトン。どうやら事態がどういうものか、理解していないらしい。俗人がこういう非合理的な態度をとることは予想していましたが、かりにも、科学的な素養のあるひとが――」

「質問しろよ」ハミルトンがいった。

ハミルトンは眼をパチパチさせた。

「オームの法則を述べよ」ブレイディがいった。

万が一にもまちがうはずがないじゃないか？　一から十まで数をかぞえろというにひとしい質問だ。

「それが最初の質問なのか？」

ブレイディはくり返した。声もなく彼の唇が動きはじめた。

「なにをしてるんだ？」ハミルトンが疑わしそうに訊いた。「どうして唇を動かすんだ？」

「祈禱しているんですよ」「オームの法則」ブレイディがいった。「神のご加護を得るために」

ハミルトンがいった。「電流の流れに対する導体の抵抗は――」意外なことにあとが続かなかった。

「どうした？」ブレイディが訊いた。

「おまえのおかげで気が散るんだ。祈禱はあとにしろよ」

「いましかないんですよ」ブレイディは強調するようにいった。「あとで祈っても役に立たないじゃないですか」

小刻みに動く相手の唇を無視しようと努めながら、ハミルトンはつづけた。「電流に対する導体の抵抗は次の方程式によってあらわされる。Rイコール……」

「先をつづけてください」ブレイディがうながした。

奇妙な、耐えられないほどの重量がハミルトンの心にのしかかってきた。一連の数式、方程式などの記号がバラバラにほぐれた。単語やフレーズが飛び立って躍り狂った。まるでピンでとめられるのをいやがる蝶のような感じだった。「抵抗の絶対単位は」ハミルトンの声は割れていた。「導体の抵抗として規定される。この導体において――」

「ぼくは、そんな定義がオームの法則だとは思わないね」ブレイディがいった。仲間のほうをふり向いて、わざとらしくたずねた。「きみたちには、いまのがオームの法則に聞こえたかい？」

みんなはうやうやしく頭をふった。

「負けたよ」ハミルトンは、信じられないようにいった。「オームの法則さえ説明できないなんて」

「神をたたえよ」ブレイディが答えた。

「かくして異教の輩《やから》は破砕された」技術者のひとりが、科学解説者のようにつけ加えた。

「勝敗は決まった」

「どうもおかしいぞ」ハミルトンが抗議した。「ぼくはオームの法則なんか、自分の名前のようによく知っているのに」

「事実を受け入れることです」ブレイディがやりこめた。「あなたが異教徒で、神の恩寵を受けられない場所にいることを認めるんですよ」

「こっちからも質問していいだろう？」

ブレイディはちょっと考えていた。「けっこうです。さあ、どうぞ。どんなことでもいいですよ」

「電子ビームは電圧のかかったふたつの極を通過するときに偏向する」ハミルトンがいった。「電子はその運動と直角の方向に力を加えられる。その両極間の長さをL_1とし、次に両極の中心からの距離を……」

彼はことばをきった。ブレイディのすぐ頭上、彼の右耳のすぐ近くに口と手が現われていた。その口は静かにブレイディの耳になにかささやいている。その手にさえぎられ、そのささやき声はハミルトンの耳に届くまえに消えてしまうのだった。

「そいつは何者だ？」憤激したハミルトンが訊いた。

「なんのことですか？」ブレイディはその口と手を追いやって、知らん顔でいった。

「耳打ちしていたのはだれだ？　答を教えているのはだれなんだ？」

「神が遣わされた天使ですよ」ブレイディがいった。「決まっているじゃないですか」

ハミルトンはあきらめてしまった。「やめた。そっちの勝ちだ」

「つづけてください」ブレイディが促した。「あなたはこの公式で、ビームの偏向の問題をぼくに答えさせようとしていたんでしょう」簡潔なことばで、ハミルトンが頭のなかで考えていた数式をズバリといいあてた。「正解ですよね？」

「不正行為じゃないか」ハミルトンはいいかけた。「じつに低劣なインチキだ――」

天使の口なるものがいやらしい笑いを浮かべて、なにか野卑なことをブレイディの耳にささやいた。ブレイディも思わずにやりとした。「まったく滑稽《こっけい》ですね」彼はうなずいた。

「おっしゃるとおりです」

巨大で下品な口がスッと消えかけたとき、ハミルトンがいった。「ちょっと待て。もう少しいてくれ。話があるんだ」

その口はふわふわ漂っていた。「なにを考えている?」耳ざわりな、すさまじい雷のような響きだった。

「もうわかっているはずだ」ハミルトンが答えた。「ちょっとのぞいただけでわかるんだろう?」

その口は、さも軽蔑したように歪んだ。

「ひとの頭のなかをのぞけるのなら」ハミルトンがいった。「心のなかものぞけるはずだ」

「ねえ、なんの話をしているんです?」ブレイディが、不快そうに詰問した。「そんなたわごとは、自分の天使にすればいいじゃないですか」

「たしか、こんな一節があったはずだ」ハミルトンはつづけた。「罪を犯さんと欲するものは、まさに罪を犯すのとおなじく罪深きものなり」

「いったいなにがいいたいんです?」ブレイディがじりじりしながら詰問した。

「この一節をぼくなりに解釈すると」ハミルトンは続けた。「これは、動機に関する心理学的な問題についての発言だよ。動機は、もっとも基本的な道徳上の基準のひとつに位置づけられている。だから、実際に犯された罪は、じつは悪しき欲望の公然たるあらわれにすぎないとされているんだ。善か悪かは、ひとがなにをしたかではなくて、なにを思ってそうしたかによってきまるんだ」

天使の口は同意の表情を示した。「おまえのいうことは真実だ」

「この連中は」ハミルトンは技術者たちを指さしながらいった。「〈ただひとつの真なる神〉の使徒としてふるまっています。異端者を見つけ一掃しようとしています。でも、この連中の心のなかには、邪悪な動機がひそんでいるんですよ。熱狂的なその行為の背後には、罪深き欲望のかたまりがあるんです」

ブレイディは固唾《かたず》をのんだ。「なにをいいだすんだ？」

「ぼくをEDAからしめだそうとするきみたちの動機が、打算によるものだといっているのさ。単なる嫉妬じゃないか。嫉妬という動機は許しがたいものだ。ぼくはこのことを同じ信徒のひとりとして指摘します」ハミルトンはおだやかにつけ加えた。「これはぼくの義務です」

「嫉妬か」天使はくり返した。「そうだ。嫉妬は罪悪の部類に入る。神が嫉妬の神であらせられるときをのぞいては。それゆえ、嫉妬は〈ただひとつの真なる神〉のみに許される情念をあらわす。ほかのいっさいの偽神に対する崇拝は、神の本質の否認であり、前イスラム主義への回帰と見なされる」

「でも」ブレイディが反論した。「バーブ教徒は、神のみがなされる御業《みわざ》を嫉《ねた》むことで、神の道をたどることが許されています」

「嫉妬とは、神がそのほかの仕事や忠誠のすべてを排除される、その意味合いにおいてのみ許されるのだ」天使はいった。「このことばの唯一の用法には、否定的な道徳的性格は含まれていない。ひとはおのれが未来に遺すものを守るために、嫉妬ぶかく話すことができる。その場合には、嫉妬は自己に属するものを守る熱烈なる決意を意味する。しかしながら、この異教徒は、おのれの正当な地位を否定しようとするなんじらの行為の裏には嫉妬がある、そう主張しておる。おまえたちは嫉み、羨望、悪辣なる欲望を動機として行動している――その本質において、それは宇宙の秩序に服することへの拒否であろう」

「しかし――」ブレイディは、両腕をばたばたさせながらいった。

「この異教徒は、表向きは正しい行為に見えても、邪悪なる意志によって動機づけられたものは偽善の業《わざ》である、そう指摘している点で正しい。おまえたちの熱烈なる行為は、それが邪悪なる欲望によるがゆえに無価値となる。その行動は〈ただひとつの真なる神〉の大義を行なうものであるとはいえ、おまえたちの魂は不純であり穢れている」

「不純という概念をどのように定義なさるのですか」ブレイディがいいかけたが、もう遅すぎた。裁決は宣下《せんげ》されたのだ。頭上の太陽は、音もなく暗い、毒々しい黄色に変じ、やがてすっかり消え失せていった。乾ききった、はげしい風が、おびえている技術者たちの上に吹きつけた。足もとでは地面がひび割れ、みるみる乾燥してきた。

「おまえたちはあとで訴えることもできよう」天使は暗澹《あんたん》たる闇のなかからことばを発した。「正規の伝達手段を使うための時間は、充分にあるのだから」立ち去ろうとしているのだ。

EDAビルをとりまく風景の肥沃な部分だったところは、いまや乾燥しきった不毛の荒地へと変貌していた。植物は一本も生えていない。樹木や草は枯れはてていた。技術者たちのからだは、徐々に縮まり、その背中がまるくなった。皮膚の色は黒く、毛むくじゃらになり、醜く汚れた腕と顔にパックリと口を開けた傷が現われた。眼のふちが真っ赤になり、絶望の凝視をつづけているうちに涙があふれてきた。

「呪われた」ブレイディは悲嘆におしひしがれた声でつぶやいた。「ぼくたちは呪われた」

技術者たちには、もはや救いはない。いまや萎縮しきって背中をかがめた男たちは、みじめに打ちのめされて、あてもなくあたりを這いずりまわっていた。夜の闇が、幾重にも吹きあがる塵埃を通して、彼らをおおい隠そうとしている。足もとの乾ききった地面を一匹のヘビがくねっていった。そのすぐあと、最初に現われた一匹のサソリのきしむような音が……

「すまなかったね」ハミルトンは、ものうい調子でいった。「しかし真実は現われるものなんだ」

ブレイディは彼をにらみつけた。赤い眼が髭だらけの顔のなかで敵意に満ちた輝きを帯びていた。不潔な髪がぼうぼうとたれさがり、いまでは耳や首すじにまでのびていた。「異教徒め」彼はつぶやいて背を向けた。

「正直の頭《こうべ》に神宿る、だよ」ハミルトンはいってやった。「はかりがたきものは神意なり、さ。ひとつうまくいくと、万事がとんとん拍子にうまくいくものだね」

彼は自分の車に乗りこんでキーをさしこんだ。フロントガラスに砂塵がつもるなか、キーをまわした。エンジンがかからない。しばらくアクセルを踏みつづけながら、どこが故障したのだろう、と思った。ふと、シートカバーの色が褪せているのに気がついてギョッとした。もとは明るくて色あざやかだった織物が、くすんで色あせていた。運悪く、この車は呪われた区画のなかに駐車していたのだ。

グローブ・ボックスを開けて、これまでになんども世話になった修理マニュアルを出した。しかし、この分厚い本にも、もはや自動車の構造図はのっていなかった。ごくありふれた家庭用の祈禱書に変わっていたのだ。

こうした環境では、祈禱が機械技術の代用をするのだ。本をひろげて前においたまま、ハミルトンはギアをローに入れ、アクセルをふんでクラッチをゆるめた。

「ただひとりの真なる神のみ在《おわ》します」彼は始めた。「しこうして第二バーブ教は――」

エンジンが点火した。車ははげしい音をたてて走りだした。バックファイヤーをおこし、すさまじい音をたてながら、駐車場から街路に向かってよろよろと走る。ハミルトンの背後では、呪われた技術者たちがあのひからびた場所に閉じこめられ、徘徊していた。すでに彼らは、さまざまな権威者たちの名を引き合いに出して上訴するための適当な方法や日程を論じはじめていた。あいつらなら、そのうち剝奪された資格をとりもどすだろうな、とハミルトンは思った。連中のことだ、うまくたちまわるだろう。

車がベルモントへと向かう大通りに行き着くまでには、四つの違った祈禱文が必要だった。しかしその修理工場の前にさしかかったとき、よっぽど停車して修理させようかと思った。

看板を見て、先を急ぐことにした。

ニコルトン父子商会
自動車修理《オート・ヒーリング》

その下の窓に、小さな字で、はっとさせられるような文章が飾られていたからだ。

毎日、毎日、わたしの車はどんどん新しくなっていきます。

この五番目の祈りのことばのあと、エンジンは正常に動いているようだった。それにシートカバーも、いつもの光沢がもどってきた。彼はいくらか自信をとりもどした。やりきれない状況からぬけ出したのだ。あらゆる世界はそれ自身の法則をもっている。問題はただ、それを発見できるかどうかなのだ。

あたりはすっかり暗くなっていた。エル・カミノ・リアルの反対車線を走る車のヘッドライトがまぶしい。背後にはサン・マテオの街の明かりが闇のなかできらめいていた。頭上では、不吉な雲が夜空をおおっていた。最大限の注意を払いながら、彼は車を通勤用のレーンから歩道側のレーンに移動させた。

左側にカリフォルニア・メンテナンスの建物が見えた。しかし、このミサイル工場にはもう用はない。本来の世界でも受け入れられなかったのだ。いまあそこがどんなふうになっているかは神のみぞ知る。なんとなく事態がさらに悪くなるだけだという予感があった。ますます悪いものに。この世界にいるT・E・エドワーズ大佐のようなタイプの人間は、信仰なんか超越していることだろう。

右側になじみ深い、光り輝く小さなオアシスがあった。この〈安らぎの港《セーフ・ハーバー》〉には、足しげくかよったものだ……ミサイル工場のすぐ向かい側にあるこのバーは、暑い真夏の日々には、ビール好きの技術者たちのたまり場だった。

車をとめて、ハミルトンは暗い歩道に降り立った。〝ゴールデン・グロウ〟と、赤く点滅するネオン・サインに向かってほっとした気分で歩いていく彼に、小雨が静かに降りそそいだ。

バーはひといきれと楽しそうな喧騒で満ちていた。ハミルトンはしばらく入口にたたずんで、穢れたひとびとの姿を眺めていた。少なくともここは変わっていない。なじみの黒いジャケットを着たトラック運転手が数人、カウンターからいちばん遠く離れた隅っこでビールを飲んでいる。騒がしい若いブロンドの女がストゥールに腰をかけているのもあい変わらずだった。ウイスキーに似せた色の水を飲む常連客だ。けばけばしいジュークボックスがストーブのおいてある隅っこですさまじい音をたてていた。別の隅では、禿げ頭の工員がふたり、夢中になってシャッフルボードをしている。

ひとごみを肩で押し分け、ハミルトンはストゥールがならぶカウンターにたどりついた。その中央にどっかりとすわりこみ、大きな鏡の前でビールのジョッキをふりまわしながら、行きずりの飲み仲間に向かって叫んだり吠えたりしているなじみ深い姿があった。

混乱し、疲れはてていたハミルトンの心のなかに、ひねくれた喜びがあふれてきた。「死んだんじゃなかったのかい」マクフィーフの腕に手をかけながらいった。「このみすぼらしい悪党が」

びっくりしたマクフィーフは、ストゥールをまわしてふり返った拍子に、ビールを腕にこぼしてしまった。「こいつは意外だ。アカの野郎じゃないか」うれしそうに、彼はバーテンダーに合図した。「おれのダチにビールをやってくれ」

ハミルトンは心配げにいった。「もうちょっと静かに話せよ。きみは聞いてないのか？」

「聞くって？　なんのことだい？」

「どういうことがおこっているか、だよ」ハミルトンは、彼のとなりに空《あ》いていたストゥールに腰をおろした。「なにも気がつかないのか？　なにもかもが、あの前と後でどこか違っていることに気がつかないのかい？」

「気がついたさ」マクフィーフがいった。混乱しているようすはなかった。上着のボタンをはずして、身に着けているものをハミルトンに見せた。ありとあらゆる種類の幸運の護符が胸にぶらさがっていた。これならどんな状況に見まわれても、そのどれかが守ってくれるだろう。「おれはきみより、まる一日先輩ってわけだ」彼がいった。「このバーブとかいうやつが何者なのか知らないし、どこからこんなへんてこなアラブの宗教をほじくり返してきたのかも知らないが、おれは心配してないよ」護符のひとつ、黄金のメダルをまさぐりながら、マクフィーフはいった。さまざまな形に組みあわされた丸い形のなかに、秘密めいた象徴が彫刻された護符だった。「おれをおちょくったりするなよ。へんなことをいうと、ネズミの大群をここに呼び寄せて、おまえをズタズタに噛みちぎらせてやるからな」

ビールがきたので、ハミルトンはむさぼるように口をつけた。喧騒、ひといきれ、せわしないひとの動きがまわりをとりまく。一時的にだが気分も落ちつき、リラックスしてこの馬鹿騒ぎのなかに身を落ちつけた。結局のところ、こうしたバーでは、ほかにすることはない。

「こちら、どなたなの？」マクフィーフの横にすり寄ってしなだれかかった、顔つきのほっそりした小柄なブロンドが訊いた。「すてきね、このひと」

「ひっこんでろよ」マクフィーフが上機嫌でいった。「さもないと、おまえなんか虫けらに変えてやるぞ」

「いやなひとね」女は鼻を鳴らした。さっとスカートをまくりあげて、ガーターの下にはさんである小さい白いものを見せた。「これに勝てるかしら」マクフィーフにいった。

魅せられたようにマクフィーフは、その白いものを凝視した。「それはなんだ？」

「モハメッドの蹠骨《しょこつ》よ」

「聖者よ、われらを守りたまえ」マクフィーフは敬虔《けいけん》にそうつぶやくと、ビールをすすった。

スカートをおろして女はハミルトンに話しかけた。「前にここでおめにかからなかったかしら？　あなた、向こうの大きな爆弾工場に勤めていらっしゃるんでしょ？」

「もとは勤務していた」ハミルトンが答えた。

「この阿呆はアカなんだぜ」マクフィーフがわざとらしくうちあけた。「それに無神論者だからな」

ギョッとしたらしく女はうしろにさがった。「まさか」

「ほんとうさ」ハミルトンがいった。このとき、いつものハミルトンにもどっていた。「ぼくはレフ・トロツキーの未婚の叔母なんだ。ぼくがヨシフ・スターリンを生んだんだよ」

その瞬間、猛烈な腹痛が襲った。からだをふたつに折ってストゥールから床にころげ落ち、蒼白になって歯をがちがち鳴らしながら腕をからだにまわし、なんとか身をおこす。

「いわんこっちゃない」マクフィーフが、冷たくいった。

「助けてくれ」ハミルトンは哀願した。

女は心配そうに彼のそばにかがみこんだ。「はずかしいと思わないの、あなた？　自分の『教えの書』はどこにやったの」

「家にある」苦痛で土気色になっていった。またしても、劇痛がからだのなかを貫いた。

「死にそうだ。盲腸が破れたんだ」

「あなたの祈禱の輪はどこなの？　上着のポケット？」そういうと、器用に上着を探りはじめた。しなやかな指があわただしく動く。

「医者――のところ――に――連れていってくれ」やっと声が出た。

バーテンダーがからだをのりだした。「外につまみだすか、シャッキリさせるか、どっちかにしろよ」無愛想な調子で女にいった。「こんなところで死んじまったらコトだぜ」

「だれか聖水をもっていないかしら？」女はよくとおるソプラノでいった。

群衆がざわめいた。すぐに、小さくて平べったいフラスコが手から手にわたってきた。

「全部使わないでくれよ」気むずかしい声がした。「なにしろシャイアンの聖水盤からちょうだいしてきたんだからな」

その蓋をとって、女は爪を赤くぬった指になまぬるい水をしたたらせ、その雫《しずく》をハミルトンにさっとかけた。聖水がかかったとたんに、劇痛が消えた。安らいだ気分が、いままで責めさいなまれたからだにひろがってきた。やがて、女に助けられながら、彼はなんとかおきあがることができるようになった。

「呪いは解けたわ」女は、聖水を持主に返しながら、あっさりいった。「ありがとう、あなた」

「その男にビールを奢ってやろう」マクフィーフがふり向きもせずにいった。「バーブ教の真《まこと》の信者だからな」

いっぱいに泡立ったビールのジョッキがひとごみのなかに運ばれていったとき、ハミルトンはやっとの思いでストゥールに這いあがった。彼を気にする者はひとりもいなかった。助けてくれた女も、聖水の持主のところで、愛想をふりまいている。

「この世界は」ハミルトンは歯を食いしばっていった。「狂っている」

「狂ってるときたか」マクフィーフが答えた。「なにが狂っているんだ？　おれはまる一日、金も払わずに、ずっとビールを飲んでるんだぜ」自分の全能なる護符を動かしてみせた。「このメダルに願うだけでいいんだ」

「説明してくれ」ハミルトンが低い声でいった。「この場所――このバーのことを説明してくれないか。なぜ神は、こんな場所のあることを許しているんだ？　この世界が道徳律によって動いているのなら――」

「この酒場は、風紀を維持するために必要なんだよ。ここは、頽廃と背徳のどん底、邪悪なるものの寄せ鍋だ。罪のある者がいるからこそ、救済することができるんじゃないか？　悪なしでは、善は存在しないんだ。おまえさんみたいな無神論者はこれだから困るんだよ。悪のメカニズムを理解してないんだから。そのなかに入りこんで、生きてることを楽しむことさ。胸中に信あれば、すなわち憂《うれ》いなし、だよ」

「日和見《ひよりみ》主義者め」

「確かに」

「だから、神はきみをここにすわらせ、大酒を飲ませてふしだらな女たちといちゃつかせてるというのかい。罰あたりなことや嘘をいいふらさせ、したい放題させてるわけか」

「自分がすべきことってやつを、おれは心得ているんだ」マクフィーフが、もっともらしいことをいった。「いと高きところになにがあるかもだ。あたりを見まわして、学ぶことだ。なにがおこっているのか、注意を払ってみろよ」

鏡の横の壁に、釘で標語がとめてあった。

こんな場所にいるのをごらんになったら、預言者はなんといわれるだろう?

「預言者がなんとおっしゃるか教えてやろう」マクフィーフがハミルトンにいった。「〝わしにも一杯くれ〟っていうのさ。普通の人間なんだよ。おまえさんみたいな頭でっかちのインテリじゃないんだ」

ハミルトンは、このことばに神罰がくだるのではと待っていたが、毒ヘビがふってくることはなかった。自信ありげな態度で、満足げにマクフィーフはビールをがぶ飲みした。

「確かにぼくは、そとにいるみたいだ」ハミルトンがいった。「ぼくがおなじことをいったら、神罰がくだるだろうな」

「なかに入りこむことだよ」

「どうやって?」ハミルトンが訊いた。なにもかもまちがっている、あらゆることが根っこのところでまちがっている、そんな思いが重苦しくのしかかってきた。マクフィーフにとっては完全無欠な世界が、ハミルトンにとっては正常な宇宙を逆立ちさせたもののようにしか思えないのだ。彼にとってこの世界は、あのベバトロンでの事故以来、曖昧模糊《あいまいもこ》とした靄《もや》をとおして、ときどき間欠的に現われるパターンのかすかな光にすぎなかった。かつて彼の世界をつくりあげていた価値や、ハミルトンが思いだせるかぎり存在の重要性を明確にしていた道徳の真理は消え去っていた。その場所は、アウトサイダーに対する残忍で種族的な復讐心にとってかわられていた。こうした古代のシステムは——どこから発生してきたのだろう？

ふるえる手で上着のなかから、ティリンフォード博士がくれた紙片をとりだした。名前、預言者の名前が書いてある。世界の中心、第二バーブ教の聖墓。かつてのなじみ深い世界をいつのまにかおおいつくしてしまった非西欧的な信仰の源泉。ホレース・クランプという人物は、以前もいたのだろうか？　ほんの一週間前まで、いや、二日ほど前までは、第二バーブ教なんかなかった。〈ただひとつの真なる神〉の預言者などは、ワイオミング州のシャイアンはおろか、どこにも——

となりにいるマクフィーフが、紙になにが書いてあるのか見ようとしてのぞきこんだ。顔に陰鬱な表情が浮かんだ。おもしろがっているようなようすは消えて、真剣で、はげしく、いかめしい表情に変わった。「なんだい、それは？」訊いた。

「会いに行くようにいわれたんだ」ハミルトンがいった。

「だめだ」マクフィーフがいった。いきなり手をのばしてその紙をひったくった。「すててしまえ」声がふるえている。「こんなものに気をとられるんじゃないぞ」

ハミルトンはあわててその紙片をとり返した。マクフィーフは彼の肩をつかんだ。太い指がハミルトンの肉に食いこむ。すわっていたストゥールがぐらつき、突然ハミルトンはころげ落ちた。マクフィーフの大きなからだが上からのしかかり、ふたりはその紙片を相手から奪おうと、あえぎ、汗を流しながら、床をころげまわった。

「聖戦《ジハド》はご法度《はっと》だよ」バーテンダーは格闘をやめさせようと、カウンターのうしろからでてくると、どなりつけた。「したければ外でやってくれ」

マクフィーフは、ぶつぶついいながらおぼつかなげに立ちあがった。「そんなもの棄てちまえよ」乱れた服をなおしながらマクフィーフがいった。顔はまだいかめしい表情のままで、なにか根深い不安のためにこわばっていた。

「いったいどうしたんだ？」ハミルトンは、またもとの席にもどりながら訊いた。ビールをつかんで飲みはじめた。マクフィーフの愚鈍な心のなかでなにかがおこっているのだが、それがなんなのか見当もつかなかった。

そのとき、あの小柄なブロンドの女が近寄ってきた。悲しげな顔の、痩せた男がいっしょだった。ビル・ロウズがショット・グラスを手に、マクフィーフとハミルトンに向かって悲しそうに頭をさげた。「やあ」彼がいった。「もう仲違いはよしましょう。われわれはみんな友達なんですから、ここではね」

カウンターに視線を落としながら、マクフィーフがいった。「まさしく、われわれはそうあるべきかもしれんな」それっきりなにも説明しようとしなかった。

6

「このひと、あなたと知りあいだっていったの」小柄なブロンドがハミルトンにいった。

「そうなんだよ」ハミルトンが答えた。「ストゥールを寄せて腰をおろしたまえ」ロウズに眼を向けていった。「いままでずっと、高等物理学でこの事態を研究してたのかい？」

「物理学なんかくそくらえですよ」ロウズは顔をしかめながらいった。「もう卒業しました。こっちが大人になりましたからね」

「知識の貯蔵所でも建築するんだね」ハミルトンがいった。「でも、あまりたくさん本を読みすぎないことだ。新鮮な空気にふれたほうがいい」

ロウズは、ブロンドの女の肩にほっそりした手をかけた。「この子は〝神の恵み《グレイス》〟というんですがね。まさに貯蔵所ですよ、からだいっぱいね」

「お会いできてよかった」とハミルトンはその女にいった。

女はおぼつかなげに微笑した。「あたしの名前はグレイスじゃなくて――」

女をわきへ押しのけて、ロウズはハミルトンに身をのりだした。「あなたが貯蔵所ということばを使ってくれてよかった」

「どうして？」

「それはですね」ロウズは説明した。「この世界には、そんなものはないからですよ」

「いや、あるはずだよ」

「こっちへいらっしゃい」ロウズはハミルトンのネクタイをつかんでカウンターから離れさせた。「あなたにあるものを見せてあげましょう。人頭税以来最大の発見ですよ」

常連たちをかきわけながら、ロウズはハミルトンを隅にある煙草の自動販売機のところに連れてきた。掌でその機械をポンとたたいて、ロウズは得意そうにいった。「さあ？　これをどう思います？」

ハミルトンは注意深く機械を調べた。ありふれた自販機だった。背の高い金属製の箱で、薄青い色の鏡がついている。右の上のほうにコインを入れる口があり、小さなガラス窓の列の奥にはさまざまなブランドの煙草が飾られている。いくつかのレバーと、品物の出る口があった。「変わったところはないように見えるがね」彼はいった。

「なにかに気がつきませんか？」

「いや、別に」

ロウズはあたりを見まわしてだれも聞いていないことを確かめた。そしてハミルトンを身近に引き寄せた。「わたしはこの機械が動くところをずっと観察していたんです」かすれ声でささやいた。「その結果、あることを発見しました。よく聞いてくださいよ。とりみださないでね。この機械には煙草が入っていないんです」

ハミルトンは考えこんだ。「全然かい？」

うずくまるように身をかがめると、ロウズはガラスの向こうにディスプレイされた煙草の列を指さした。「あそこに飾ってあるので全部なんですよ。一種類につき一個しかない。貯蔵所はありません。いいですか、ご覧なさい」貨幣の入口に二十五セント硬貨を入れ、〈キャメル〉のレバーを選んで力をこめて押した。〈キャメル〉の箱が滑り出てきた。ロウズはそれを手にとった。「ほら、このとおり」

「いったいなにがいいたいんだい」ハミルトンがたずねた。

「チョコバーの販売機もおなじなんですよ」ロウズは彼をチョコレートバーの自動販売機の前に連れていった。「チョコバーは出てきますが、機械のなかにはチョコバーは入ってないんです。ディスプレイ用のものが陳列されてるだけなんですよ。ねえ？　わかったでしょう？」

「わからないね」

「奇蹟のことを読んだことはないんですか？　砂漠のなかで、奇蹟によって水と食物が現われたってやつですよ。そう、これが奇蹟のはじまりですよ」

「ああ」ハミルトンがいった。「そうだったね」

「この機械は独創的な原理で動くんです。奇蹟による分配ですね」ロウズはポケットからドライバーを出すと、そのままひざまずいてチョコレートバーの自動販売機を分解しはじめた。「ねえ、ハミルトンさん、これは人類にとって最大の発見ですよ。現代の産業革命です。機械による製造のあらゆる概念、流れ作業による生産の技術のすべてが——」ロウズは手をふった。「お払い箱になる。オシャカですよ。もう原料を使うこともない。貧困にあえぐ労働者の必要もなくなる。不潔で、騒音に満ちた工場もいらない。この金属の箱には、途方もない秘密が隠されているんです」

「ほう」ハミルトンは興味をそそられてきた。「きみはなにかをつかんだんだね」

「こいつはたいへんな使いみちがあるんです」ロウズは熱にうかされたように自販機の裏面をこじあけた。「手伝ってください。ロックをはずさないと」

ロックがはずれた。ふたりはチョコレートバー販売機の背板をはずして壁に立てかけた。ロウズの想像したとおり、この機械の貯蔵所、商品をおいておく場所はまるっきり空《から》だった。

「十セントのコインを用意してください」ロウズがいった。熟練した手つきで、陳列台にならぶチョコレートバーがうしろから見えるまで、機械の内部を分解していった。右側に品物の出口がある。その上の部分には、台やレバーや車輪などがあった。ロウズは貨幣の入口まで回路をたどりはじめた。

「ここからチョコバーが出てくるようだね」ハミルトンはロウズの肩ごしにのりだしながら、平たい棚にふれてみた。「コインを入れるとスイッチが動いて、このプランジャーを倒す。それでチョコバーが押しだされ、出口に向かうというわけだ。あとは重力で自然に落ちていく」

「コインを入れてみてください」ロウズが早口にいった。「どこからあの不思議なチョコバーが出てくるのか、つきとめたいんです」

ハミルトンは貨幣を入れて、行きあたりばったりにプランジャーを引いてみた。歯車とレバーがまわった。ギシギシと音をたてて回転する機械の中心から〈ウノ・バー〉が出てきた。筒にはいると滑り降りてきて、機械の外の出口のところでとまった。

「なにもないところからとびだしてきましたよ」ロウズは驚いて叫んだ。

「しかし特定の場所からでてきたぞ。こいつは見本のチョコバーに接していたみたいだ。つまりこいつは、二重分裂過程の一種じゃないかな。見本のチョコバーが完全なふたつのチョコバーに分裂するんだ」

「もういちどお願いします。いいですか、ハミルトンさん。ほら、このとおりですよ」

またチョコレートバーがつくられ押しだされてきた。ふたりは驚嘆しながら見守っていた。

「すごい機械ですねえ」ロウズが感に堪《た》えないような声を出した。「設計も構造もすばらしい。奇蹟の原理をみごとに応用してる」

「しかし、応用にしては小規模だな」ハミルトンが指摘した。「チョコバーに清涼飲料に煙草か。それほどたいしたものじゃない」

「われわれが頭を使うのはそこですよ」ロウズは見本の〈ハーシー・バー〉の台のとなりにあるからっぽの台に銀紙をちぎったものを押しこんだ。銀紙はなんの抵抗も受けなかった。

「さて、これでいい。見本をとりだして、その場所にほかのものをおいたとすると……」

ハミルトンは見本の〈ハーシー・バー〉をとりだして、かわりに壜のキャップをひとつのせた。レバーを引くと、壜のキャップが出口からとびだしてきた。

「これで証明されたわけです」ロウズがいった。「ふれるものならどんなものでも複製してしまうんです。どんなものでも複製することができるんだ」彼はコインをつかみだした。

「これで儲けようじゃありませんか」

「いったい、どういうことなんだろう？」ハミルトンがいった。「電子工学の古い原理を再生したものだろうか。この機械の見本の棚に生産品の一部をおいてやる。そうすると、おなじものが生産される。生産品が多ければ多いほど、ますます多量にもどされて、さらに多くが複製されるわけだ」

「液体がいちばんいいでしょう」ロウズが考えた。「でも、パイプでつなぐとしてもガラス管をどこから手に入れましょうか？」

ハミルトンは壁からネオン管をもぎとった。ロウズは酒を注文するためにバーに向かって歩いていった。ハミルトンがガラス管を配置しているあいだに、ロウズは琥珀色の液体の入った小さなグラスをもってもどってきた。

「ブランデイですよ。純粋のフランス産コニャックです――ここでは最高の酒です」

ハミルトンはグラスをチョコレートバーがあった見本棚においた。ネオン・ガスをぬいたガラス管の先が複製化の行なわれる場所に接して、ふたつにわかれるようになっている。ひとつの管からはもとのグラスに注ぐようになって、もうひとつからは機械の出口に注ぐようになっていた。

「比率は四対一だ」ハミルトンが説明した。「四が生産品として排出され、一がもとのグラスにもどる。理論的には、永久的に生産速度が加速されて生産品がどんどん出てくるはずだ。無限につづく無限の量というわけだね」

　器用な手つきでロウズはレバーを押しこんで、機械を作動させた。しばらくすると、コニャックが出口から機械の前の床にしたたりはじめた。ロウズは立ちあがって、はずした背板をつかむと、ふたりがかりで機械に取りつけ、ロックをかけた。チョコレートバー自動販売機は音もなく、最上級のブランディの流れをあとからあとから噴出しつづけた。

「さあ、どんなもんだ」ハミルトンがうれしそうにいった。「無料《ロハ》で飲めるぞ——さあ、並んでくれ」

　バーの常連たちの何人かが、興味を見せてふらふら近づいてきた。たちまち人垣ができてしまった。

「われわれはこの機械を利用したんです」チョコレートバー自販機の前の列が、どんどんのびてゆくのをハミルトンと眺めながら、ロウズがゆっくりといった。「でも、基本的な原理を発見したわけじゃない。こうすればこうなるという結果と、機械的にどうすればいいかということはわかったけれど、なぜそうなるのか、ということはわからない」

「おそらく」ハミルトンが推測した。「原理なんてないんだよ。だからこそ奇蹟じゃないか。操作上の法則などないんだ——規則性も原因もない、気まぐれな出来事なのさ。ただ単にこうなっただけで、まるで予想もつかないし、その源がなんなのかをあとづけることも不可能なんだよ」

「でも規則性はありますよ」ロウズはチョコレートバーの機械を指さしながら主張した。「コインを入れるとチョコバーが出てきて、野球のボールやヒキガエルが出てくるようなことはありませんからね。それに自然の法則といわれてるものは、単におこったことを簡潔に記述したものじゃないですか。規則の記述です。因果関係などは含まない――AとBをプラスすると、DではなくてCになる、というだけのことです」

「いつでもCになるのかい？」ハミルトンが訊いた。

「そうかもしれないし、そうでもないかもしれない。Cになるということは、いつもチョコバーが出てくるということですよね。でも、いまはブランデイが出てきている。とはいえ、殺虫剤が出てきてるわけじゃない。だとすれば、一定の規則性、パターンがあるわけですよ。そのパターンをつくりだすためにはどんな要素が必要なのかということを、これから発見すればいいわけです」

ハミルトンが興奮していった。「もし見本の品物を複製化するのに、どんなことがかかわっているかを発見できれば――」

「そのとおりですね。この工程を作動させているものがあるんです。どうしてそうなるかは考えなくてもいい――なにがそうさせているのかを知ればいいんです。たとえば、硫黄と硝酸カリウムと木炭を化合すればどうして火薬になるのか、あるいはその理由も知る必要はないんです。われわれが知らなければならないのは、一定の比率でまぜあわせると火薬になるということですからね」

ふたりは、無料のブランディにありつこうとして集まったひとびとの横を通ってバーにもどった。「そうなると、この世界には、法則があるわけだ」ハミルトンがいった。「ぼくたちの世界とおなじで、いや、つまりぼくたちの世界とおなじではないが、とにかく一定の法則があるわけだね」

暗い影がビル・ロウズの顔をかすめた。「そうか」不意に、熱狂した気分が消えてしまった。「忘れていた」

「どうしたんだい？」

「わたしたちの世界に持っていっても通用しないんですよ。ここだけで働く作用なんです」

「ああ、そうか」ハミルトンはがっかりしていった。「そのとおりだね」

「時間の浪費だったわけですよ」

「ぼくたちがもとの世界にもどろうとしないかぎりは、むだじゃないよ」

カウンターにもどると、ロウズはストゥールに腰をおろし、ショット・グラスを手にとった。身をかがめ、じっと考えこみながらつぶやいた。「やっぱり、そうするのが当然なのかもしれない。ここにずっといることが」

「それが当然だよ」黙って聞いていたらしいマクフィーフが機嫌よくいった。「ここにいることにするんだな。うまくやるんだよ……〝勝ってるうちにゲームからおりろ〟っていうだろ」

ロウズはハミルトンに眼を向けた。「あなたはここに残りたいと思いますか？　この世界が好きになりましたか？」

「いや」ハミルトンがいった。

「わたしだっていやですよ。でも選択の余地はないでしょう。目下のところ、われわれは自分たちがどこにいるのかもわかってない。それにここからぬけだせたとしても――」

「ここはとてもすてきなところよ」例の小柄のブロンドの女が、むっとしたようにいった。「あたしはずっとここにいるけれど、とても楽しいわ」

「このバーのことじゃないんだよ」ハミルトンがいった。

ロウズはショット・グラスをかたく握りしめていった。「われわれはもどらなければいけないんです。ここからぬけだす方法をどうあっても見つけましょう」

「ぼくもそれを考えていたところだ」ハミルトンがいった。

「ここのスーパーマーケットでなにが買えるか知ってますか？」ロウズがにがにがしげにいった。「教えてあげましょうか。焼いた供物《くもつ》の缶詰ですよ」

「この世界の金物屋で買えるものを知ってるかい？　魂の重さを量る秤《はかり》だよ」ハミルトンがいった。

「そんなバカなことがあるものですか」ブロンドの女が怒っていった。「魂に重さはないわ」

「それなら」ハミルトンが考えながらいった。「きみは無料で魂を郵便で送れるわけだ」

ロウズが皮肉な口調でいいだした。「切手をはった封筒に魂はいくつ入れられるんだろう？　これは新しい宗教上の問題ですね。ひとはふたつに引き裂かれる。相争う部分に。血が街の溝のなかを流れるでしょうね」

「十だね」ハミルトンがいった。

「十四ですよ」ロウズがこたえた。

「異教徒だ。嬰児《えいじ》殺しの怪物め」

「不浄な血を飲むけだものだな」

「悪に溺れる呪われた存在だ」

ロウズが考えこみながらいった。「日曜日の朝のテレビでどんな番組をやってるか、ご存じですか？　わたしからはいわないことにしましょう。自分で確かめてみてください」空《から》になったショット・グラスをそっともつと、ロウズは不意にストゥールからおりて、あっというまにひとごみのなかに入ってしまった。

「おい」ハミルトンは驚いていった。「あいつ、どこにいったんだろう？」

「あのひとイカれてるわ」ブロンドの女がそっけなくいった。

ところが、それからすぐにビル・ロウズの姿がまた見えた。その黒い顔は憤怒で灰色になっている。笑いさざめいているひとごみのなかからハミルトンに大声でどなった。「ハミルトンさん、あなたは知っていますか？」

「なにを、だね？」ハミルトンは面くらって訊き返した。

黒人の顔は、はげしい悲嘆にゆがんでいた。「この世界でうまくやるために……」彼の眼に悲痛なものが浮かんだ。「このくだらないゲームに勝つために、カードをシャッフルすることにしましたよ」

ハミルトンがあっけにとられていると、彼はまたどこかへ消えてしまった。

「あのひとなにをいったの?」ブロンドの女が不思議そうに訊いた。「カードをシャッフルする?」

「自分をシャッフルしちゃったみたいだな」ハミルトンは陰気にいった。

「ああいうやつらはみんなそうさ」マクフィーフが口をはさんだ。

さっきまでビル・ロウズのかけていたストゥールに腰をかけながら、ブロンドの女は、慣れたやりかたでハミルトンにからだをすり寄せてきた。「なにかおごってよ、あなた」期待をこめていった。

「おあいにくさまだね」

「あら、どうして? 未成年なの?」

ハミルトンはからっぽのポケットに手を入れた。「金がなくなった。さっき、あのチョコバーの自販機で使っちまったんだ」

「お祈りしてみろよ」マクフィーフがいった。「心をこめてお祈りするんだ」

「愛する神よ」ハミルトンはやけくそになっていった。「あなたの哀れな電子工学の専門家に、色つきの水をグラスに一杯、お与えください。この若いふしだらな女が要求しておりますので」うやうやしくつけ加えた。「アーメン」

とたんに、ハミルトンの肘の近くに、色のついた水の入ったグラスがカウンターに出てきた。女は、にっこり微笑しながらそれを手にとった。「あなたって、すてきなひとね。お名前きかせてよ?」

「ジャックだよ」

「フル・ネームは?」

彼はため息をついた。「ジャック・ハミルトン」

「あたし、シルキーよ」彼女はしどけなく彼のカラーに指をすべらせた。「外にある車、あなたのフォードでしょう?」

「ああ」だるそうに答えた。

「どこかへ行ってみない。こんなところにいるのいやだわ。ねえ——」

「どうしてだ?」ハミルトンは不意に大声で叫んだ。「どうして神はぼくの祈りにこたえたんだ? どうしてほかの人間の祈りにこたえないんだ? どうしてビル・ロウズの祈りにはこたえないんだ?」

「神様はあなたのお祈りを嘉《よみ》したもうたのよ」とシルキーがいった。「とにかく神様に届いたってわけ。お祈りを聞きとどけるかどうかは、神様がお決めになることですもの」

「恐ろしいな」

シルキーは肩をすくめた。「そうかもしれないわね」

「そんなことで、どうやって生きてゆくんだい？　なにがおきるかだれにもわからない。秩序もなければ論理もないんだからな」そんな不敬のことばに抗議もせず、彼女が平気な顔をしているので、かえってハミルトンは憤激した。「ぼくたちにはどうしようもないんじゃないか。気まぐれにもてあそばれてるだけだ。ぼくたちはもう人間じゃない。まるで餌を待っている動物じゃないか。ごほうびをもらうか、罰を受けるか、どっちかなんだ」

シルキーがじろじろ見ていた。「あなたってへんな男の子ね」

「ぼくは三十二だよ。もう男の子じゃない。それに結婚しているんだ」

シルキーはうれしそうに彼の腕をとって、不安定なストゥールから立たせようとした。

「ねえ、いらっしゃいよ。ふたりだけでお祈りできる場所へ行きたくない？　あなたがやってみたくなりそうな儀式をいくつか知ってるのよ」

「そのおかげで、ぼくは地獄に堕ちるんだろう？」

「あなたが正しいひとびとと知りあっていれば、地獄になんか堕ちないわよ」

「ぼくの新しいボスは、天国とのインターコムをもっているよ。これならだいじょうぶかい？」

シルキーはまだ彼の腕を引っぱっていた。「そのことはあとでお話ししましょう。それより、あのいやらしいマクなんとかっていうアイルランド人に気づかれないうちにここを出ましょうよ」

マクフィーフは頭をあげてハミルトンを見た。はりつめた声で、ためらいながらいった。

「きみは――もういくのか?」

「うん、そうだよ」ハミルトンはふらふらとストゥールから降りていった。

「待ってくれ」マクフィーフが追ってきた。「いかないでくれ」

「自分の魂の面倒は、自分でみろよ」ハミルトンがいった。しかし、彼はマクフィーフの顔に深い不安が現われているのを見てとった。「どうしたんだ?」彼はまじめな口調で訊いた。

「きみに見せたいものがある」

「なにを見せるって?」

ハミルトンとシルキーのわきを通りぬけて、マクフィーフは巨大な黒い傘を手にとった。ふたりのほうをふり向いて、ふたりがくるのを待つ。ハミルトンは彼のあとにつづき、シルキーもついていった。マクフィーフはドアを開けると、注意深く巨大なテントのような傘を三人の頭の上にさしかけた。小雨は、いまではシャワーのようにはげしく降りそそいでいる。冷たい秋の雨が、明るい歩道と、ひっそりした商店街や車道をたたいていた。

シルキーがゾクッとからだをふるわせた。「いやな天気ね。どこへ行くの?」

暗闇のなかにとめてある、ハミルトンのクーペをさがしながら、マクフィーフはぼそぼそひとりごとをいった。「いまでもあるはずだ」

「ロウズはなぜあんなことをいったんだと思う?」果てしなく濡れたハイウェイに出たとき、ハミルトンが心配そうに訊いた。「いままでカードをシャッフルしてやるなんて、いちどもいったことなかったんだが」

マクフィーフは物思いに沈みながら運転していた。ハンドルを握り、からだをまるめるようにして前にのりだしているので、まるで眠っているように見えた。「いったじゃないか」彼は身をおこしながらつぶやいた。「みんなそうなるんだよ」

「なにか意味があるはずだ」ハミルトンはいいはった。ワイパーの音を聞いていると気持が静まった。眠くなりシルキーによりかかって眼を閉じる。シルキーはかすかに煙草の煙と香水の匂いがした。いい匂いだな……いい気持ちだ。彼女の髪が乾いた感じで、かるく、なぶるように頰にふれた。なにかの雑草の胞子のように。

マクフィーフがいった。「第二バーブ教のことを知っているのか?」声がうわずり、絶望と辛辣な調子がこめられていた。「インチキだらけなんだぞ。愚神崇拝、狂人の集まりだ。ひとにぎりのアラブ人が、こんな思想をひろめやがったんだ。そうじゃないか?」

ハミルトンもシルキーも答えなかった。

「いつまでもつづくものじゃないよ」マクフィーフがいった。

シルキーがいらいらしていった。「どこへ行くのか教えてよ」ハミルトンのほうににじり寄りながらいった。「あなた、ほんとに結婚してるの?」

彼女にとりあわずにハミルトンはマクフィーフにいった。「きみがなにを恐れているかわかっているよ」

「なにも恐れてなんていない」マクフィーフがいった。

「恐れてるのさ」そういったハミルトンもまた、たまらなく不安だった。

前方にサンフランシスコの市街がますます大きくなってきた。やがて車は住宅地のなかをとおっていったが、街路には動きも、音も、光もなく、生命の気配がなかった。マクフィーフはどこに向かっているのか、はっきり知っているようだった。次々に街角を折れて、やがて車は狭い路地に入りこんだ。不意に車のスピードがおちた。マクフィーフはからだをおこすと、ガラス越しに眼をすえた。その顔は不安でこわばっていた。

「いやなところね」シルキーはハミルトンの上着に頭をうずめながら文句をいった。「どこのスラムよ？　あたしはおりないわよ」

マクフィーフは車をとめ、ひとの気配のない道路に降り立った。ハミルトンもつづいて降りて、ふたりは肩を並べた。シルキーは車内に残り、車のラジオから流れてくるものうい
デイナー・ミュージックを聞いていた。その安っぽい音楽が、闇のなか、扉をぴったり閉めきった商店の列と色あせた汚らしいビルを押し包む霧とまざりあった。

「ここがそうかい？」しばらくしてハミルトンが訊いた。

「そうだ」マクフィーフがうなずいた。こうして現実に直面したいま、その顔にはなんの感情も現われていなかった。

ふたりの前には煤けて、荒れ果てた店が立っていた。古くなって朽ちかけた木材は黄色のペンキが剝げて雨ざらしの板目がむきだしだ。塵芥や新聞紙が山のように入口に散乱している。街灯の光でハミルトンは窓に貼りつけられた通知のビラを読んだ。ハエの糞でよごれて黄ばんだ紙がべたべたと乱雑に貼ってある。その奥に薄汚れたカーテンがあって、さらにそ

の向こうには汚い金属製の椅子が並んでいた。その椅子の奥、店の内部は真っ暗だった。入口には手書きの看板が立っていた。ずいぶん古いものらしく、その文字は判読できないほどかすれていた。

非バーブ教会
来会歓迎

うめくような声を洩らして、マクフィーフはそのまま歩道に向かって歩きはじめた。

「よしたほうがいいんじゃないか」ハミルトンはあとを追いながらいった。

「いや」とマクフィーフは頭をふった。「なかに入ってみる」黒い傘を手にしてその店の入口の階段をあがったと思うと、傘の柄《え》でドアを礼儀正しくノックしていた。その音がひとけのない街路にうつろな響きを立てた。路地のどこかでゴミ箱をあさっていた動物が驚いてとびあがった。

やがてドアを少しあけた小男は、ひどく腰がまがっていた。鉄縁の眼鏡越しに臆病な眼を向けた。そでがすりきれて汚れている。黄ばんで、うるんだような眼で、おびえたようにあたりを見まわした。彼は身をふるわせながら、マクフィーフの顔にぼんやりした視線を向けた。

「なにかご用かね?」か細い、哀れっぽい声で訊いた。

「おれをおぼえてないんですか？」マクフィーフがいった。「いったいどうしたんです、神父さん？　教会はどこなんです？」

ひからびた老人はがたがたふるえて、なにかつぶやきながらドアを閉めようとした。「とっとと帰ってくれ。やくざな酔っぱらいめ。すぐ帰らないと警察を呼ぶよ」

ドアがぐいっと閉められたとき、マクフィーフはすかさず傘を隙間にはさんでこじあけた。「神父さん」懇願するようないいかただった。「これはあんまりだ。いったいどうしたんです。やつらがあなたの教会を盗んだんですね。それにあなたは――小さくなっている。まさか、こんなことになるなんて」彼の声に、とても信じられないといった、無残な響きがこもっていた。「以前のあなたは……」彼は絶望的にハミルトンに顔を向けた。「もとは大きいひとだったんだ。おれより大きかったのに」

「出ていってくれ」小さなからだの醜悪な老人はおどすように唸った。

「入れてくれませんか？」マクフィーフは傘をどけようともせずに訊いた。「どうか入れてください。どこへ行けばいいんです？　異教徒を連れてきたんです……改宗したいと思っているんですよ」

小柄な老人は躊躇《ちゅうちょ》した。心配そうに顔をしかめながら、ハミルトンをじろじろ見つめた。「あんたかね？　どうしたんだ？　あしたくるわけにはいかんのかね？　もう真夜中をすぎとるんだぞ。わしはぐっすり眠っていたところだったんだ」ドアを開けて、しぶしぶ横にどいて道を開けた。

「ここしかないんだよ」ふたりで室内に入りながら、マクフィーフはハミルトンにいった。

「ここを前に見たことがあるかい？　石造りで、その大きさといったら――」彼は身ぶりで説明しようとしたが形にならなかった。「いちばん大きな教会だったのに」

「十ドルいただくよ」先に立って歩きながら神父がいった。身をかがめてカウンターの下から陶器の壺を出した。カウンターの下にはパンフレットが山のようにつみあげられている。数冊が床にすべり落ちたが、老人は気がつかなかった。「前払いだよ」彼はつけ足した。

マクフィーフはポケットに手を入れ、老人を見つめながらいった。「オルガンはどこにいったんです？　蠟燭《ろうそく》は？　ここには蠟燭もないんですか？」

「そんなものを買う余裕がないでな」小柄な老人は奥のほうに向かって足を速めながらいった。「ところで、あんたはなんのご用だったかな？　わしの手でこの異教徒を改宗させたいのだね？」彼はハミルトンの腕をつかんで、じろじろ見つめた。「わしはオファレル神父だ。さあ、ひざまずきなさい。頭《こうべ》をたれて」

ハミルトンがいった。「いつもこんなふうなんですか？」

ちょっとことばにつまったオファレル神父は、しばらくして口をきった。「こんなふうに？　どういうことかね？」

同情の気持ちがハミルトンの心にあふれてきた。「いえ、なんでもありません」

「わしらの組織は非常に古いのだ」オファレル神父はためらいがちにいった。「つまり、あんたがききたかったのはそのことかな？　何世紀もの歴史があるんだよ」声がふるえた。

「第一バーブ教よりずっと昔からある。いつできたのか、わしは正確な年代はよう知らんが、一説では――」彼は口ごもった。「さほど権威のあるものではない。第一バーブ教は一八四四年に生まれた。しかしその前から――」

「ぼくは神と話したいのです」ハミルトンがいった。

「なるほど、なるほど」オファレル神父はうなずいた。「わしだってそうだよ、お若いかた」彼はハミルトンの腕をかるくたたいた。その力は弱くて、ほとんど感じられないくらいだった。「みんなそうなんだよ」

「助けていただけますか？」ハミルトンがいった。

「非常にむずかしいことだ」オファレル神父がいった。彼はとなりの雑然とした物置きに姿を消した。しばらくすると、骨やひからびた髪、皮膚が分類されて入っている柳編みのバスケットを持って、息を切らしながら出てきた。「この教会にあるものはこれで全部だよ」バスケットを下におきながら大きくあえいだ。「このなかにあんたのお役に立つものがあるかもしれん。あんた自分でやってみなされ」

ハミルトンが慎重にそのガラクタをいくつかとりだすと、マクフィーフが押しつぶされたような声でいった。「こいつを見てみろよ。インチキだ。ただのガラクタじゃないか」

「わしらにできることをやるのだ」オファレル神父は両手を組みあわせながらいった。

ハミルトンがいった。「神と話のできる方法はあるのでしょうか？」

このときはじめてオファレル神父が微笑した。「あんたは死ななければならんな、お若いかた」

傘をとりあげて、マクフィーフはドアに向かって歩きだした。「帰ろう」重苦しくハミルトンにいった。「こんなところにきたのがまちがいだった。もうたくさんだ」

「待てよ」ハミルトンがいった。

マクフィーフは立ちどまって訊き返した。「どうして神と話をしたいんだ？　なにかいいことでもあるのか？　きみにだって事情はわかってるんだろう。見ろよ、このざまだ」

ハミルトンがいった。「その神様が、われわれになにがおこったのかを教えてくれる唯一の存在なんだよ」

ちょっと黙ってからマクフィーフがいった。「そんなことどうだっていい。おれは帰るぜ」

ハミルトンは大急ぎで、骨や歯をぐるりと並べた。聖なる遺物の輪ができた。「さあ手伝ってくれ」マクフィーフにいった。「きみもかかわっているんだからな」

「おまえさんは」マクフィーフがいった。「奇蹟を求めているんだな」

「そうだよ」ハミルトンがいった。

マクフィーフはあとずさりした。「ろくなことにならないぞ。そんなのむだだ」彼は大きな黒い傘をつかんで立ちつくしていた。オファレル神父は、このなりゆきに当惑して落ちつかなげに歩きまわっていた。

「ぼくはこんなことがどんなふうにはじまったのか知りたいんだ」ハミルトンがいった。

「第二バーブ教だの、このめちゃくちゃな世界全部のはじまりをね。もし見つけだせないのなら――」手をのばしてマクフィーフから大きな黒い傘を奪い取ると、ハミルトンは深く息を吐き、傘をさしあげた。革でできた禿鷹《はげたか》が翼をひろげたように、傘が頭上でひろがった。たまっていた雨粒が数滴したたり落ちた。

「おい、なにをするつもりだ?」マクフィーフは傘をとり返そうとして、輪状におかれた聖遺物のなかに足を踏み入れた。

「しっかりつかんでいろよ」傘の柄《え》を握りしめながら、ハミルトンはオファレル神父にいった。「その水差しには聖水が入っていますか」

「ああ」オファレル神父はうなずくと、陶器の水差しのなかをのぞきこみ、いった。「すこし残っとる」

「聖水をふりかけながら」ハミルトンが頼んだ。「あの、昇天のくだりを朗唱してください」

「昇天じゃと」まごつきながらオファレル神父はあとずさった。「わしには――」

「〝そして甦りし《エト・レズレークシト》〟のくだりですよ。おぼえてらっしゃるでしょう」

「おお」オファレル神父はこたえた。「もちろんじゃ。おぼえとると思う」神父はうなずくと、心もとなげに片手を聖水の水差しに浸して、それを傘にふりまきはじめた。「わしとしては、成功するとは思えんのだがね」

「唱えてください」ハミルトンがいった。

自信なさそうに、オファレル神父は朗唱しはじめた。

「そして甦りし《エト・レズレークシト》 三日の後に《テルツィアー・ディエ》 聖書にありしごとく。《セクンドゥム・スクリープトゥラース》そして天に昇りて、《エト・アーシエンディト・イン・チエールム》父の右に《セデト・アド》座したもう。《・デクステラム・パトリス》そして再び来たり《エト・イテルム・ヴェントゥールス》 栄光とともに裁きたもう《エスト・クム・グローリア・ユーディカーレ》 生けるひとと死せるひとを。《ヴィヴォース・エト・モルトゥオース》主の王国は終わることなし……《クーユス・レーニ・ノン・エリト・フィーニス》」

ハミルトンの手が握りしめた傘がふるえた。徐々に、苦しそうに傘が上昇しはじめる。マクフィーフは恐ろしい悲鳴をあげて必死にしがみついた。やがて、傘の先端がこの部屋の低い天井にぶつかった。ハミルトンとマクフィーフは奇妙な格好でぶらさがっていた。ふたりの足は埃っぽい闇のなかでぶらぶら揺れた。

「天窓を」ハミルトンがあえぎながらいった。「開けてください」

オファレル神父はびっくりしたネズミのように、あわてふためいて窓を開けに走った。天窓が開いた。湿った夜気が流れこみ、いままで何年も澱《よど》んでいた空気と入れかわった。さえぎるものがなくなったので、傘はたちまち上昇していった。荒れ果てた木造の建物はみるみる下のほうに消えた。さらに上昇するにつれて、冷たい霧がハミルトンとマクフィーフを包んだ。ふたりはもはや双子山《ツインピークス》と同じ高さまで上昇していた。やがて大都会、サンフランシスコのはるかな上空に出た。眼下には一面の黄色い明かり。ふたりは傘の柄《え》にしっかりつかまっていた。

「いったい――」マクフィーフが叫んだ。「このまま行ったらどうなるんだ？」

「力をお与えくださいと祈るんだ！」ハミルトンは両眼を閉じ、必死に傘の柄にとりすがったまどなり返した。傘は刻一刻とその速度を増して上昇していった。ほんの一瞬、ハミルトンは両眼を開けて、はるかな高みをおそるおそる見あげた。

上空には不吉な黒雲が無限にひろがっていた。その向こうになにがあるのか？　神が待っているのだろうか？

傘は夜の暗闇のなかを、どんどん上昇してゆく。もはや、引き返そうにも引き返せないところにきていた。

7

さらに上昇するにつれて、混沌たる暗闇は薄れはじめた。雨雲の積み重なった層に入ると、ふたりのからだはじっとり湿りつき、やがて湿り気を帯びた傘は雲の層を突き抜けた。冷たい闇にとざされた夜のかわりに、識別できない灰一色のどんよりした媒体のなかを上昇してゆく。生気もなく形もない虚無が混沌とひろがっていた。

はるか下に地球があった。

ハミルトンがいままでに見たなかで、これほどすばらしい地球の眺めはなかった。さまざまな意味で、期待がかなえられた感じだった。まるくて、完璧な球体をしている。この媒体のなかにひっそりと浮かんでいる地球は、地味ではあるものの、印象深い物体だった。

とりわけ印象的だったのは、そこに浮かぶただひとつのものだったからだ。ハミルトンはショックを受けた。ほかの惑星が見あたらないことに気がついたのだ。彼は必死になって頭上を眺め、あたりを見まわしていたが、しだいに、自分の眼で見たものに思わず知らず心を奪われていった。

この天空には、ただひとつ地球しかかかっていなかった。その周囲に、ずっと小さくて、光を放つ球体がまわっていた。巨大で不動の球体の周囲を、唸りをあげて明滅している。それが太陽だということに気がつき、ゾッとすると同時に狼狽《ろうばい》した。この太陽は矮小だった。しかも――動いているのだ！

それでも動いている《シ・ムオーヴェ》。だが、動いているのは地球ではなかった。それでも――太陽が動いているのだ！

幸いなことに、この白熱した燃えあがる球体は、大いなる地球の反対側にあって、ゆっくりと動いていた。その公転周期は二十四時間だった。こちら側にはもっともっと小さくて、ほとんど眼にもとまらないくらいの斑点のようなものがあった。ものうげにのそのそと動く、微少な、無益でつまらない腐蝕した物質のかたまり。

月だった。

それほど離れてはいない。ほとんど手の触れそうな距離にまで、傘が連れていってくれた。それが灰色の媒体のなかに消え失せるまで、ハミルトンは信じられないような気持ちで見守っていた。やはり、科学がまちがっていたのか？　これまでの宇宙論はあやまっていたのか？　コペルニクスの立てた太陽中心説の、壮大かつ圧倒的な理論はことごとく虚偽だったのか？

巨大で不動の地球を唯一の惑星とする、古代の、時代遅れで地球中心の宇宙を、ハミルトンは目撃していた。ようやく火星と水星を識別することができた。極小の物体でほとんど存在していないほどだった。そして、無数の星もあった。それらの星も信じられないほど微小で……ほとんどないにひとしい物体にすぎなかった。一瞬にして、ハミルトンの宇宙観の全構造は崩れさり、馬鹿げた瓦礫《がれき》と化してしまったのだ。

しかし、それはここだけのことなのだ。これこそ、古代プトレマイオスの宇宙であった。ハミルトンの世界ではなかった。ちっぽけな太陽。極小の星ぼし。地球はどっぷりした水滴で、不動の中心に位置を占め、ぼてぼてとふくれあがっていた。ここではそれが真実だった――こんなふうに、この宇宙では運行しているのだった。

しかし、それはハミルトン自身の宇宙とはなんの関係もなかった……ありがたいことに。このことを受け入れてしまうと、灰色のはるか下の深みに、地球の下のほうに赤みがかった層がひろがっているのを見ても、ハミルトンは驚かなかった。まるでこの宇宙のいちばん下で、原始的な採鉱作業が進められているように見えた。炉と鞴《ふいご》と、さらに遠方に、ある種の火山の火口のようなものがあって、なんともいいがたい灰色の媒体を、不吉な赤みを帯びた炎で染めている。

地獄だった。

そして頭上には……彼は首をのばした。いまや、それがはっきり見えた。天国だった。これこそ交信システムの一方の端であった。これこそ電子工学者や、意味論学者、コミュニケーションの技術者、心理学者たちが地球に接続している地点だった。これが大宇宙交信線のポイントAなのだ。

傘の上で漂っていた灰色の媒体が消えた。すべてが――あの骨も凍る冷たい夜の風までが一瞬にしてなくなった。マクフィーフは傘につかまりながら、神の住居が近づいてくるのを、畏敬の念をつのらせながら凝視していた。その大部分は見えなかった。濃厚な実体をもった無限の壁がひろがり、真の姿を覆い隠す保護層になっていた。

その壁の上には、強烈な光り輝く点が散在していた。荷電されたイオンのようにとんだりはねたりしていた。まるで生きているように。

おそらくそれは天使たちなのだろう。動きが速すぎて、よく見えなかった。

傘がさらに上昇していくにつれて、ハミルトンの好奇心も高まった。茫然としていたが、同時にひどく落ちついてもいた。こうした場合、なんらかの感情をもつことは不可能だ。このときの彼は、自分を完全に支配していたが、それでいて完全に圧倒されてもいたのだ。そのどちらも真実で、中間はなかった。やがて、あと五分もすれば、壁の上まで運ばれる。ハミルトンとマクフィーフは、天国をのぞきこむことになるのだ。

長い道のりだったな、と彼は思った。ベバトロンの廊下で向かいあって立っていたときからの長い道のり。つまらないことでいい争いながら立っていたあのときから……

少しずつ、感じられないくらいに、傘の上昇が鈍ってきた。やがてほとんど上昇しなくなった。これが限界なのだ。これより上はなかった。ハミルトンはぼんやり、これからなにがおきるのだろうと思った。傘は下降しはじめるのだろうか？　上昇してきたときとおなじように根気よく下降するのか？　それとも、砕け散って、ふたりを天国の中央にほうりだすのか？

なにかが目にみえた。ふたりは壁を保護している物質の外縁と並行していた。とっぴな考えが心に浮かんだ。ここにある物質は――外からなかを見ることをふせぐためではなく――なかにいるひとたちを外に出さないためにあるのではないか。何世紀にもわたって、この天国に入ったひとたちが、もとの世界へもどっていけないようにしてあるのでは。

「やっと――」マクフィーフはあえぎながらいった。「やっと、どうにか着いたらしい」

「ああ」ハミルトンがいった。

「こいつは――ひとの物の見方に――えらく影響をおよぼすものだな」

「ほんとうだね」ハミルトンも賛成した。ほとんど見えそうだった。あと一秒もすれば……あと半秒で……ぼんやりと展開する光景がたちまち視野に入ってきた。よくわからない光景だった。一種の循環する連続体。なにか漠然とした、ぼんやりとした場所。池だろうか、それとも大きな海？　巨大な湖だ。水がごうごうと渦を巻いている。はるか彼方に山脈があり、果てしない森がつづいていた。

突然、宇宙の湖が消えた。まるでカーテンがその上をおおいつくしたかのようだった。しかし、やがてそのカーテンがまた開いた。ふたたび湖がそこにあった。湿ったものの無限の広がり。

これまで見たこともないほど巨大な湖だった。全世界を飲みこめるほど巨大だった。一生涯、これほど大きな湖を見ようとは、夢にも思わなかった。その容積はどのくらいだろう、茫然として考えた。湖の中心には、より濃密でより不透明な物質があった。湖のなかの湖といったものだった。天国とは、こんなにも巨大な湖だけなのだろうか？　見わたすかぎり湖以外には、なにもなかった。

いや、湖ではなかった。眼なのだ。そしてその眼は、ハミルトンとマクフィーフを見つめている！

だれの眼であるかは、教えられるまでもなかった。

マクフィーフは悲鳴をあげた。顔が黒ずんでいた。咽喉をぜいぜいいわせている。あまりにも驚いたため、しばし彼は傘の端で絶望的に身をおどらせていた。自分の指を離そうとしたり、この光景を見まいとしていた。彼はもがいた。眼からのがれようとして、無我夢中で手足をばたつかせた。

眼は傘にひたと焦点をすえた。ゾッとするような音を立てて傘がはじけ、めらめらと燃えあがった。あっというまに、燃える破片と柄《え》と悲鳴をあげるふたりの男が、隕石のように落下していった。

上昇してきたときのような、ゆっくりとした落ちかたではなかった。流星のような速度で落下してゆく。ふたりとも意識を失った。一瞬だったが、世界がさほど下にあるのではないことを、ハミルトンはなんとなく意識した。やがてすさまじい衝撃が襲った。彼はまたしても宙に放りあげられた。上昇した高さとほとんど同じだけあがった。この最初のすさまじい反動の力で、ほとんど天国の近くまで放りあげられたのだ。

しかし天国に達するほどではなかった。ふたたび彼は落下した。そしてまた、たたきつけられた。名状しがたい弾《はず》みがしばらくつづいて、肉体は無力に打ちのめされ、息も絶え絶えに彼は地上に横たわった。乾燥しきった、赤い粘土の土壌に生えている萎れた草をひとにぎり、必死につかんでいた。用心深く、苦痛をこらえて眼を開け、あたりを見まわした。砂埃の多い乾燥しきった広大な平野にぐったりと倒れている。べつの日の早朝で、そしてひどく寒かった。殺風景なビルが遠くに見えた。さほど遠くない場所にチャーリイ・マクフィーフがみじろぎもせずに倒れていた。

ワイオミング州シャイアン。

「なるほど」ハミルトンは、長いあいだ考えこんでいたあとで、ぼそりといった。「まずここに来るべきだったんだ」

マクフィーフからはなんの返事もなかった。彼は完全に意識を失っていた。耳に届く音といえば、数百メートル離れた場所に生えている、ふぞろいに生い繁った木にとまっている小鳥たちのさえずりだけだった。

苦痛をこらえながら、足をひきずるようにしてハミルトンは立ちあがり、マクフィーフによろよろと近づいて調べた。マクフィーフは生きていた。どこにもけがはないようだった。しかし、呼吸が弱く、苦しそうだった。よだれがうっすらと、なかば開いた口から顎にかけて流れていた。顔にはまだ恐怖と驚きと、押しひしがれたような落胆の表情がはりついていた。

なぜ落胆しているのだろう？　マクフィーフは神をまのあたりに見られることをよろこんでいたのに？

不可解な事実が次々に明らかになってゆく。奇妙な世界の奇妙な事実。この場所、バーブ教徒の宇宙の精神的中心地たるワイオミング州シャイアンに、彼はいるのだ。神は彼のあやまった道を正したのだった。マクフィーフは彼をあやまった道に連れていったが、いまは確実に、正しい道へともどされたのだ。やはり、ティリンフォードの話は正しかった。神がいかせようとしていたのは、預言者ホレース・クランプのところだったのだ。

彼は好奇心から、冷たい灰色の都会の輪郭に眼を向けた。中心の、たいして特徴もない建物のあたりに、巨大な尖塔がそびえ立っていた。尖塔は早朝の太陽の光を浴びて、まぶしいほどに輝いていた。摩天楼だろうか？　それとも記念碑？

どちらでもなかった。これこそ〈ただひとつの真なる神〉の寺院なのだ。数キロ離れたこの場所からでも、第二バーブ教の聖墓を見ることができるのだ。いままでに経験したバーブ教徒の力も、前方にあるものと比較すれば、ほんの小さなものにすぎないような気がした。

「おきろよ」マクフィーフがからだを動かすのを見て、彼は声をかけた。

「ほっといてくれ」マクフィーフが答えた。「きみだけで行けよ。おれはここにいるから」

彼は肘をまげて頭をのせると眼を閉じてしまった。

「待ってるよ」待っているあいだに、ハミルトンは自分の立場を考えてみた。ぼくはここにいる。ワイオミング州のまんなかに。秋の日の寒い朝、ポケットには三十セントしかない。

そういえば、ティリンフォードはなんていったっけ？　からだがぶるっとふるえた。しかしとにかく当たって砕けろだ。それに、どうやら選択の余地はないらしい。

「主よ」ハミルトンは礼拝の姿勢を取り、祈りはじめた。片方の膝をつき、両手を組みあわせ、敬意をもって天上を仰いだ。「貧しき僕《しもべ》に、クラス四・Aの電子工学技術者の通常の給付額にあたいするものをお与えください。ティリンフォードは四百ドルと申しておりました」

しばらくのあいだ、なにもおきなかった。冷たい、身にしみるような風が、赤い粘土質の平野をひゅうひゅうと吹きわたり、乾いた植物の種子やさびついたビールの缶を吹きとばした。ややあって、頭上の空気が揺れた。

「頭をおおうんだ」ハミルトンがマクフィーフに向かってどなった。

硬貨が雨あられと降ってきた。五セント、十セント、二十五セント、五十セントの硬貨がきらきら光りながら落ちてきた。まるでブリキのシュートに落とされた石炭のような音を立てて降りそそぐので、耳が聞こえなくなり、眼も見えなくなった。その雨がやんだとき、彼は硬貨をかき集めはじめた。次の彼の反応は、やりきれない失望だった。先ほどの興奮はなくなっていた。四百ドルもなかったのだ。かき集めた硬貨の数は、物乞いに投げられるわずかな小銭だった。

しかしハミルトンには、この程度の金額がふさわしいのだろう。

計算してみると、四十ドル七十五セントだった。これでも役には立つだろう。少なくとも食いつなぐことはできる。しかし、この金がなくなったら――

「忘れないでくれよ」マクフィーフが力なく立ちあがろうとしながら、げっそりしたようにつぶやいた。「おれに十ドル借りがあるんだぜ」

マクフィーフはぐあいが悪そうだった。大きな顔には斑点がうきあがり、病的な顔色だった。厚ぼったい肉が醜く、ドーナッツのように首まわりにかたまっている。神経質にヒクヒクする頬をマクフィーフは指で押さえた。この変化には驚くべきものがあった。マクフィーフは神をまのあたりに見たことで、うち砕かれてしまったのだ。神と対面したことで、精神的に混乱しきっていた。

「神はきみの期待したようなものじゃなかったのかい？」ふたりでとぼとぼとハイウェイに向かって足を運びながら、ハミルトンが訊いた。

マクフィーフはブッという音とともに、赤い粘土のかたまりを草むらに吐きだした。両手を深くポケットに入れて、足を引きずり、眼はうつろで、敗残兵のように身をかがめて歩いていた。

「確かに」ハミルトンは認めた。「そんなことは大きなお世話だったな」

「酒が飲みたい」マクフィーフが口にしたのは、あとにもさきにもこれだけだった。ハイウェイの路肩にたどりついたとき、彼は財布を調べた。「あとでベルモントで会おう。十ドル返してくれ。飛行機で帰るんだ」

ハミルトンはしぶしぶ小銭で十ドルわたしてやった。マクフィーフはなにもいわずに受けとった。

ふたりがシャイアンの郊外にさしかかったとき、ハミルトンはなにか不吉な感じのするものに気がついた。マクフィーフの首のうしろに、醜くふくれあがった赤いただれがいくつもできていた。見ているうちに、その赤いただれはどんどん大きくひろがっていく。

「おできだ」ハミルトンはギョッとして叫んだ。

マクフィーフは押し黙って苦痛をこらえながら彼を見返した。やがて彼は左の顎を手でさわった。「親知らずも一本、腫《は》れあがっている」すっかり打ちのめされたようにいい足した。

「おできに腫瘍。罰を受けたんだ」

「どうして？」

また返事がなかった。マクフィーフはわれとわが身の陰鬱な気分に沈んで、眼に見えぬ神意をつかもうと戦っていた。神の姿を目にしながら無事でいられたのだから、それだけでも運がよかったのだとハミルトンは思った。もちろん、こみいった贖罪の方法はいくつもある。マクフィーフは適当な方法を選んで、腫れあがった歯やおできをなおしてもらえるだろう。生まれつき日和見主義者のマクフィーフなら、その方法を見つけるにちがいない。

最初のバス停でふたりは足をとめ、疲れきった顔で湿ったベンチに腰をおろした。町へ土曜日の買物に行く通行人が、ふたりを不思議そうに眺めた。

「巡礼ですよ」ぶしつけな興味を見せてじろじろ眺める連中に、ハミルトンは冷ややかに答えた。「ミシガン州のバトルクリークからはるばる歩いてきたんです」

こんどは天からはなんの罰もくだされなかった。ハミルトンはため息をついて、いっそ天罰がくだればいいのにと思った。天の依怙贔屓《えこひいき》には腹が立った。行為と罰のあいだにはあまりにもいいかげんな関係しかなかった。おそらく神の稲妻は、このシャイアンの町の反対側で、罪のないひとたちをなぎ倒していることだろう。

「バスがきたぞ」マクフィーフがほっとしたようにいって、やっと立ちあがった。「十セント硬貨を出しとけよ」

バスが空港に着いたとき、マクフィーフはよたよたした足どりでバスを降り、よろめきながら空港ビルのほうに歩いていった。ハミルトンはバスから降りず、〈ただひとつの真なる神〉の聖墓である、燦然《さんぜん》とそそり立つ壮麗な塔へと向かった。

預言者ホレース・クランプそのひとが、絢爛《けんらん》豪華な入口でハミルトンを出迎えた。堂々とした大理石の柱が四方八方にそそり立っている。聖墓は伝統的な古代の墓をあからさまに真似したものだった。どことなくあさましい中産階級の俗悪さが、広大で印象的であるにもかかわらず、この建物全体にまとわりついていた。巨大で重量感にあふれ、ひとを畏怖させるようなこの礼拝堂《モスク》には、一種美学的な暴虐さがあった。ソヴィエト連邦の官庁のように、芸術的なセンスに欠けた連中によって設計されたものだった。しかしソヴィエトの官庁とは違って、雷文細工で飾り立てられ、ロココ風の手すりや溝彫り、無数の装飾品やみごとに磨きあげられた真鍮《しんちゅう》のノブやパイプがちりばめられている。間接照明の明かりがテラ・コッタの表面を明るく照らしていた。これまた途方もなく巨大な浅浮彫りがこれみよがしにその荘厳な姿を見せていた。中東の田園風景を実物大以上に描いたものだった。そこに刻まれているのは、敬虔《けいけん》で愚鈍なひとびとだ。そしてきらびやかな衣装を身にまとっている。

「ようこそおいでなさった」預言者は祝福をあたえるために、太った、青ざめた手をさしのべながらいった。ホレース・クランプは、あざやかな色彩で描かれた日曜学校のポスターからぬけだしてきたような人物だった。でっぷりと太り、チョコチョコした足どりで歩き、とらえどころのない穏和な表情の、フードのついたローブを着たこの預言者は、ハミルトンの手をとるようにして迎え、モスクの奥に案内した。クランプこそイスラムの霊的指導者の生きた顕現《けんげん》であった。ふたりが豪華な調度の書斎に入ると、ハミルトンはなぜ自分がこんなところにいるのだろうと、不安な気持ちで考えた。これが神の心にかなったことなのだろうか？

「あなたのおいでをお待ちしておりましたよ」クランプはきびきびした調子でいった。「いらっしゃることは知らされておりました」

「知らされていた？」ハミルトンはいぶかしい顔をした。「だれから知らせをうけたのです？」

「もちろん、聖四文字《テトラグラマトン》であらわされるおかたからですよ」

ハミルトンは狼狽した。「あなたが預言者であるのは——あの神の——」

「そのお名前を口にすることは畏《おそ》れ多いのですよ」クランプは少し色をなして制止した。

「あまりにも畏れ多い。神は、聖四文字《テトラグラマトン》でお呼び申しあげることを嘉《よみ》したまう。あなたが知らぬというのは驚くべきことですね。常識ではないですか」

「すみません、無知蒙昧《もうまい》なものですから」ハミルトンがいった。

「つい最近、ヴィジョンを体験なされたようですね」

「ぼくが聖四文字《テトラグラマトン》であらわされるおかたを見たかとおっしゃるのでしたら、確かにそのとおりです」すでにハミルトンは、このでっぷり太った預言者にいやなものを感じていた。

「どんなごようすでしたか?」

「お元気そうでしたよ」ハミルトンはつい、よけいなことをつけ加えてしまった。「年齢《おとし》にしては」

クランプはせわしなく書斎を歩きまわった。ほとんど禿げあがった頭は、磨いた石のようにテカテカに光っていた。まさに神学的な威厳と虚飾の典型だった。こんなやつはなんのことはない、カリカチュアじゃないか、とハミルトンは思った。いつの世にも、こんなふうに堅苦しい人物がいるものだ……クランプは、あまりにも威厳がありすぎて、とうてい本物には見えなかった。

カリカチュア――あるいは、〈ただひとつの真なる神〉の霊的指導者は、まさにかくあらねばならぬ、とだれかが考えた姿といえる。

「預言者どの」ハミルトンは突然きりだした。「正直いうと、ぼくがこの世界に来てから、まだおおよそ四十時間にしかなりません。率直に申しあげますが、ぼくはすっかり混乱しています。ぼくの見たところ、ここは絶対に狂った宇宙です。月が豆粒ぐらいの大きさしかないなんて――ばかげてます。地球が中心にあり――太陽が地球のまわりをまわっています。あまりにも原始的じゃないですか！　古代の、非西欧的な神の概念全体、硬貨やヘビを降らせたり、おできをこしらえるあの老人は……」

クランプはすさまじい眼を向けた。「しかし、これこそがあるがままの姿なのですよ。この世界こそ神が創造したもうたところなのです」

「この世界はそうかもしれない。しかしぼくの世界はちがいます。ぼくがいた世界は――」

「それでは」クランプがさえぎった。「あなたがどこからやってきたのか、わしに話してみなさい。聖四文字《テトラグラマトン》であらわされるおかたは、わしにそういった事情は伝えてはくださらなかった。ただ、迷える魂がここにやってくることだけをお伝えになったのでね」

あまり気のない口調で、ハミルトンはおよその事情を話した。

「なるほど」ハミルトンが話し終えたとき、クランプがいった。動揺し懐疑的な態度で、しろ手を組みながら書斎を歩きまわった。「そんなことが」彼はきっぱりいった。「わしにはとても容認できませんな。しかし、そういうこともあり得たかもしれない。してみればあり得たのでしょう。あなたは、真実、天に行ったのだとおっしゃる。そしてまた、木曜日まではあのおかたの存在にふれられない世界で生きていた、そうおっしゃるわけですね？」

「いや、そうはいいませんでしたよ。粗雑でもったいぶった存在といったんです。この――恐ろしく土俗的な神性じゃありません。あのはげしい風雨と雷鳴。でも、ぼくの世界にも神はいたはずです。いつだって神は存在すると思っていましたから。もっとも、さりげなくではありましたけど。だれかがまちがったことをしたからといって、すぐにその御御足《おみあし》で蹴っとばすようなことはなさりませんでしたから」

預言者はハミルトンの告白に、どうやら心をはげしく動かされたようだった。「これは破天荒なことです……いまだ信仰を持たぬ世界があろうとは思ってもみなかった」

そのことばに、ハミルトンはカッとなった。「ぼくのいってることがわからないんですか？　この二流の宇宙、バーブだかなんだかしらないが――」

「第二のバーブですよ」クランプがさえぎった。

「そのバーブというのはなんです？　第一のバーブというのはどこにいるんです？　このたわごとは、いったいどこからきたんです？」

一瞬、とげとげしい空気が流れたが、ややあってクランプがいった。「一八五〇年七月九日、第一のバーブはタブリーズで処刑されました。彼の信者たち、二万人のバーブ教徒も無残に殺されたのですよ。第一のバーブは神の真実の預言者だった。彼は超絶的な死を遂げた。刑吏《けいり》すらも号泣したと伝えられています。一九〇九年、彼の遺体はカルメル山に運ばれました」クランプは芝居がかった身ぶりでことばをきった。眼には感動があふれていた。「一九一五年、殉難して六十五年後にバーブは地上に復活した。八月四日の午前八時、場所はシカゴ、レストランで食事をしていたひとびとによって目撃されたのです。このとき、確かに遺骸はまだカルメル山にあったことは、証明されているのですよ！」

「なるほど」ハミルトンがいった。

両手をあげてクランプはいった。「これ以上なんの証明が必要でしょう？　世界がこれ以上偉大な奇蹟を目にしたことがあるでしょうか？　第一のバーブは、〈ただひとつの真なる神〉の単なる預言者でした」声がふるえた。彼はことばをおさめた。「第二のバーブは――彼そのものなのですよ！」

「なぜワイオミング州シャイアンが選ばれたんです？」ハミルトンが訊いた。

「第二のバーブは、まさにこの地でその生涯を終えられたのです。一九三九年五月二十一日、彼は五人の天使に守られて、信者たちに見守られながら天国《パラダイス》にのぼられました。これこそ信仰の明らかなあかしでした。まさに驚嘆すべき瞬間でしたよ。わしは――」クランプはしばしことばを発することができなかった。「わしは畏れ多くも第二のバーブから、最後の瞬間《とき》にあたって拝領したものがあるのです――」彼は書斎の壁の祭壇を指さした。「あの祭壇のなかには、第二のバーブの時計、万年筆、財布、義歯がおさめられております。あとのものは、そのままお持ちになって天国におもむかれました。わしは第二のバーブの在世中、記録官を務めておりました。わしは『教えの書』の多くの章を、あのタイプライターで書きとめたのですよ」旧式で使い古されたアンダーウッド五型の事務用タイプライターの入っているガラスの箱に、クランプは手を触れた。

「さて、こんどは」預言者クランプはことばをついだ。「先ほどあなたが言及した世界なるものを考えてみましょう。わしにこの異常な事態を知らせるために、あなたがここに遣わされたことは明らかですからな。何十億というひとたちが〈ただひとつの真なる神〉を目にすることもなく生きておる世界があると」その眼には、はげしい光が現われた。預言者の口が「聖戦《ジハド》ですな」ということばをいったとき、さらに光が輝いた。

「ちょっと待ってください」ハミルトンは、不安になってきた。しかしクランプは、そっけなくさえぎった。

「これは聖戦《ジハド》です」クランプは興奮していった。「さっそくカリフォルニア・メンテナンスのT・E・エドワーズ大佐に連絡をとりましょう。長距離ロケットをすぐに造りかえるように。まずは聖なる広報文書をつんだロケットをその荒廃した世界に射ちこむ。ついで、その荒野に霊的な光をともし、そのあと、指導員のチームを送りこむのです。さらに、伝道する聖職者とともに、さまざまなマス・メディアを通じて〈ただひとつの真なる神〉の信仰を宣伝するのですよ。テレビ、映画、出版物、レコードなどを使ってね。聖四文字《テトラグラマトン》であらわされるおかたも十五分のキネスコープをやるようにとおっしゃるものと思う。そして、不信者を救済するために、レコードを使った福音伝道を行なうのです」

こんなご託宣を聞かされるために、ぼくはワイオミング州シャイアンくんだりに落とされたのだろうか、とハミルトンはいぶかしんだ。預言者クランプの壮大なる確信に度胆をぬかれて、彼はおぼつかなくなった。自分は神への服従を現実のものにするために遣わされた啓示なのだろうか。だとしたら、この世界は、聖四文字《テトラグラマトン》であらわされるおかたの御胸にかきいだかれた、現実の世界なのかもしれない。

「聖墓のなかを拝見してもよろしいですか？」彼は訊いた。「第二バーブ教の霊的な中心がどのようなものなのか見ておきたいのです」

考えこんでいたクランプが眼をあげた。「なんですって？ ああ、もちろんです」さっそく、インターコムのボタンを押した。「わしはすぐに聖四文字《テトラグラマトン》であらわされるおかたにご連絡申しあげなくては」彼はハミルトンに向かってぐっと身をかがめ、片手をあげて訊いた。「この暗黒な世界のことを、なにゆえあのおかたはこれまで伝えてくださらなかったのでしょう？」第二バーブ教の預言者の満ち足りた顔が少し青くなって、不安がこちらにも伝わってきた。「わしには想像がつかない……」頭をふりながら、つぶやいた。「しかし神意は、はかりがたきもの」

「ほんとにそうですね」ハミルトンがいった。書斎を出て、音のよく響く大理石の廊下を歩いていった。

こんなに朝早い時刻なのに、熱心な信者があちらこちらに集まって、展示されている聖遺物を指さしたり、ポカンと見とれたりしていた。そうした光景に、ハミルトンは胸がむかむかしてきた。大きな一室では、大部分が身なりのよい中年の男女だったが、聖歌を歌っていた。ハミルトンはそこを通りぬけようとしたが、そこに加わったほうがいいように思えた。

信者のグループの頭上に、かすかな光を帯びた——いくらか嫉妬深い——存在が浮かんでいた。この連中に加われば、うまくいくかもしれない。

ハミルトンはそのグループにもぐりこんで、しかたなくその聖歌を歌った。聞きなれない聖歌だったが、急いでその節をおぼえた。この聖歌は、くり返しの多い、ひどく単純なものだった。おなじ単調なモチーフが、いつまでもつづくのだった。聖四文字《テトラグラマトン》であらわされるおかたの欲求はとどまるところを知らないようだ。絶えずあがめられることを望む、子どもじみた茫漠たる存在が絶えざる称賛を——ひどくはっきりしたことばで——望んでいた。すぐに怒る聖四文字《テトラグラマトン》であらわされるおかたは、怒るときと同様に、至福感にすぐに酔いしれることができるので、こうした露骨な追従《ついしょう》を熱心に聞きたがっておられるのだ。

これでバランスがとれているのだ。これこそ神をなだめる方法。しかし、ずいぶんデリケートなメカニズムではないか。あまたのひとにとって危険なのだ……たちまち激怒に駆られる神がいつも身近にいるのだから。いつも耳を傾けているのだから。

宗教上の義務を果たし終えると、げっそりしながら歩いていった。聖四文字《テトラグラマトン》であらわされるおかたが身近にきびしく存在することで、この建物もひとも萎縮しきっていた。ハミルトンにはその存在が感じられた。濃密な霧に押しつつまれるように、イスラムの神がいたるところにひそんでいた。ハミルトンは不安な思いで、巨大な壁にはめこまれた、光り輝く銘板を眺めた。

信者の名簿

なんじの名前はありや？

名簿はＡＢＣ順だった。ざっと調べたところ、自分の名前がないことに気がついた。注意深く探したが、マクフィーフの名前もなかった。かわいそうなマクフィーフ。だが、あいつならなんとかやっていくだろう。この名簿全体が驚くほど短いものだった。これっぽっちの人間しか天国《パラダイス》には入れてもらえないのだろうか？

ものうい憤怒がふつふつとわきあがった。手あたりしだいに、自分の知っている偉人の名前を探してみた。アインシュタイン、アルベルト・シュヴァイツァー、ガンジー、リンカーン、ジョン・ダン。ひとりも載っていない。憤怒がますますはげしくなった。これは、いったいどういうことなんだ？　彼らのような偉人ですら、ワイオミング州シャイアンの第二バープ教の信者ではなかったために、地獄に堕とされたのか？

なるほどね。信者だけが救われるのだ。ほかの何億、何十億という人間は、地獄の業火に灼かれるよう運命づけられている。〈ただひとつの真なる神〉の信仰を作りあげているのは、ろくでもない、田舎者の名前ばかりじゃないか。とるに足りない人間ども、低劣な人間の、それもほんのひとにぎりの……

ひとつの名前に見おぼえがあった。これはどういうことなのだと不安な思いに駆られて、長いあいだ、その場に立ちつくしていた。不安をつのらせながら、その名前がどうして載っているのか、その名前が載せられていることがなにを意味するのか、いぶかしんでいた。

アーサー・シルヴェスター

あの年寄りの退役軍人じゃないか！　ベルモントの病院に入院している謹厳な老軍人だ。自分たちのなかで、〈ただひとつの真なる神〉のただひとりの公認メンバー。

これには意味があった。わかりすぎるくらいだった。ハミルトンはその堂々たる名前を、ぼうっとした眼で見ながら、立ちつくすことしかできなかった。

漠然とではあったが、ようやくさまざまなピースが、おさまるべきところにおさまった。この世界のパターンがはっきりしたかたちをとった。ついに、長い時間がかかったが、ようやくこの世界の構造がわかったのだ。

次にすべきことは、ベルモントにもどることだった。アーサー・シルヴェスターを見つけるんだ。

シャイアン空港で、ハミルトンはありったけの小銭をカウンターに出していった。「サンフランシスコ行き、片道切符。どうしても足りなかったら貨物室でもいい」

足りなかった。しかし、マーシャに至急電報を打ち、電報為替で送金させた……おかげで銀行の預金はなくなってしまった。送金といっしょに、謎めいた、哀願するような内容の電文が届いた。

カエラヌホウガ　ヨイ　ワタシハ　オソロシイ　メニ　アッテイル

かくべつ驚きはしなかった……これがどういうことなのか、じつは想像がついていた。サンフランシスコ空港に到着したのは、正午直前だった。空港からグレイハウンド・バスでベルモントに向かった。家の玄関は鍵がかかっていた。ドアの鍵を出そうとしてポケットを探るその姿を、張り出し窓にしおれきってうずくまる黄色いニー・ナムキャットが、じっと見つめていた。マーシャはどこにも見えなかったが、なかにいることはわかっていた。

「おい、帰ってきたぞ」ドアを開けて、どなった。

暗い寝室から、かすかに、しゃくりあげるようなすすり泣きが聞こえてきた。「あなた、わたし死にそうなの」薄闇のなかで、マーシャは身もだえしていた。「外に行けないの。わたしを見ないで。お願いだから、わたしを見ないでちょうだい」

ハミルトンは上着を脱いでから電話をかけた。「家へきてくれ」ビル・ロウズがようやく出ると、彼はいった。「できるだけ、あのときの被害者を連れてきてくれ。ジョーン・リースという女性、あの中年の婦人と息子さん、それにうまく見つけられたらマクフィーフも頼む」

「イーディス・プリチェットと息子さんは、まだ入院中ですよ」ロウズが教えた。「ほかのひとはどこにいるんですかねえ。いますぐでないといけませんか?」彼は弁解した。「ちょっと二日酔い気味なものだから」

「それじゃ今夜にしよう」

「あしたにしてくださいな」ロウズがいった。「あしたの日曜日だっていいでしょう。なにがあったんです？」

「こんどの事件の真相をつかんだような気がするんだ」

「こっちは、ようやく楽しみはじめたところなんですがね」ロウズは皮肉につづけた。「あすたは、すげえてえへんなことがおこるんでさ。いや、まったくさね。ダンス・パーティでもやらかすでな」

「どうかしたのか、きみは？」

「なんでもねえだよ」ロウズは、むっとしたように舌を鳴らした。「なあでもねえだ」

「それじゃ日曜日に会うことにしよう」ハミルトンは電話を切って寝室のほうをふり返った。

「こっちへおいでよ」妻に向かって大きな声でいった。

「いやよ」マーシャはきっぱりといった。「わたしを見ちゃだめ。もう決心したんだから」

寝室の戸口に立って、ハミルトンは煙草をポケットから出そうとした。シルキーのところにおいてきたのだ。彼女は、まだオファレル神父の非バーブ教会の向こう側の道路に駐車したフォード・クーペにすわっているのだろうか、と思った。おそらく、彼女は、ハミルトンとマクフィーフが天国へと昇っていくところを見たにちがいない。しかし、あの女は世慣れた女だから驚きもしないだろう。まあ、別に悪いこともないさ——ただ、自動車をとりもどすまで、時間がかかるだろうが。

「おいおい、奥《ベイビイ》さん」妻にいった。「腹がへってるんだ、朝食にしてくれないか。どうも、さっきから聞いていると——」

「恐ろしいことなのよ」マーシャの声は、胸の悪くなるような苦しみでふるえていた。「わたし自殺しようとしてたの。でも、どうして？　わたしがなにをしたっていうのよ？　なんでこんな罰を受けなければいけないの？」

「これは罰じゃないよ」やさしくいってやった。「それに、もう終わるさ」

「ほんとう？」わずかな希望が彼女の心によみがえってきた。「まちがいないのね？」

「この事態をうまく切りぬければ、だけどね。居間でニニーといっしょに待ってるよ」

「あの猫、もうわたしを見たの」マーシャが緊張した、息づまるような声でいった。「あの猫、うんざりしてたわ」

「猫なんて、すぐうんざりするものだからね」ハミルトンは居間にもどって長椅子に倒れこむと、じっと待っていた。しばらくはなにも動く気配はなかった。やがて、暗い寝室から、ひどく重おもしい音が聞こえてきた。へんてこな、ずんぐりしたものの姿が出てくるところだった。憐憫《れんびん》の感情がハミルトンの胸を襲った。このみじめな醜い生きものが……なんということだろう。

戸口にその姿が現われた。しまりがないからだつきで、ずんぐりした姿がハミルトンと向きあって立っていた。前もって知らされてはいたが、ショックが彼を打ちのめした。もとのマーシャとは似ても似つかなかった。このずんぐりむっくりした怪物が妻なのだろうか？

彼女の、ごわごわした頬に涙が流れていた。「わたし——」彼女が低い声でいった。「わたしはどうすればいいの？」

彼は急いで立ちあがると、彼女に近寄った。「こんなことはすぐ終わるよ。きみだけじゃない。ロウズは精神障害をおこした。しかもことばつきまでおかしくなっているんだ」

「ロウズのことなんてどうだっていいわ。わたしは自分のことが心配なのよ」

マーシャのなにもかもが変わっていた。もとはやわらかくて茶褐色だった髪が、汚らしい、糸屑のようにぼろぼろに乱れて、首すじや肩にぶらさがっていた。皮膚は、灰色のざらざらしたものに変わり、あらゆるところがにきびだらけだった。からだは、ぼてぼてして不格好でグロテスクだった。手はふくれあがり、爪がのびて黒くなっている。脚は毛むくじゃらで、ぼってりした扁平足まで白い棒のようにつながっている。いつもの粋なドレスのかわりに、粗悪なウールのセーター、汚点《しみ》のついたツイードのスカート、テニス・シューズを身に着け――しわだらけのボビイ・ソックスをはいていた。

ハミルトンは、むずかしい顔をして彼女のまわりを歩いた。「なるほど」

「この神様というのは――」

「これは神様には関係がないんだよ。あのときいっしょだったアーサー・シルヴェスターという退役軍人に関係があるんだ。自分の宗教的信念にとりつかれ、ステロタイプの思想を信じきっている頭のイカれた軍人さ。彼のような男にしてみれば、きみみたいな人間は危険思想をもった過激派ということになる。しかも、急進主義者がどんなものか――急進的な若い女性が――どういう姿をしているべきかということに関しては、きわめてはっきりした考えマーシャの醜いからだが苦しそうにねじまげられた。「わたし、まるで——マンガに出てくる女みたいね」

「きみはシルヴェスターが思い描く、大学を卒業した若くて急進的な女性の姿になってるんだよ。それにシルヴェスターは、黒人はみんなへんなことばづかいをする頭がいかれた連中だと思いこんでいる。事態はぼくたちにとってはやっかいなものになるだろうね……一刻も早くシルヴェスターの世界から逃げださないかぎり、ぼくたちはもうおしまいだよ」

8

日曜日の早朝、ハミルトンは家じゅうに響きわたる轟音で眼がさめた。ベッドからこわごわ這いだしたとき、ビル・ロウズが神の日《にちようび》の朝早くに、なにか〝てえへんなこと〟がおきると予言していたのを思いだした。

居間から、すさまじい、きしるような騒音が響いている。一歩足を踏み入れたハミルトンは、不思議なことにテレビのスイッチがひとりでに入り、画面に映像が映っているのを見た。ぼんやりとしたなにかが大きくなったり小さくなったりしている。その映像全体は、物騒な赤や紫がごちゃごちゃにまざりあったものだった。ハイファイのスピーカー・システムが、鼓膜の破れそうな轟音をあげていた。冷酷で劇烈な、地獄の業火と呪咀《じゅそ》さながらの大叫喚だった。

これが日曜日の朝のお説教か、ハミルトンはさとった。この説教が、ほかならぬ聖四文字《テトラグラマトン》であらわされるおかたによってもたらされていることも。

テレビのスイッチを切って、服を着るために寝室にもどった。マーシャは窓からさしこむ明るい朝の日ざしを避けようとして、みじめな格好でからだをまるめながらベッドにもぐりこんでいた。「もうおきる時間だよ」教えてやった。「全能なる神が居間で吠えたてていたのが聞こえなかったかい？」

「なんていってたの？」マーシャはすねたようにつぶやいた。

「別になにも。悔い改めよ、さもなくば永劫《えいごう》の呪詛《のろい》が……ってやつさ。いつものおおげさな熱弁だね」

「わたしを見ないで」マーシャが哀れっぽくいった。「着がえをすますあいだ、あっちを向いてて。わたし、怪物になっちゃったのよ」

居間で、テレビがまたしてもひとりでにつき、大音響をあげた。週にいちどのこの説教を妨害することは、だれにも許されないのだ。そんなものに耳を傾けたくない一心で、ハミルトンは浴室にこもると、できるだけ時間をかけて、顔を洗ったり髭をそったりした。寝室にもどって服を着ているところに、玄関のベルが鳴った。

「そら、きたぞ」マーシャにいった。

このときはもう服を着て、髪の毛をなんとか押さえつけようとしていたマーシャは、とうべそをかきはじめた。「こんな顔を見せるなんて嫌だわ。こっちにこさせないでちょうだい」

「ねえ、おまえ」靴ひもをむすびながら、きっぱりした口ぶりでいった。「もし、以前の自分をとりもどしたいと思うんなら――」

「おいででやすか？」ビル・ロウズの声だった。「わし、ドア開けて入《へえ》ってきたが」

ハミルトンは、急いで居間に行った。高等物理学を専攻する大学院生のビル・ロウズがいた。両腕をだらしなくさげ、目を見開いて、膝をまげ、ひょろ長いからだをぐにゃぐにゃさせながら、グロテスクな足どりでハミルトンに近寄ってきた。「なああんだ、わしのざま見てけれ。わしはこんなざまだで」

「なあともねえでよがすなや」ハミルトンにいった。「なにか目的があって、そんな真似をしているのか？」ハミルトンは、おもしろがればいいのか、怒っていいのか自分でもわからなくなって質問した。

「もくてき？」黒人はうつろな眼を向けた。「なんのこっだね、マスサー・ハミルトン？」

「きみは完璧にシルヴェスターの影響下にあるか、さもなきゃ、いままで会った人間のなかで、いちばんシニカルな男だよ」

不意に、ロウズの眼がきらめいた。「シルヴェスターの影響下？　どういう意味です？」それまでの奇妙ないいまわしはなくなって、たちまち油断なく緊張していた。「わたしはてっきり永久なる存在のせいだと思っていましたよ」

「それじゃ、そのへんなことばづかいは芝居だったのか？」

ロウズの眼がきらりと光った。「なかなか堂にいってたでしょう。いつかああなるかもしれない――どこからともなくあれが忍びこんでくるのが感じられるんですよ。だったら、こっちがさきに裏をかけばいい」こういいかけたとき、彼はマーシャの姿を認めた。「あれはだれです？」

よわよわしくハミルトンはこたえた。「妻だよ。つまり――その――あれに――ああされたんだ」

「それはそれは」ロウズが低い声でいった。「これからどうするんです？」

ドアのベルがまた鳴った。泣き声をあげてマーシャは寝室に逃げこんでしまった。こんどやってきたのはミス・リースだった。きびきびととりつくしまもない態度で居間にはいってきた彼女は、地味なグレイのビジネス・スーツに、ロウ・ヒールの靴をはき、鼈甲縁《べっこうぶち》の眼鏡をかけていた。「おはようございます」そっけない早口だった。「ミスタ・ロウズのお話では――」いいかけて驚いて口をつぐんだ。「あの騒ぎ」テレビの大叫喚のほうを指さした。「お宅のも、ですか？」

「むろんです。みなにお慈悲をあたえようとしているんですからね」

ミス・リースは、はためにもわかるほど落ちついたようだった。「あたしはまた、あたしだけにあういうことをなさっているのかと思いましたわ」

半分開けっ放しになっていた玄関のドアから、苦悩に押しひしがれたチャーリィ・マクフィーフの姿が現われた。「やあ」低い声だった。いまはすさまじくふくれあがった顎に包帯を巻いている。白い布を首いっぱいに巻いて、カラーからはみ出さないように押しこんである。ひどく注意しながら、居間を横ぎってハミルトンに近寄ってきた。

「まだ、なおらないのか？」ハミルトンは、気の毒そうに訊いた。

マクフィーフはむっつりと頭をふった。「だめなんだ」

「これはいったいどういうことなんです?」ミス・リースが知りたがった。「ミスタ・ロウズの話では、あなたからなにかお話があるそうですけれど。なにか、この奇怪な陰謀が進んでいることに関して」

「陰謀?」ハミルトンは不安な気分で彼女を見た。「そんなことばは不穏当ですよ」

「そのとおりですね」ミス・リースは彼のことばを誤解して、はげしくいい放った。「これはもはや単なる陰謀をはるかに超えたものですわ」

ハミルトンはあきらめた。閉めきった寝室のドアに寄って、あわただしくノックした。「出てきなさい。病院に行く時間だよ」

責めさいなまれるようなひとときのあと、マーシャが出てきた。重いオーバーを着てジーンズをはき、汚らしい髪を隠すために真っ赤なスカーフを結んでいた。お化粧はしていなかった。したところで時間がむだになるだけだった。「いいわ」彼女は力なくいった。「用意はできたわ」


ハミルトンはマクフィーフのプリマスを病院の駐車場にとめた。病院の建物に向から砂利道を五人そろって歩きながら、ビル・ロウズがいった。「シルヴェスターが、この事件の鍵なんですか?」

「シルヴェスターが、このすべてなんだよ」ハミルトンがいった。「きみとマーシャが見た夢が鍵なんだ。それ以外のさまざまな事実もね——たとえば、きみが混乱したこと、妻の容姿が激変したこと。第二バーブ教なるものの実態。地球中心のこの宇宙のすべて。そうした事実の表と裏に、アーサー・シルヴェスターの姿がひそんでいるんだ。たいていの場合は、裏だがね」

「まちがいはないんでしょうね？」ロウズが、疑わしげにいった。

「ぼくたち八人はベバトロンの陽子ビームのなかに落下した。そのあいだ、ぼくたち八人はひとつの意識となって、ただひとつの現実認識を共有しているんだよ。そしてただひとり意識をずっと持ちつづけているのが、シルヴェスターなんだ」

「それなら」ロウズが実際的ないいかたをした。「われわれは、じつはここに存在してはいないことになる」

「肉体的には、ぼくたちはまだベバトロンの床の上に横たわっているんだよ。だが、その精神はここにいる。つまり、ビームの自由エネルギーが、シルヴェスター個人の私《プライベート》的な世界を公的《パブリック》な世界に変えてしまったんだ。ぼくたちは宗教に狂った男の論理のなかに捕えられたのさ。三〇年代にシカゴで新興宗教にはまってしまった老人の世界にね。ぼくたちは彼の宇宙のなかにいるんだ。無知のあまり、信仰にかこつけた迷信のすべてが作用するシルヴェスターの宇宙だよ。われわれは彼の頭のなかにいるんだ」彼は、もどかしそうに身ぶりをした。「この風景。この地形。これこそ脳の渦巻きなんだ。シルヴェスターの精神の丘や谷なんだよ」

「まあ、なんということでしょう」ミス・リースが押し殺したような声でいった。「あたしたちは、あのひとの支配下にあるんですね。きっとあたしたちを破滅させようとしているんだわ」

「こんなことがおこってるなんて、きっと考えもしていないと思うよ。そこが皮肉なところなんだ。シルヴェスターは、おそらくこの世界になんの違和感も感じてないはずだ。感じるはずがない。これこそ、彼がずっと暮らしてきた幻想の世界なんだから」

彼らは病院の建物に入った。だれもいなかった。病室という病室から、聖四文字《テトラグラマトン》であらわされるおかたの日曜の朝の説教が、ものすごい音で鳴りわたっていた。

「やれやれ」ハミルトンがいった。「忘れていたよ。ちょっと用心する必要がありそうだ」

受付のデスクにひとはいなかった。どうやら全職員がお説教に聞き入っているらしい。表示板を調べて、ハミルトンはシルヴェスターの病室の番号をつきとめた。すぐに彼ら五人は、静かな油圧式エレベーターで階上にあがっていった。

アーサー・シルヴェスターの病室のドアは大きく開け放たれていた。病室のなかでは、痩せて背すじをぴんとのばした老人がすわって、テレビを熱心に見ていた。同室の患者はミセス・イーディス・プリチェットと息子のデイヴィッドだった。ミセス・プリチェットとデイヴィッドは不安そうにそわそわしていた。みんながそろって病室に入ったとき、ほっと安心したような吐息を洩らして挨拶した。だが、シルヴェスターはみじろぎもしなかった。執拗に、狂信者特有のいかめしさで、みずからの神と相対《あいたい》し、室内にあふれてくる好戦的な怒りのどよめき、肺腑をえぐるような美辞麗句に心を奪われていた。

明らかにアーサー・シルヴェスターは、彼の創造者によって導かれることに疑問を抱いてはいなかった。どうやらこれが彼の日曜日の日課のようだ。日曜の朝になると、一週間分の精神的な糧《かて》を摂取するのだ。

ディヴィッド・プリチェットがハミルトンのほうに、気むずかしい顔で近づいてきた。「あのへんなのだれなの？」スクリーンを指さして訊いた。「ぼく、がまんできないよ」まるまると太った中年の母親は、芯《しん》をとったリンゴをおいしそうにかじりながらすわっていた。なにがおこっているのかまるでわかっていない、温和な顔をしていた。耳をつんざく騒音を多少いやがっていることを別にすれば、画面の映像にはまるで無関心だった。

「ちょっと説明しにくいことなんだよ」ハミルトンは少年にいった。「きみは前にあのひと、あのひとと、その、仲よしになったことはないだろうね、きっと」

年老いてやせたアーサー・シルヴェスターの頭がかすかにこちらを向いた。妥協することのないきびしい灰色のふたつの眼が、ひたとハミルトンを見すえた。「静かにしたまえ」その口調に、ハミルトンはゾッとした。ほかにはなにもいわず、シルヴェスターは画面に目をもどした。

この男こそ、彼らを自分の世界にとらえている張本人なのだ。あの事故以来はじめて、ハミルトンは、正真正銘、まちがえることのない恐怖を感じた。

「わしぁおもうに」ロウズが口の隅から押しだすようにつぶやいた。「みんなさあこのありがてえお説教ば聞かななんねえと思うだ」

ロウズのことばは、まさしくあのひとがそうしろといっていることのように思われた。いったい、いちど演壇にあがったら、あのひとはいつまでお説教をつづけるつもりなんだろう？

十分後、ミセス・プリチェットはどうにもこうにもがまんならなくなってきた。いらだったうめき声をあげると、ゆっくりと立ちあがり、みんなのいる部屋の隅にやってきた。「まったく、なんてことでしょう」彼女は不平をいった。「こんなにやかましく福音を説く伝道者にはがまんできませんわ。いままでにこんなにうるさいお説教は、聞いたことがありません」

「そのうちあきらめますよ、向こうが」ハミルトンはおもしろがっていった。「きっと息切れするでしょうから」

「この病院にいるひとは、みんな見てるんですよ」ミセス・プリチェットは不愉快そうに顔をくもらせて、教えてくれた。「デイヴィッドにはよくないことですわ……あたくしはデイヴィッドに世界を合理的に見てほしいんです。ここは、あの子にとってはいい場所じゃありませんわね」

「そうですね」ハミルトンは同意した。「確かに悪い場所です」

「息子には立派な教育をうけさせたいんですよ」はげしくまくしたてるので、派手な飾りの帽子が揺れて傾いだ。「偉大な古典を読ませたり、生きることの美しさを経験させてやりたいと思っていますの。あの子の父親はアルフレッド・B・プリチェットですの。『イーリアス』の、すばらしい韻をふんだ翻訳をしましたのよ。あたくし、偉大な芸術は普通のひとたちの生活のなかで、大きな役割を果たすべきだと思ってますの、そうじゃございません？　偉大な芸術は、ごく普通のひとの存在を、ずっと豊かで意味のあるものにしてくれるんですもの」

ミセス・プリチェットは、聖四文字《テトラグラマトン》であらわされるおかたとほとんどおなじくらい退屈だった。

ミス・ジョーン・リースは、画面に背を向けていった。「もうこれ以上、一分だってがまんできないわ。あのいけすかないおじさん、あそこにすわって、くだらない話を夢中になって聞いてるんだから」はりつめた顔が発作をおこしたように痙攣《けいれん》していた。「なにか――なんでもいいから――つかんで、あの頭をたたき割ってやりたい」

「お嬢《じょう》さあ」ロウズがいった。「あのご老人は、みなさあがその気だば、みなさあことば救うてくれるだ」

ミセス・プリチェットはロウズのことばをつまらなそうに聞いていたが、「ほんと、地方のことばは、とてもものやわらかに聞こえますわね」そして、愚かにもこうたずねた。「あなた、どちらのご出身なの？」

「オハイオ州のクリントンです」ロウズはへんな訛りなしでそう答えると、彼女に怒りをこめた視線を浴びせた。ミセス・プリチェットが、ロウズにとって思いもしなかった反応を示したからだった。

「オハイオ州のクリントンね」ミセス・プリチェットは、あたりさわりのない温和な表情を浮かべてくり返した。「通ったことがありましてよ、あそこは。クリントンにはとても立派な歌劇団があるでしょう?」

ハミルトンがマーシャのほうを向いたとき、ミセス・プリチェットは自分の好きなオペラの名前をあげはじめていた。「世界が存在しなくなっても、それに気がつかない女がいるんだね」ハミルトンはマーシャにいった。

小声で話したのだが、まさにその瞬間、喚きたてる説教がぴたりと終わった。めくるめく怒りの渦が画面から消え、一瞬にして室内に沈黙がみなぎった。不意にやってきた静寂のなかで、自分が口にした最後のことばが響くのを聞いて、ハミルトンはうらめしく思った。

ゆっくりと、冷酷に、シルヴェスターの細い首の上で年老いた頭がまわされた。「なにかいったか?」もの静かな、冷たい声でいった。「なにかいいたいことがあるのかね、あんたには?」

「そのとおり」ハミルトンはいった。こうなっては、あとには引けなかった。「確かにいいたいことがあるんだ、シルヴェスター。われわれ七人には、決着をつけたいことがある。あなたを相手にね」

部屋の隅のテレビには、人気のある讃美歌を密集和声《クローズ・ハーモニィ》で楽しそうに合唱する天使の一群が映っていた。うつろで、表情にとぼしい顔をした天使たちは、からだを前後にものうげに揺らしながら、悲壮なカデンツァの部分を、なんとなくうきうきしたジャズふうのタッチで歌っていた。

「われわれには問題があるんだ」ハミルトンは老人に眼をひたと向けながらいった。おそらくシルヴェスターには、ここにいる七人をあっというまに地獄へ堕とす力があるはずだ。なんといっても、ここは彼の世界なのだから。聖四文字《テトラグラマトン》であらわされるおかたを動かせる人間がいるとすれば、それはアーサー・シルヴェスターをおいてほかにはいないからだ。

「どういう問題かね？」シルヴェスターが訊いた。「どうしてだれも祈らんのだ？」

その質問を無視してハミルトンはことばをつづけた。「ぼくたちはあの事故のことで、ある発見をしたんだよ。ところで、どうやって傷をなおしたんだ？」

落ちつき払った満足を示す薄笑いが、しなびた顔にひろがった。「わしの傷は消えた」シルヴェスターが教えた。「信仰の賜物《たまもの》であって、うるさく干渉する医師どもの手柄ではない。信仰と祈りがあれば、人間、いかなる試練にも耐えられるのだ」ちょっとことばを切ってからつづけた。「あんたが〝あの事故〟といったことは、主がわれわれに与えた試練だったのだ。われわれの本質がなんであるか、神が見いだされるためのな」

「まあ、そんなこと」ミセス・プリチェットは、自信たっぷりな微笑を浮かべて反対した。「あのおかたは、そんな試みのためにひとを試練にあわせるはずありませんわ」

老人は冷酷な眼でじろりと彼女を見た。「〈ただひとつの真なる神〉は」彼は断言した。「厳格なる神であらせられる。そのひとにふさわしい罰と褒美をお与えになるのだ。それを甘受することこそ、われわれの運命《さだめ》なのだ。ひとは〈宇宙の神意〉に沿うべく、この世界に生をうけたのだからな」

「われわれ八人のうち」ハミルトンがかまわず話を進めた。「七人までが、あの落下の衝撃で意識不明におちいった。ひとりだけ意識を失わなかった者がいる。それが、あなただ」

シルヴェスターは、満足げにそれを認めるようにうなずいた。「わしは落下したとき」彼は説明した。「〈ただひとつの真なる神〉に、わが身を守りたまえと祈りを捧げた」

「なにから身を守るんです？」ミス・リースが浴びせた。「神の試練から？」

手をふって彼女を黙らせると、ハミルトンがつづけた。「あのベバトロンのまわりには、自由エネルギーが充満していた。普通なら、個人はそれぞれ独自の思考の枠組みをもっている。しかし、あのエネルギー・ビームにさらされているあいだ、全員が意識を失ったのに、あなたひとりは――」

シルヴェスターは聞いていなかった。ハミルトンのうしろにいたビル・ロウズをにらみつけている。落ちくぼんだ頬が憤りで赤くなった。「なんで」不快そうにいった。「ここに有色人がいる？」

「ぼくたちの案内係《ガイド》ですよ」ハミルトンがいった。

「話をつづける前に」シルヴェスターが、ぶっきらぼうにいった。「有色人には外に出てもらおう。ここは白人専用の病室だ」

ハミルトンが思わず口にしたことばは、理性もなにもかなぐりすてた心からのことばだった。理由などなかった。意識していおうとしたわけでもない。自然に口からとびだしてきたので、とめることなどできなかった。「地獄へ堕ちろ」そういったとき、シルヴェスターの顔が石のようにこわばるのがわかった。しょうがない、もうやぶれかぶれだ。こうなったらいいたいことはいってやるぞ。「白人だと？　第二バーブ教だかなんだか知らないが、おまえがでっちあげた聖四文字《テトラグラマトン》であらわされるおかたとやらは、おまえが人間として価値がない以上に、なんの価値もない、ぶち壊れた神のまがいものじゃないか。おまえのいうことを黙って、なにもせずに聞いてるだけなんだからな。これだけいえば充分だろう」

ミセス・プリチェットは息をのんだ。息子のデイヴィッドがくすくす笑う。ミス・リースとマーシャは、身をこわばらせて思わずあとずさった。ロウズは傷つきながらも冷笑を浮かべて、みじろぎもせずに立っていた。隅のほうでは、マクフィーフがふくれあがった顎をさすっている。ほとんどなにも耳に入らなかったようすだ。

アーサー・シルヴェスターがゆっくりと立ちあがった。もはや人間ではなかった。人間を越えた復讐の力と化していた。穢れきった世界を浄化する使命を帯びたシルヴェスターは、おのれの信ずる神格、祖国、白色人種、個人的な名誉などを同時に守ろうとしていたのだ。しばし、おのれの力をその身にそそぎこむ。痩せたからだにふるえが走る。からだの奥深くから、ゆっくり、ねばねばとした憎悪がこみあげてきた。「きさまは、黒人の味方《ニガー・ラバー》らしいな」

「そうだ」ハミルトンが認めた。「しかも無神論者で、共産主義者《アカ》なんだ。ぼくの家内を知ってたかな？　ロシアのスパイなんだぞ。それに引きかえ、この友人のビル・ロウズはどうだ？　高等物理学を専攻する大学院生で、どこに招ばれていっしょに食事をしてもおかしくない、立派な人物だ。善良で――」

テレビの画面では、天使たちの合唱がやんでいた。映像が乱れ、暗い光の波が威嚇するように放射された。波打つ動きが高まる怒りをあらわしていた。スピーカーはもはや感傷的な音楽を奏でるのをやめ、にぶい響きが真空管やコンデンサーを揺らしている。雑音がどんどん高まり、やがて耳を裂くような雷鳴になった。

テレビの画面から四つの巨大な姿がぬけでてきた。天使たちだった。大きく粗野でたくましく、眼に忌わしいものを浮かべた天使だった。それぞれ、体重が百キロはありそうだ。翼を羽ばたかせて、四人の天使がまっすぐハミルトンに向かってきた。天の復讐が冒瀆者を打ちのめすありさまを見ようと、しわだらけの顔に薄笑いを浮かべたシルヴェスターがわきにどいた。

最初の天使が天罰を下そうと舞い降りたとき、ハミルトンはその天使を、ぶちのめした。前にとびだすと、ハミルトンの背後では、ビル・ロウズが卓上電気スタンドをさっとつかんだ。二番目の天使の頭にたたきつける。天使はくらくらしながらも、黒人を押さえようとして格闘になった。

「あら、まあ」ミセス・プリチェットが悲鳴をあげた。「だれか警官を呼んで」

状況は絶望的だった。隅のほうでは、ぼんやりしていたマクフィーフが自分をとりもどし、天使のひとりにむだな抵抗をしていた。光り輝くエネルギーがひらめいて彼を包みこむと、マクフィーフは静かに壁に倒れかかり、そのままじっと動かなくなった。デイヴィッド少年は、大声でわめきながら、ベッドサイド・テーブルから薬壜をつかんでは、でたらめに天使たちに投げつけている。マーシャとミス・リースは、からだの大きなうすのろの天使に荒々しくとびかかると、ふたりがかりで引きずり倒し、蹴りつけたり爪で引っかいたり、翼の羽をむしりとったりしていた。

次々に天使たちがテレビ画面からとびだしてきた。ビル・ロウズが怒り狂った天使たちにおおいかぶさられて、その翼の下に姿を消すありさまを、アーサー・シルヴェスターは冷酷かつ満足げに見つめていた。残っているのはハミルトンだけだったが、彼も相当やられていた。上着は破れ、鼻血が噴き出している。それでも、最後まで戦う気概を見せていた。別の天使が舞い降り、まともにハミルトンの股間を蹴りあげた。しかし思うように攻撃できないため、新たな一隊が二十七インチのテレビ画面から現われ、すぐさま本来の大きさになった。ハミルトンは天使を避けて退却しながら、シルヴェスターのほうにまわりこんだ。「おまえの愚劣な、病んだ世界に、もし正義というものがあるのなら――」思わずあえいだ。ふたりの天使が躍りかかってきたのだ。視界をふさがれ、息がつまり、足をすべらせる。マーシャが悲鳴をあげて、もがきながら必死に近寄ろうとした。きらきら光る帽子のピンをぬいて、天使のひとりの腎臓につき刺した。天使は大声で悲鳴をあげ、ハミルトンを放した。テーブルからミネラル・ウォーターの壜をとると、ハミルトンは必死にふりまわした。壁にあたって壜が割れ、ガラスの破片と泡立った水が、あたりいちめんに飛び散った。

アーサー・シルヴェスターは、口からつばをとばしながらあとずさった。ミス・リースがシルヴェスターに体当たりしてすぐに、猫のように用心深く身をひるがえす。顔に驚愕の表情を浮かべたシルヴェスターは、ぐらりとよろめいて倒れた。ベッドの角に、もろい頭蓋骨がぶつかった。鋭いグシャッという音が聞こえた。アーサー・シルヴェスターはうめき声をあげると、無意識の世界に沈んでいった……

そして、天使たちの姿が消えた。

大騒ぎもやんだ。テレビが沈黙する。打ちのめされたり、倒れたり、さまざまな格好をして散らばっている傷ついた八人以外には、なにも残っていなかった。マクフィーフは完全に意識を失って、からだの一部に火傷を負っていた。アーサー・シルヴェスターはぐったりと倒れ、どんよりとした眼をして舌をだし、片腕が痙攣していた。ビル・ロウズは、なんとか立ちあがろうともがいている。恐怖におびえるミセス・プリチェットがドアからこわごわ室内をのぞきこんでいたが、その柔和な顔は不安にひきつっていた。デイヴィッド少年は、手あたりしだいに投げつけていたリンゴやオレンジの残りを腕に抱えながら、息をきらして立っていた。

ヒステリックに笑い声をあげて、ミス・リースが叫んだ。「みんなで、彼をやっつけたんだわ。勝ったのよ。あたしたち勝ったんだわ！」

ハミルトンは頭がくらくらした。妻のからだから、ふるえが伝わってくる。すらりとしたからだのマーシャが、あえぎながらしがみついてきた。「あなた」低い声で呼びかけた。涙で濡れた瞳は輝いている。「もう安心なのね？　終わったんだわ！」

マーシャのやわらかな茶褐色の豊かな髪が、ハミルトンの顔にあたる。なめらかであたたかな肌がやさしく彼の唇にふれてくる。彼女のからだはかよわく、たおやかで、しなやかなもとのからだにもどっていた。ずだ袋のような服はどこかへいってしまった。綺麗なコットンのブラウスとスカートの姿にもどったマーシャは、うれしくてたまらないように彼にすがりついてきた。

「やれやれ」ロウズは、そうつぶやくとようやく立ちあがった。片目はひどくはれあがり、服はぼろぼろだった。「老いぼれはくたばった。われわれが力をあわせて、たたきのめしてやったんだ。効果がありましたね。これでこのじいさんも、わたしたちと同じになりましたね。意識を失ったんだから」

「あたしたち勝ったのよ」ミス・リースは、どこか不自然に強調するような調子でくり返した。「あたしたちはこのひとの陰謀から脱けだしたんだわ」

病院のいたるところから医師が駆けつけてきた。医師たちの注意は、もっぱらアーサー・シルヴェスターに向けられた。よわよわしく薄笑いを浮かべ、老人はテレビの前にある椅子にやっとのことで腰をかけた。

「ありがとう」彼は低い声でつぶやいた。「わしはだいじょうぶです。立ちくらみをしたらしい」

このときになってやっとマクフィーフは意識を回復し、うれしそうに顎と首すじをなでた。彼を苦しめていたさまざまな呪いが解けたのだった。「なおったぞ！」彼は声をあげた。「ああああ！　神に感謝しよう」

ひっぺがした。

「そいつはやめといたほうがいい」ハミルトンが、そっけなく注意した。「さもないと、またとんでもない目にあうぞ」

「いったいここでなにがあったんです？」ひとりの医師が訊いた。

「ちょっとした小競り合いですよ」ベッドサイド・テーブルから落ちて散らばった、チョコレートの箱を指さしながらロウズが皮肉っぽくいった。「最後のバタークリームをだれが食べるかでもめたんです」

「ひとつだけ、おかしなことがある」ハミルトンは必死に考えこみながらつぶやいた。「おそらく技術的な問題にすぎないのかもしれないが」

「なんなの？」マーシャがぴったりからだをすりつけながら訊いた。

「きみの見た夢さ。ぼくたちはみんなが、多少とも気を失った状態でベバトロンの内部に倒れていたんじゃないのか？　ぼくたちはいま、肉体的には時間の内部に宙吊りになっているはずじゃないか？」

「あら」マーシャは、冷静になっていった。「そのとおりね。だけど、わたしたちはもとどおりだわ。無事なのよ！」

「どうやらね」ハミルトンには、妻の心臓の鼓動が感じられた。それより速度は遅いが、胸の動きも。「それが大事なことなんだ」彼女のからだはあたたかで、しなやかで、不思議なほどほっそりしていた。「きみがもとどおりに……」

彼の声がとぎれた。腕に抱きしめた妻は、確かにほっそりしていた。いや、ほっそりしすぎている。

「マーシャ」静かにいった。「どこかおかしいぞ」

次の瞬間、彼女の小さなからだがこわばった。「おかしい？　どういう意味？」

「服を脱いでくれ」せっつくように彼女のスカートのジッパーに手をかける。「さあ！　早く！」

マーシャは眼をしばたたき、ハミルトンからさっと離れた。「こんなところで？　あなた、みんなが見ている前で――」

「早く脱ぐんだ！」彼はするどく命令した。

マーシャは困りきった顔でブラウスのボタンをはずしはじめた。ブラウスを脱ぐとベッドの上にほうりだし、からだをかがめてスカートを脱ぎはじめた。居あわせたひとたちが驚き、ショックをうけたまなざしで見守るなか、マーシャははずかしそうに下着をとると、全裸で部屋の中央に立った。

彼女にはハチのように性器がなかった。

「自分のからだを見てみろ」ハミルトンは荒々しくいい放った。「頼むから見てごらん！

自分でも感じないのか？」

マーシャはびっくりして自分のからだに視線を落とした。乳房が全然なくなっていた。からだはなめらかだったが、いくぶん角ばった感じで、第一次性徴も第二次性徴もまったくなかった。ほっそりしていて陰毛もない。まるで、幼い少年のからだつきだった。しかし、少年のからだでもなかった。なにもついていないのだから。まぎれもなく中性だった。

「まあ……」彼女はおびえたようにいいかけた。「これはどういうことなの！」

「もとにもどったわけじゃないんだ」ハミルトンがいった。「ここはぼくたちの世界じゃない」

「だって天使は、みんな消滅したのよ」ミス・リースがいった。

もとどおりにもどった顎をさすりながら、マクフィーフはいった。「それにおれの親知らずの腫れもなおったんだぜ」

「ここはシルヴェスターの世界でもない」ハミルトンはマクフィーフにいった。「別の人間の世界だ。だれか第三者の。なんてことだ――ぼくたちはもどれてはいないんだよ」苦悩に押しひしがれた彼は、あたりに茫然として立ちすくんでいるひとびとに向かって訴えた。

「いったい、世界はいくつあるんだ？　こんなことが、いったい何回くり返されるんだろう？」

9

ベバトロンの床に八人の人間がばらばらに倒れていた。意識のはっきりしている人間はひとりもいなかった。彼らのまわりには、煙を噴きあげている残骸が乱雑に散らばっていた。もとは観測台だった金属やコンクリートの黒焦げになった支柱や、みんなが立っていた土台の、ねじくれた残骸だった。

カタツムリのようにのろのろと、救急班がベバトロン・チェンバーの梯子《はしご》に注意深くしがみつきながら降りてくる。八人が収容されるまでに、それほど長い時間はかからないだろう。もう少しすれば、磁力も消え、陽子の嵐の唸りをあげる大音響も薄れて沈黙するのだから。

ベッドで寝返りを打ちながら、ハミルトンは終わることのない光景に眼をやっていた。なんどもなんどもじっくりと調べた。この光景のあらゆる様相を必死に把握しようとした。目覚めが近づくにつれ、その光景は薄らいでいった。だが、落ちつかない眠りにおちると、その光景がふたたび明瞭に、はっきり識別できるものになって現われてくる。

ハミルトンの横で、マーシャがからだをよじるようにして眠りながら、うめき声をあげた。ベルモントの街では、八人の人間が寝返りを打ちながら、目覚めと眠りをくり返し、ベバトロンの不動の輪郭と、そのなかにたたきつけられて力なく倒れている人間の姿を、なんども なんども見ていた。

その光景の隅々まで心に刻みつけようと努力しながら、ハミルトンはそこにいるひとびとの姿を少しずつ観察していた。

まず最初は――いたしかたないことだが――自分のからだを観察した。最後に落ちたのだ。すさまじい勢いでコンクリートの床にたたきつけられ、両手をひろげ、片脚をからだの下に抱えこむ格好で、見るも無残に倒れこんでいた。かすかな息づかいのほかは、身動きはまったくしていない。くそっ、なんとかしてあそこにいけないものか……大声でどなり、意識を回復させてやりたい。大きな声でどなりつけてやれば、無意識の闇からひきだせるはずだ。しかし、それははかない願いだった。

それほど遠くない位置に、マクフィーフの大きな図体が横たわっていた。ずんぐりした顔に途方もない驚きの表情を浮かべ、片手はもはや存在しない手すりをつかもうとしてのびている。血がひとすじ、まるまるとした頬からしたたっている。マクフィーフは負傷していた。それはまちがいなかった。はげしく、きれぎれな呼吸をしていた。上着の下で、胸が苦しげに上下していた。

マクフィーフの向こうにミス・ジョーン・リースが倒れていた。瓦礫のなかに半分埋もれ、息づかいもはげしく、壁土やコンクリートの残骸を押しのけようとするかのように、手足を反射的に動かしつづけている。眼鏡は砕けていた。衣服はずたずたに裂けて、醜いみみずばれがこめかみに浮かんでいた。

ハミルトンの妻、マーシャも、そう遠く離れてはいなかった。身動きもせず固まったその姿に、悲しみのあまりハミルトンの胸は締めつけられた。彼女もほかのひとたちと同様に意識を失っている。片腕がからだの下にはいり、胎児のような姿勢で膝をからだに引きつけ、頭をかるくかしげ、首すじから肩にかけて火に焦げた茶褐色の髪がひろがっていた。唇から、ゆっくり呼吸がもれているが、それ以外はみじろぎもしなかった。服に火がついていた。徐々に、苛酷な炎の列が彼女のからだに迫っている。鼻をさす煙が彼女のからだを包み、すらりとした両足と手の一部が見えなくなっていた。ハイ・ヒールの片方が脱げて、一メートルほど離れた場所にさびしく落ちていた。

ミセス・プリチェットは、ヒクヒク脈打つずんぐりした肉のかたまりだった。けばけばしい花模様のドレスもいまは焼け焦げだらけで、グロテスクに見えた。奇想天外な帽子は、上から落ちてきた漆喰《しっくい》にぶつかってつぶれ、もはや原形をとどめていない。衝撃で手から離れたバッグは口を開け、中味がまわりに散乱していた。

残骸のなかにほとんど全身埋まっているのは、彼女の息子のデイヴィッド・プリチェットだった。いちど、この少年はうめいた。いちどだけ、からだをふるわせた。ねじまがった金属の一部が胸にのしかかっているので、おきあがれないのだ。カタツムリのような速度の救急班がめざしているのは、この少年のところだった。救急班の連中、いったいなにをしてるんだ？　ハミルトンは悲鳴をあげたかった。ヒステリックにどなりたてたかった。どうして、もっと急がないんだろう？　四日めの夜だというのに……

しかし、ここことは違う。あの世界、あの現実の世界では、まだ恐ろしいほんの数秒がすぎただけだった。

ずたずたに引き裂かれた安全スクリーンの山のなかに、黒人の案内係《ガイド》、ビル・ロウズが倒れていた。ひょろ長いからだが痙攣し、その眼はうつろで宙をぼんやりと見ていた。有機物のかたまりが煙をあげているのを凝視しているように見えるが、じつはロウズの眼にはなにも映ってはいなかった。煙をあげるそのかたまりは、アーサー・シルヴェスターの痩せこけた、もろいからだだった。この老人は意識を失っていた……背骨が折れた苦痛とショックが、彼から人間らしいところをすべて奪っていたのだった。八人のなかで、彼がいちばんの重傷だった。

こうして、火傷を負い、ひどい打撃を受けた八人が倒れていた。ゾッとするような光景だった。しかし、寝心地のいいベッドで、すらりとした愛らしい妻のとなりで寝返りを打つハミルトンは、そこにもどるためなら、どんなことでもする気だった。ベバトロンにもどり、生気もなく倒れている自分の分身の意識をとりもどさせる……それによって、精神的な自己《セルフ》を、いまさまよっているこの世界の轍《わだち》から解き放つのだ。

ありとあらゆる世界で、月曜日はどこでもおなじだった。午前八時三十分、ハミルトンはサザーン・パシフィック鉄道の通勤列車の席にすわり、膝に〈サンフランシスコ・クロニクル〉をひろげていた。海岸沿いを電子工学《E》開発《D》局《A》に行くところだった。もちろん、その機関が実在すると仮定しての話だが。いまのところ、ハミルトンにはなんともいえなかった。
彼のまわりでは、ものうげなホワイト・カラーの勤め人が煙草をすったり、マンガを読んだり、スポーツを話題にしていた。すわったまま身をかがめて、ハミルトンは暗い気持ちでこの連中のことを考えた。自分たちがだれかの幻想世界のなかの、歪曲された虚構にすぎないことを知っているのだろうか？　明らかに知ってはいない。この連中は月曜日ごとにくり返される習慣にしたがっているだけだ。自分たちのすべてが、ある眼に見えない存在によって操られていることに気がつかないで落ちついている。

その眼に見えない存在を想像することはむずかしくなかった。おそらく、あの八人のうち七人までは、いまそれを悟っているだろう。妻のマーシャも、朝食のとき、きびしい顔つきでいったのだ。「ミセス・プリチェットよ。わたし、ひと晩じゅう、そのことを考えたわ。絶対確実よ」

「どうして確実だと思うんだ？」彼は、とげとげしく訊いた。

「だって」マーシャは断固たる確信をこめて答えた。「こういったことを信じているのは、あの女《ひと》ひとりよ」そういいながら、平べったい自分のからだに両手をすべらせた。「まさに、バカげたヴィクトリア朝時代のお上品ぶったカマトトだわ。あのおばさんがわたしたちに押しつけたのよ」

ハミルトンの心になんらかの疑いがあったとしても、列車がスピードをあげてベルモントから離れたとき、ふと眼についた光景のために、そんなものはどこかに消えてしまった。小さな農家の小屋の前に、馬が一頭おとなしく立って、自動車部品の屑鉄を満載した荷車につながれていた。その馬はズボンをはいていたのだった。

「南サンフランシスコ」がたがた揺れる客車の奥から出てきた車掌がどなった。新聞をポケットにしまいながら、ハミルトンは出口に向かって動きだす貧相なビジネスマンの群れに加わった。やがて彼は電子工学開発局《EDA》の輝く純白の建物に向かって陰気な足どりで歩いていた。少なくとも、この局は実在している……これは幸先がいい。指を交叉させ、自分の仕事がこの世界の一部でありますようにと熱心に祈った。

　ガイ・ティリンフォード博士は、オフィスの入口で彼を迎えた。「今日は元気なようだね」彼は明るい顔つきでハミルトンと握手した。「それに早いじゃないか。しっかりと休めたようだね」

　すっかり落ちついたハミルトンは上着を脱ぎはじめた。EDAは実在しているし、仕事にもありついた。この歪んだ世界では、ティリンフォードが彼を雇ってくれている。多くのものが引きつがれているようだ。大きな問題がひとつ、とにかく解決がついた。

「一日休ませていただいてありがとうございました」ティリンフォードに連れられ、研究室につづく廊下を歩いていったとき、ハミルトンは用心深くいった。

「うまくいったかね？」ティリンフォードが訊いた。

　予期せぬことばだった。シルヴェスターの世界では、ティリンフォードは第二バーブ教の預言者のところに相談に行けといった。この世界でもそうである可能性は少ない……事実、それは問題にならないくらいだ。ハミルトンは、なんとかいいのがれようとした。「悪くはありませんでした。むろん、ぼくにはちょっとどうかという気がしましたが」

「あの場所を見つけるのに、苦労しなかったかい？」

「少しも苦労しませんでした」ハミルトンは、冷や汗をかきながら、この世界でぼくはいったいなにをしたんだろうと思った。「それは、その——」彼はいいかけた。「あなたのおかげです。なにしろ、はじめてでしたから」

「礼なんて必要ないよ。ただひとつだけきかせてくれないか」実験室の戸口でティリンフォードがちょっとだけためらった。「だれが優勝したのかね？」

「優勝？」

「きみはあのコンテストに参加したんだろう？」ティリンフォードはにやにやしながら、かるく彼の背中をたたいた。「いや、いうまでもないことだったな。きみの顔つきでわかるからね」

恰幅のいい人事部長が、厚いブリーフケースを抱えこんで、あたふたと廊下をやってきた。「こちら、いかがでしたか？」くすくす笑いながら訊いた。察しはついているといった態度でハミルトンの腕をかるくたたいた。「なにかわたしたちに見せるものがあるんじゃないですか？　賞状ですかな？」

「彼は隠しているんだよ」ティリンフォードがいった。「アーニイ、局の社内報に記事として出したまえ。職員も関心をもっているだろう？」

「そのとおりですな」人事部長が同意した。「さっそく記事にいたしましょう」ハミルトンに向かっていった。「あなたの猫の名前はなんでしたかな？」

「なんですって？」ハミルトンは口ごもった。

「金曜日に話してくれたじゃないですか。おぼえていれば、お訊きしないんですがね。社内報に出すので、正確な綴りを教えていただきたいのですよ」

　この世界では、ハミルトンは一日休暇をもらったらしい――新しい仕事につく最初の日にだ――ニニー・ナムキャットをペット・コンテストに出場させるためだった。心の底で、彼はうめいた。ある意味でミセス・プリチェットの世界ときたら、アーサー・シルヴェスターの世界よりもずっと手ごわいかもしれない。

　ペット・コンテストについてすっかり訊きだすと、人事部長はあたふたと去っていった。ハミルトンとティリンフォード博士は顔を見合わせて立っていた。いよいよその瞬間《とき》がきた。もうこうなってはあとには引けない。

「博士」けわしい顔をして、ハミルトンは決然と切り出した。「じつは白状しなければならないことがあるんです。金曜日は、博士のところで仕事をさせていただくことになったので、とても興奮してしまって、ぼくは、その――」彼は懇願するようなほほえみを浮かべた。

「つまりですね、なにを話したのか、じつはおぼえていないのです。ぼんやり心に残っているだけでして」

「なるほど、よくわかったよ」ティリンフォードはなだめるようにいった。父親のようなまなざしを向けた。「そんなことで悩んだりしなくてもいい……あのとき話したことは、これからおいおいわかってくるさ。ここに長く勤めてくれることを期待してるよ」

「じつは」ハミルトンはさらに突っこんでいった。「自分の仕事がなんだったかも、すっかり忘れてしまいまして。ほんとにおかしな話でしょう？」

ふたりとも声をそろえて笑いだした。

「それは愉快だね、きみ」ティリンフォードは、あんまり笑ったおかげで涙が出てきて、それを拭きながらやっといった。「きみのことは、なにからなにまで全部わかってるつもりだったよ」

「あの、よろしかったら――」ハミルトンはできるだけ明るく、何気ない声を出そうとした。「仕事につく前に、もういちど簡単に説明していただけませんか？」

「いいだろう」ティリンフォードがいった。その顔から笑顔が消え、厳粛なおももち、まじめで考え深い表情が現われていた。とらえどころのない、遠くを眺めるような眼つきをしている。全体像を思い浮かべようとしていたのだ。「基本原理を検討することは、いささかも無益ではないとわしは思う。いつもいっているように、折りにふれて基本にもどることは重要だ。そうすることによって、本来の道すじから大きく逸脱することはなくなるからね」

「おっしゃるとおりです」ハミルトンは、それがどんなことであれ、うまく適応できますようにと、黙って祈った。それにしても、この巨大な電子工学の研究組織が果たす役割を、イーディス・プリチェットはどう考えているのだろう？

「ＥＤＡは」ティリンフォードがいいはじめた。「きみもよく認識しているように、国家の社会組織における大きな要素になっている。実現すべき重大な任務をにない、しかも現在、その任務を着々と推進しつつある」

「なるほど」ハミルトンがあいづちを打った。

「われわれが、このＥＤＡでしていることは単なる仕事以上のものだ。あえていえば、単なる経済的事業以上のものなのだよ。ＥＤＡは金儲けが目的で設立されたのではないからね」

「それはよくわかっています」ハミルトンは同意した。

「ＥＤＡが財政的に成功していることは些細なことだし、自慢するほどのものでもない。事実、成功しているんだがね。しかし、それは重要ではない。われわれのここでの任務は――大事業だし、やりがいのある仕事だ――利益とか金儲けといったことを超越している。きみの場合にはとくにそうなのだよ。若くて理想に燃える新進の電子工学者として、きみはかつてわしがそうだったような熱意に動かされている。いまではわしも老いた。わしは功成り名を遂げた。やがて、おそらくはそう遠くない将来に、現在の責任ある地位を辞して、もっと熱意にあふれた、もっと精力的な部下の手にあとをついでもらうことになるだろう」

ハミルトンの肩にしっかり手をおいて、ティリンフォード博士は、ＥＤＡの研究所の巨大な網の目のようにひろがる研究室へつづく廊下を進んでいった。

「われわれの目的はね」彼は仰々しく、抑揚をつけていった。「電子産業の巨大な資源と人材をつかって、一般大衆の文化的水準を高めることにある。芸術を人類の大いなる母胎たらしめるのだ」

ハミルトンは荒々しくからだを引いた。「ティリンフォード博士」彼はどなった。「ぼくの眼をまともに見て、もういちどいまのことばをいうことができますか?」

ティリンフォードはびっくりして、口をパクパクさせながら立っていた。「こ、これは、ジャック――」口ごもった。「これは、いったい――」

「そんなたわごとを、よく口にだせますね。あなたは教養のある知識人だというのに。あなたは現代最高の統計学者のひとりなんですよ」ハミルトンははげしく手をふりたてて、びっくりしている老人に向かってどなりつけた。「あなたにはご自分の精神がないんですか? お願いですから――ご自分が何者なのか、思いだしてください。こんなことをご自分にお許しになるなんてとんでもないことですよ!」

周章狼狽《しゅうしょうろうばい》してあとずさりしたティリンフォードは、なにかもぐもぐいいかけて、おずおずと両手をくんだ。「ジャック。いったいきみは、どうしたんだね?」

ハミルトンは身ぶるいした。こんなことをいったってしかたがないのに。時間のむだじゃないか。不意に笑いだしたい衝動がわきあがってきた。事態は信じられないほど不条理なものだった。怒りを抑えたほうがよさそうだ。かわいそうなティリンフォードに罪はない……あの屑鉄を満載した荷車につながれたズボンをはいた馬とおなじじゃないか。ティリンフォードを責めるわけにはいかない。

「申しわけありません」ハミルトンは力なくいった。「つい興奮してしまって」

「やれやれ」ティリンフォード博士は息をのみ、ようやく自分をとりもどした。「ちょっと腰をおろしてもいいかね？　心臓のぐあいがよくないものだから……別にたいしたことじゃないんだが、発作性頻脈という妙な病気でね。ときどき動悸がへんに早くなるんだ。ちょっと失礼するよ」近くのオフィスによろよろと入っていった。ドアが勢いよく閉まり、急いで薬の壜を開ける音と錠剤をとりだす音が廊下でもはっきり聞こえた。

どうやら、この新しい仕事も失ってしまったようだ。ハミルトンはものうげに廊下の長椅子に腰をおろし、煙草をとりだそうとした。入社早々、けっこうなスタートを切ったものだ……これ以上に悪い出だしは、たぶんないだろう。

ゆっくり、おずおずと、オフィスのドアが開いた。ティリンフォード博士が眼を恐ろしそうに見開いて、ためらいがちに外をのぞいた。「ジャック」よわよわしい声だった。「なんですか？」ハミルトンは眼をあげずに低い声でいった。

「ジャック」ティリンフォードは疑わしそうに訊いた。「きみは大衆に文化をもたらしたいと思っているかね？」

ハミルトンは、ため息をついた。「もちろんです」そういって立ちあがると、老人に顔を向けた。「すばらしい仕事だと思います。もっとも偉大な事業ですからね」

安堵したようすがティリンフォードの顔にみるみるひろがった。「そうか、よかった」いくらか自信をとりもどし、思いきって廊下へと出てきた。「きみは、激務に耐えられそうかね？　わしは——つまり、その——わしとしては、あまりきみに負担をかけたくないんだが……」

イーディス・プリチェットによって構想され、支配されている世界。ハミルトンにも、この世界をいまでははっきり心に思い描くことができた。友愛にみち、ひとびとが助けあう、サッカリンのような甘ったるい世界。ひとは美と善のみを信じ、行ない、考える世界。

「ぼくをクビにしないんですか？」ハミルトンが訊いた。

「クビにする？」ティリンフォードが、眼をパチクリさせた。「いったいどうしてだね？」

「博士をひどく侮辱してしまいました」

ティリンフォードは、よわよわしく笑った。「そんなことはまるっきり気にせんでいいよ。ねえきみ、きみのお父上はわしの親友だった。たがいによくどなりあったものさ。それがどんなふうだったか、いつか話してあげよう。きみも父親ゆずりのところがあるね、どうだい、ジャック？」ハミルトンの肩をそっとたたきながら、ティリンフォードは研究室のなかへと案内した。技術者や無数の設備が部屋じゅうに見える。電子工学の研究プロジェクトが、唸りをあげ、震動しながら、推し進められていた。

「博士」自信なげに、ハミルトンはいった。「ひとつ、質問をしてもよろしいですか？　念のため、おききしたいだけなのですが？」

「いいとも、なんなりときいてくれたまえ。どういうことだね」

「聖四文字《テトラグラマトン》であらわされるおかたをご記憶でしょうか？」

ティリンフォード博士は不思議そうな顔をした。「それはなんだね？　テトラグラマトン？　さあ、知らんなあ。どうも思いだせないね」

「ありがとうございます」ハミルトンは暗澹たる気分でいった。「ちょっと、はっきりさせておきたかっただけですから。ご存じだとは、はじめから考えておりませんでした」

仕事机から、ティリンフォード博士は、《応用科学ジャーナル》の一九五九年十一月号をとりあげた。「この雑誌に、研究所《うち》のスタッフがまわし読みしている論文が掲載されているんだ。現在から見ればいささか古い内容だが、きみには興味が持てるかもしれない。この世紀で、真に意義深い人物の著作の解説だよ。ジークムント・フロイトについてなんだ」

「すばらしい」ハミルトンは抑揚のない声でいった。矢でも鉄砲でも持ってこいという気持ちだった。

「きみも知ってのとおり、ジークムント・フロイトは、芸術的衝動の昇華作用としてセックスの精神分析的概念を発展させている。もし正当な表現手段が与えられなければ、芸術創造に向けられる基礎的かつ根本的な人間的衝動が、いかにその代償的形式、すなわち性行為に変形し、かつ改変されるかを論証している」

「そうなんですか？」ハミルトンはあきらめきってつぶやいた。

「フロイトは、健康で抑圧されていない人間においては、性的衝動など生まれないし、性に関する好奇心ないしは関心なるものは生じないと論証したんだ。伝統的な考え方とは反対に、セックスはあくまで人為的な先入感にすぎないとね。男であれ女であれ、慎みのある、正常な芸術上の制作行為——美術とか文学とか音楽など——にたずさわる機会を与えられれば、いわゆる性的衝動は弱まり、消えてしまう。性行為とは芸術的衝動が身をかくす一種の隠れ場所、潜在的な形にすぎないのだよ。機械論的な社会が個人を不自然な抑圧によって支配しようとしたときのね」

「なるほど」ハミルトンはいった。「たしかハイスクールで教えられました。ええと、そのようなことを」

「幸いにも」ティリンフォードがつづけた。「フロイトの不滅の発見に対する初期の反感は克服されている。当然のことだが、彼ははげしく非難された。しかし幸いなことに、そうした非難はことごとく消え去った。現在では、教養あるひとびとのあいだで、セックスとか性欲といったことを話題にすることはほとんどない。わしがこの用語を使用したのは、臨床上の異常な状態を説明するために、どうしても必要だったからだ」

　ハミルトンは一縷《いちる》の望みをかけて訊いてみた。「すると、下層階級のあいだには、伝統的な考え方が残っているんですか？」

「確かに」ティリンフォードが認めた。「すべてのひとに浸透するには、時間がかかるものだからね」急に明るい顔になった。熱意がよみがえってきたのだ。「つまり、それがわれわれの仕事なんだよ、きみ。この電子工学がもつ技術の機能がそれだ」

「技術ですか」ハミルトンはつぶやいた。

「芸術形式そのものとはいえないがね。しかし、さほど遠いものではない。われわれの任務は、コミュニケーションの究極の媒体を調査しつづけることにある。この装置をあらゆる手段をつかって研究していくことにあるんだ。それによって、現代人は文明の文化的、芸術的遺産をわがものとすることができるようになるはずだ。わかるね？」

「ぼくはすでにそれに着手していますよ」ハミルトンが答えた。「ハイファイ装置を何年も研究していましたから」

「ハイファイ装置だって？」ティリンフォードのお気に召したようだ。「きみが音楽に興味をもっているとは知らなかった」

「音に関してだけですけどね」

ハミルトンのことばなど耳に入らなかったらしく、ティリンフォードがたたみかけてきた。

「それなら、きみは、開発局のオーケストラに入りたまえ。十二月初旬に、T・E・エドワーズ大佐のオーケストラと競演することになっている。いや、これは驚いた、きみは、前に勤めていた会社と張りあって演奏することになるな。きみはどんな楽器を演奏するのかね？」

「ウクレレです」

「まだ初心者なのかい？　きみの奥さんはどうだ？　なにかやるだろう？」

「三弦楽器のレベックです」

ティリンフォードはがっかりしてその話題をきりかえた。「まあ、それはあとで話すことにしよう。きみも自分の仕事に早くとりかかりたいだろうからね」

その日の午後五時半に、ハミルトンは図面を離れて自分の道具をかたづけた。帰宅するひとたちにまざって、ほっとして研究所から出ると、外の通りに向かう並木道に出た。駅のほうに眼を向けたとき、見なれた青い車が歩道に近寄ってきて、静かにハミルトンのそばでとまった。彼のフォード・クーペで、運転席にいるのはシルキーだった。

「これは驚いたな」彼はいった——いや、いったような気がした。ほんとうに驚いていたからだ。「こんなところでなにをしてるんだい？　きみを探そうと思っていたところなんだ」

シルキーは微笑しながらドアを開けた。「あなたの名前と住所、登録証でわかったわ」ハンドルの上の白い小さな紙片を指さした。「あなた、ほんとうのことをいってたのね。名前のところのWって、いったいなに」

「ウィリボールドさ」

「あなたってどうしようもないひとね」

油断なく助手席に腰をおろして、ハミルトンはいった。「しかし、ぼくの勤務先までは書いてないはずだけど」

「そうよ」シルキーが同意した。「奥さんに電話をかけて、どこに行ったらあなたに会えるか教えてもらったの」

ハミルトンがうろたえてシルキーを見つめるあいだに、彼女はギアをローに入れ、自動車はいきなり走りだした。

「あたしが運転してもかまわないでしょ？」物欲しげにたずねた。「あたし、とてもこの車が好き……とてもすてきで、綺麗で、運転しやすいわ」

「いいよ」ハミルトンは、まだ驚きながらいった。「きみは――マーシャに電話したのかい？」

「すっかり打ちとけて長話をしたわ」おだやかにいった。

「なんのことを？」

「あなたのこと」

「ぼくのどんなこと？」

「あなたの好きなもの。あなたのすること。あら、あなたのことならなんでもよ。女の話がどういうものかご存じでしょう？」

無気力な沈黙におちいりながら、ぼんやりエル・カミノ・リアルの道路と、近郊のいろいろな都市に向かって半島を走っていく車の流れとを、ハミルトンは見るともなく眺めていた。となりではシルキーがうれしそうに運転していた。小さくて、きりっとした顔は明るく満足げだった。穢れなきこの世界で、シルキーはまさに驚くべき変化を見せていた。ブロンドの髪はうしろでふたつに綺麗に編んでいる。純白の、ミディ・ブラウスに地味なダーク・ブルーのスカート。足にはあっさりした、飾りのないローファー。どこから見ても、無邪気な若い女子学生のように見える。化粧はしていない。以前の媚《こ》びるような表情は、いまはどこにも見えない。そして、そのからだつきはマーシャとおなじで、まるっきり成熟していなかった。

「いまでどうしていたんだい？」ハミルトンは、そっけなく訊いてみた。

「元気にしてたわ」

「きみ、おぼえているかい？」注意しながら訊いてみた。「きみと最後に別れたときのこと？　あのときなにがあったか、おぼえているの？」

「もちろんよ」シルキーは親しみをこめて答えた。「あなたとあたしとチャーリイ・マクフィーフの三人でサンフランシスコまでドライヴしたじゃない」

「なんのために？」

「ミスタ・マクフィーフがあなたを教会に連れていきたがったのよ」

「そうかい？」

「そうだと思うわ。ふたりとも教会のなかにはいっていったもの」

「それからどうした？」

「さあ、どうしたのかしら。あたし、自動車のなかで眠っちゃったから」

「きみは──なにも見なかったのか？」

「見るって、なにを？」

まさかここで、〝ふたりの立派な大人が、傘にぶらさがって天国に行ったんだよ〟とはいえなかった。そこで彼はかわりにこう質問した。「どこへ行くんだい？　ベルモントへ帰るのか？」

「あたりまえじゃないの。ほかに行くところがあるの？」

「ぼくの家に行くのかい?」この世界に適応するためには、のんびり構えないといけない。

「きみとぼくとマーシャは――」

「お食事のしたくは、もうできてるのよ」シルキーがいった。「あたしたちが着くころには、できているはずなの。マーシャからあたしの仕事先に電話があって、買物をしてきてほしいといってきたのよ。だから、買物はすませたわ」

「仕事先って?」思わずギョッとして訊いてみた。「きみは、その、どんな仕事をしているの?」

シルキーはあきれたというような顔で視線を向けた。「ジャック、あなたってへんなひとねえ」

「そうかな」

シルキーは不安そうに彼をじっと見守っていたが、前方で、車のするどいブレーキの音がしたので、あわててハイウェイに視線をもどした。

「警笛を鳴らしなよ」ハミルトンは、シルキーに指示した。右側にいた大きな油槽トラックが、車線をかえようと車体をよせてきた。

「なんのこと?」シルキーが訊いた。

ハミルトンはあきれて、警笛に手をのばして力いっぱい押した。なにもおこらなかった。音は全然鳴らなかった。

「どうしてそんなことをするの?」シルキーは、トラックに先をゆずろうとしてスピードを落としながら、不思議そうに訊いた。

じっと物思いに沈んだハミルトンは、知恵という名の倉庫に新たなデータをとり入れたのだった。この世界では、〝警笛〟というカテゴリーは廃止されている。もとの世界なら、家路を急ぐ車の流れには騒音が絶えないはずなのに。

この世界の悪を清めるにさいして、イーディス・プリチェットは単にその〝もの〟のみならず、その〝もの〟が属するカテゴリーそのものを消してしまったのだ。おそらく、もとの世界で、彼女はうるさく鳴り響く警笛に悩まされたことがあったのだろう。ところがいまや、彼女の快い幻想のなかで息づくこの奇妙な世界では、〝警笛〟は存在しない。ただ、そんなものはなかった、、、、ただけのことなのだ。

イーディス・プリチェットの怒りの対象となっているリストは、どうやら相当あるようだ。しかし、そのリストになにが含められているのか、それを知る方法はなかった。ハミルトンは、歌劇《ミカド》に出てくるココの歌を思いださないわけにはいかなかった。

……あなたがなにをリストにあげても
そんなの問題にはなりません
みんなどうでもいいものばかり
あってもなくてもいいものばかり

あまり元気づけられる考えじゃないな。五十数年にわたって生きてきた彼女の平凡な人生のどこかで、彼女のよろこびのなめらかな表面をかきみだしたもの、事物、物質、現象はなんであれ、すべてその存在が抹消されているのだ。ハミルトンには、そのいくらかは想像がついた。ゴミ缶をガチャガチャいわせる清掃業者。戸別訪問のセールスマン。あらゆる請求書に納税通知書。うるさく泣きわめく赤ちゃん（いや、おそらく赤ちゃん全部だ）。酔っぱらい。不潔な連中。貧困。苦しみのすべて。

これじゃ残すのを探すほうがむずかしいな。

「どうかしたの？」シルキーが同情したように訊いた。「気分が悪いのね？」

「スモッグのせいだよ」彼はいった。「いつもスモッグのせいで気持ちが悪くなるんだ」

「スモッグってなに？」シルキーが訊いた。「なんのこと？　へんなことばね」

長いあいだふたりは黙りこくっていた。ハミルトンは座席に腰をかけたまま、むなしく自分の理性にすがりついていた。

「途中でどこかに寄りましょうか？」シルキーが気の毒そうに訊いた。「レモネードでも飲む？」

「黙っててくれ！」ハミルトンはどなった。

シルキーは眼をパチパチさせて、おびえたようすで彼に眼を向けた。

「すまない」がっくり気落ちして、ハミルトンは無理やりいいわけのことばを探した。「新しい仕事が——慣れないせいで気苦労が多いんだよ」

「わかるわ、その気持ち」

「きみにわかるのかい？」どうしても皮肉っぽくなってしまう。「ところで——さっき訊いたことだけど、いまどんな仕事をしているんだ？」

「あい変わらずよ」

「だからなんの仕事なんだい？」

「いまも〈セーフ・ハーバー〉ではたらいているのよ」

いくらか安心した気持ちがハミルトンにもどってきた。少なくとも、この世界でもつづいていることがあるのだ。この世界にも〈セーフ・ハーバー〉があるのだから。現実の小さな部分が確実なものとしてよみがえってきた。「そこへ行こう」彼は、餓えたようにいった。「家に帰る前に、ビールを一、二杯飲もう」

ベルモントに着くと、シルキーはバーの向かいの通りに車をとめた。ハミルトンはバーをじっと観察した。この距離から見るかぎり、とくに変わってはいない。どうやら、いくぶん清潔になっているようだ。いや、ずいぶん綺麗になっている。船をイメージさせる感じが強められて、アルコールを思いおこさせるものは綺麗さっぱり消えていた。事実、〝ゴールデン・グロウ〟のネオン・サインはほとんど判読できなかった。あんなに明るい赤い文字が、一種名状しがたい朦朧《もうろう》としたものに溶けている。どういうネオン・サインだったか知らなければ、とても……

「ジャック」シルキーが静かな、困ったような声でいった。「いったい、なにがどうなってるのか教えてほしいのよ」

「なにがなんだって？」

「あたし──なんていえばいいのかしら」ためらいがちにほほえんで眼をあげた。「あたし、とてもへんな気がするの。なんだか、いろいろな記憶がゴチャゴチャになって頭のなかをかけまわっている気がするのよ。それでいて、どういうものか自分でもはっきりしないの。ただ、ぼんやりした印象がゴタゴタ重なりあっているみたいで」

「たとえば？」

「あなたとあたしのこと」

「ほう」彼はうなずいた。「そうか。で、マクフィーフは？」

「チャーリイもいっしょ。それに、ビル・ロウズも。なんだか、とても昔のことみたい。でも、そんなはずはないわよね？　あなたとは会ったばかりでしょう？」しなやかな指を苦しそうにこめかみにあてた。マニキュアをしていないことに彼はぼんやり気がついた。「とても混乱しているの」

「できることなら、きみを助けてあげたいんだが」これは本気だった。「しかし、ぼくのほうもこの数日は、少し混乱しているんだ」

「なにもかもだいじょうぶなのかしら？　あたしね、まるで自分が舗装された道路から足を踏みはずしたみたいな気がするのよ。つまり……足をおろすでしょう、そうすると、そのままずるずる足が沈んでいってしまうみたいなの」神経質に笑った。「そろそろ別の精神分析医に診てもらったほうがよさそうね」

「別の？　するときみは、いま、精神分析医にかかっているのかい？」

「もちろんよ」熱心な顔つきで彼に向きなおった。「ほらね、あたしのいいたいのはそのことなのよ。あなたがそんなふうにたずねるでしょ、そうするとあたし、とてもへんな感じになるの。あなた、いろんなことをあたしにきかないで。よくないことよ。とても――あたし傷つくの」

「悪かったね」彼はぎこちなくいった。「きみのせいじゃないんだから、いらいらしなくてもいいよ」

「あたしのせい？　なにがあたしのせいなの？」

「もういいじゃないか」車のドアを押し開けて、暗い歩道に降り立った。「なかに入ってビールでも飲もう」

〈セーフ・ハーバー〉は、内部がすっかり変わっていた。綺麗に糊のきいた白い木綿のテーブルクロスをかけた小さな四角いテーブルが、そこかしこに整然と並んでいる。どのテーブルでも蠟燭《ろうそく》がほのかな明かりをはなち、蠟をしたたらせている。壁にはカリヤー・アンド・アイヴズ工房の石版画がずらりと並んでいる。中年の夫婦が何組か、ドレッシングをかけたグリーン・サラダを食べながら、ひっそり席についていた。

「奥のほうが、もっとすてきよ」シルキーはテーブルのあいだを先に立って案内しながらいった。やがてふたりは奥の暗いブースに席をとった。メニューがおいてある。

注文したビールがきたとき、その味はこれまでに味わったビールのなかでは最上のものだった。メニューをよく見ると、めったに飲めない本場のドイツの黒ビール、正真正銘のマッコイ・ビールだった。この世界にまぎれこんできて、このときはじめて楽観的な、いやむしろ陽気な気分を感じた。

「こいつはすごいな」ジョッキをあげながらシルキーにいった。

シルキーも微笑しながらジョッキをあげた。「あなたとここでまたいっしょに飲めるなんてすてきだわ」ビールを飲みながらいった。

「ぼくだってそうさ」

ビールを飲みながらシルキーが訊いた。「あなた、だれかいい精神分析医を知らないかしら？　あたし、もう何百人も診てもらったわ……この次こそ、っていつも思うんだけど。いちばんいいお医者さんを探したいの。みんなだれでも、ごひいきのお医者さんがいるものよ」

「ぼくにはいないね」ハミルトンがいった。

「ほんとう？　ずいぶんかわってるのね」テーブルのうしろの壁にかかっているカリヤー・アンド・アイヴズ工房の石版画をじっと見ていた。一八四五年に、ニュー・イングランドの冬を描いたものだった。「あたしね、ＭＭＨＡに行って、そこのコンサルタントと相談してみようと思ってるの。いつも役に立ってくれるから」

「MMHAというのはなんだい？」

「全国精神衛生協会《モビライズド・メンタル・ハイジン・アソシエーション》の略称よ。あなた、会員じゃないの？　みんなが会員なのに」

「ぼくは変わり者なんだよ」

ハンドバッグから会員証を出して彼に見せた。「精神衛生上の問題なら、あらゆることをここで扱ってくれるの。すばらしいのよ……日中、夜間を問わず、年中無休で精神分析してくれるの」

「普通の診察も、かい？」

「つまり心身相関《サイコソマティック》の？」

「まあ、そんなところだが」

「そのほうも扱うわ。それに二十四時間の食餌療法もやるのよ」

ハミルトンは唸った。「聖四文字《テトラグラマトン》であらわされるおかたのほうが、ずっとましだな」

「テトラグラマトン？」シルキーは不意にまごついた。「その名前、どこかで聞いたことがあるのかしら？　どういう意味があるの、そのことばに？　あたし、なんだかぼんやりその名前に——」悲しそうに頭をふった。「それがどうしても思いだせないの」

「その食餌療法ってのは、どんなことをするんだい」

「あら、減食させてくれるのよ」

「それは想像がつくさ」

「正しい食事がとてもたいせつなの。いまのあたしは、糖蜜とチーズを食べるだけね」

「ぼくはサーロイン・ステーキだな」ハミルトンは、急に食べたくなっていった。

シルキーはショックをうけたらしく、恐ろしそうに彼を見つめた。「ステーキ？　動物の肉を食べるの？」

「そのとおり。しかも、いっぱい平らげるんだ。タマネギをまぶして、ポテトをいためたのと、グリーン・ピースと熱いブラック・コーヒーさ」

恐怖が嫌悪へと変わった。「まあ、ジャックったら！」

「なにか、いけないことをいったかい？」

「あなたって――野蛮人ね」

テーブル越しに女のほうに身をかがめながらハミルトンはいった。「ここから出ないか？　どこかの裏道で車をとめて、きみとセックスしよう」

シルキーの顔には、当惑した無関心さしかあらわれていなかった。「なにをいっているのかわからないわ」

ハミルトンは、がっくり気落ちを感じた。「忘れてくれ」

「だって――」

「忘れてくれっていってるんだ！」むかむかしながら残りのビールを飲みほした。「さあ、家に帰って食事にしよう。マーシャのやつ、ぼくたちになにかあったかもしれないと思って、心配しているかもしれないから」

10

ふたりが明るい小さな居間に入っていくと、マーシャはほっとしたようにふたりを迎えた。

「ちょうどよかったわ」ハミルトンにキスしようとして爪先立ちになりながらいった。エプロンとプリント地の服を着ている彼女は美しく、すらりとしたからだつきで、あたたかく、たおやかな姿だった。「さあ、手を洗って席についてちょうだい」

「なにかお手伝いしましょうか？」シルキーがていねいにたずねた。

「だいじょうぶよ。ジャック、コートをとってあげて」

「あら、いいわよ」シルキーがいった。「自分で寝室にかけてくるわ」彼女が、足どりもかるく出ていくと、やっと少しのあいだふたりきりになれた。

「こいつはどうにもがまんできないな」ハミルトンは妻についてキッチンに入りながらいった。

「彼女のこと？」

「そうさ」

「いつ会ったの？」

「先週だよ。マクフィーフの知りあいなんだ」

「あのひと、すてきじゃない」マーシャはからだをかがめ、オーヴンから湯気の立つキャセロールをとりだした。「とてもやさしいし、さわやかだわ」

「おいおい、あの女は娼婦なんだよ」

「まあ」マーシャは眼をパチクリさせた。「ほんとう？　そんなふうには見えないわ――その、あなたの、おっしゃるような女には」

「もちろん、見えるわけがない。この世界には、そんなものはないんだから」

マーシャの顔が明るくなった。「それなら、あのひと、そうじゃないんだわ。そんなはずないもの」

ハミルトンは腹をたてて、マーシャの前に立ちはだかった。彼女はキャセロールを持って居間にもどろうとしたところだった。「あの女は、そうなんだよ。現実の世界では、あの女はバーにたむろして、酒場から酒場をわたり歩き、男をくわえこんだり酒をねだったりするプロの娼婦なんだ」

「まあ、ほんとなの」マーシャは信じないようないいかただった。「とても信じられないわ。わたしたち、長いこと電話でお話ししたの。あのひと、ウェイトレスをしてるのよ、とても魅力的じゃない」

「おい、あの女の性器がもし残っていたら――」いいかけてあわてて口をつぐんだ。シルキーが、女子学生ふうの格好で、快活でピチピチした若さにあふれた姿を見せたのだった。

「あなたには驚いたわ」マーシャはキッチンにもどりながら夫にいった。「自分を恥じるべきだわ」

ハミルトンはよわよわしくマーシャから離れた。「かってにしろ」《オークランド・トリビューン》の夕刊をとって、シルキーと向かいあって長椅子にどさりとすわると、大見出しを読みはじめた。

ファインバーグ　新発見を発表
不治の喘息《ぜんそく》もかならずなおる！

第一面に掲載されている記事には、マウスウォッシュの広告から抜けだしてきたような、にこにこして、でっぷりした、頭の禿げた医師の写真がそえられていた。記事は、世界を震撼させる大発見を報じていた。これが第一面のトップ記事なのだった。

おなじ一面の次の記事は、中東における最近の考古学的発見に関する長文の記事だった。壺、皿、花瓶が発掘されて、鉄器時代の都市の全容が明らかになったのだ。人類は固唾《かたず》をのんで注目している。

一種病的な好奇心が、彼の心を満たした。ロシアとの〝冷戦〟はどうなったんだ？ それに関連してだが、いったいロシアはどうなったんだろう？ 急いで残りのページに眼を通した。彼は自分が発見したことに思わずカッとなってしまった。

ひとつのカテゴリーとして、ロシアそのものが消されている。これは、あまりにも苦痛にみち、不快なものだった。何百万人という男女、何百万平方キロにも及ぶ国土が——なくなってしまったのだ！　いまそこには、なにがあるのだろう？　果てしない荒野か？　ぼんやりとした虚無か？　巨大な穴だろうか？

ある意味で、もはや新聞にはトップ記事というものがなかった……二面の、婦人欄からはじまっているようなものだ。ファッション、社交記事、結婚と婚約、文化活動、さまざまなゲーム。マンガ欄は？　あることはあったが——これまた、ないにひとしい。家庭向けのユーモア・マンガは残っている。子どもたちが喜ぶたぐいのマンガだ。しかし、私立探偵や、タフ・ガイや、オッパイがボインと盛りあがって腰がキュッとしまっている女の子の登場する連載マンガはどこにもなかった。まあ、そんなものがなくてもたいしたことじゃない。ただ、なにも印刷されていない真っ白な記事の欄がいくつもひろがっているのは、どう見てもしらじらしいものだった。

おそらく現在の北アジアも、こんなふうになっているのだろう。かつては何百万人ものひとたちが、善きにつけ悪しきにつけ、営々として生きた場所は、いまではこの印刷されていない巨大な白ヌキとおなじようになっているのだ。太りすぎた中年の、イーディス・プリチェットという名前の女性から見て、そこは悪いところだったからだ。ロシアは彼女を悩ました。ブンブン唸るブヨのように、彼女の生活を不快なものにしたのだ。

ここまで考えたとき、ハエやブヨを一匹も見かけなかったことに気がついた。蜘蛛《クモ》もいない。いっさいの害虫が消えてしまった。ミセス・イーディス・プリチェットがやりおえてしまったときには、これ以上ないほど快適な生活が営まれる世界になっていることだろう……もっとも、まだなにかが残っているとしてだが。

「きみには、気にならないのか？」不意にシルキーにいった。「ロシアがどこにも存在しないことが？」

「なにがないですって？」シルキーは雑誌から眼をあげて訊き返した。

「こっちのことさ」新聞をポイと投げ棄てて、陰気な足どりで居間からキッチンに行った。

「ぼくにはどうにもがまんできないんだ」妻に向かっていった。

「なんのこと、あなた？」

「だれも気にしてないんだから！」

マーシャはやさしく指摘した。「ロシアなんてものはどこにも存在しないのよ。だから、気にするもなにもないわ」

「だけど、気にするべきなんだ。もしミセス・プリチェットが、小説を消してしまっても、だれも気にしないだろうね。悲しむ気もおきないだろう――なくなったことにすら気がつかないんだから」

「だれも気がつかないのなら」マーシャが考え深そうにいった。「なにがそんなに問題なの？」

そこまでは考えていなかった。女ふたりが食事のしたくをしているとき、彼はまたむし返した。「最悪なんだ」そうマーシャにいった。「ここのところがいちばん悪いんだよ。イーディス・プリチェットは世界を好きかってに改悪している――その世界に生きるひとたちの人生を造り変えてるのに、そのひとたちはなにも気がついていないんだ。これは、恐ろしいことだよ」

「どうして？」突然マーシャが怒りはじめた。「そんなに恐ろしいことじゃないかもしれないじゃない」声を低めてシルキーに向けて顎をしゃくり、「あのひとのどこが恐ろしいの？あのひとは、以前よりずっとよくなっているじゃない」

「それは問題のポイントが違う。要点は――」彼もまた怒りをおぼえながら彼女のあとを追った。「いまのあの女はシルキーじゃない。ほかの人間なんだ。ミセス・プリチェットがでっちあげてシルキーとかわらせた蠟人形だよ」

「わたしにはシルキーにしか見えないわ」

「前の彼女を見たこともないくせに」

「まあ、よくもそんなことを」マーシャははげしくいった。

恐ろしい疑惑がゆっくり彼のなかに忍びこんできた。「きみはこの世界が好きなんだな」静かにいった。「こっちの世界のほうが気に入っているんだ」

「そんなこと、わたしがいついったの？」マーシャははぐらかすようにいった。

「いや、いったぞ！　きみはこうした――こうした改良された世界が好きなんだ」

キッチンのドアのところで、マーシャは両手にスプーンとフォークをもちながら立ちどまった。「わたしは今日、ずっとそのことを考えていたの。いろいろな面で、すべてがずっと清潔で、ずっとすてきなものになっているのよ。やっかいなこともなくなっているし。いろいろなことが――そうね、ずっと単純なものになっている。ずっと秩序だったものになっているのよ」

「しかし、いろんなものがなくなっているんだぞ」

「そのどこが悪いっていうの？」

「ぼくたち自身がこの世にふさわしくないものと見なされてしまうかもしれないんだぞ。そのことは考えたのか？」手をはげしくふりながらつづけた。「ちっとも安全じゃない。ぼくたちを見てみろ――すでに改造されているじゃないか。生殖器がない――きみはこれが気に入っているのか？」

すぐには返事がなかった。

「気に入っているんだ」あっけにとられてハミルトンはいった。「こっちのほうが好きなんだ」

「そのお話はあとにしましょう」マーシャは銀器をもって出ていこうとした。

ハミルトンは彼女の腕をつかみ、荒々しく引きもどしながらいった。「返事をしろ！　きみは、ミセス・プリチェットのやりかたが好きなんだろう？　つまらない、でぶの、小うるさいばあさんの、セックスを浄化し不潔なことをこの世界から追放するという考えが、気に入っているんだな」

「そうね」マーシャは考え深げにいった。「世界をなんらかの方法で清めることができるとは考えているわ。あなたがた男性にはそんなことはできなかったし、あるいはそうする気がなかったとしても――」

「きみに教えてやることがあるぞ」ハミルトンは、はげしいことばを浴びせた。「イーディス・プリチェットがカテゴリーを廃止するのとおなじだけの早さで、ぼくがそれをもとにもどしてやる。まず最初にぼくが復元するカテゴリーはセックスさ。さしあたって今夜、ぼくがこの世界にセックスをとりもどしてやる」

「そうね、あなたならそうするでしょうね。それがあなたの望むことなんだから。いつもそのことばかり考えていたんでしょう」

「あそこにいる娘だ」ハミルトンは居間のほうを顎で示した。シルキーが楽しそうにナプキンを食卓に並べていた。「下に連れていって、いっしょに寝るんだ」

「あなた」マーシャが、さとすようにいった。「そんなことはできないわ」

「どうして？」

「あのひとには――」マーシャが身ぶりで説明した。「あの――あれが、ないもの」

「きみはぜんぜん気にならないのか？」

「だって、ばかげてるじゃない。まるで、紫色のダチョウの話をするようなものだわ。単にそんなもの、あり得ないんですもの」

ハミルトンは大股で居間にもどると、シルキーの腕をしっかりつかんだ。「こっちへきてくれ」彼女に命令した。「オーディオ・ルームに行って、ベートーヴェンの弦楽四重奏を聞こう」

シルキーはびっくりし、ためらいながら彼についてきた。「だけど、お食事はどうするの？」

「メシなんかどうだっていい」階段に出るドアを開けながら答えた。「あのおばさんが音楽を廃止する前に、早くあの部屋に行こう」

地下室は冷たく、湿っていた。ハミルトンは電熱ヒーターのスイッチをつけて、窓のブラインドをおろした。室内がすっかり温まり、快適になったとき、彼はレコード・キャビネットのドアを開けて、腕いっぱいにレコードを抱えてきた。

「なにが聞きたい？」つっかかるようないいかただった。

シルキーはおびえて、戸口でもじもじしていた。「お食事がしたいわ。マーシャがごちそうを作ってくれたのに――」

「食事をするのは動物だけだ」ハミルトンが押し殺したような声でいった。「不愉快じゃないか。ちっともすてきじゃない。ぼくは廃止したんだ」

「なにをいってるのか、わからないわ」シルキーが悲しそうに抗議した。

アンプのスイッチを入れ、ハミルトンは複雑なつまみの調整をした。「この装置、どう思う？」彼は訊いた。

「とても——魅力的ね」

「プッシュプル式平行出力機だよ。三万サイクル毎秒まで伝送特性は一定。低音専用の十五インチ・ウーファーが四つ。劇場用の高音域用スピーカーのツイーターが八つ。四百サイクル毎秒のクロスオーバー・ネットワーク。手動変圧器。ダイヤモンド針と純金の液冷式回転カートリッジ」LPをターン・テーブルにセットしながらつけ加えた。「十トンの荷重がかかっても三十三と三分の一回転以下に回転数を下げないモーターを使ってるんだ。そう悪くないだろう、どうだい？」

「す、すばらしいわ」

曲は《ダフニスとクロエ》だった。彼のLPのコレクションの半分以上が不可解にも消滅していた。消えたLPの大部分が、現代の無調音楽や、実験的な打楽器の音楽作品ばかりだ。ミセス・プリチェットは、スタンダードなクラシック音楽、ベートーヴェンやシューマンなど、ブルジョアの演奏会愛好者になじみ深い、重量感のあるオーケストラによる演奏がお好きらしい。しかし、彼がたいせつにしていたバルトークのコレクションがなくなっていたので、これまで以上にはげしい憤激をおぼえた。心のなかに土足で入りこまれたようなものだった。人格のもっとも深い層への干渉だった。ミセス・プリチェットの世界には、現代に生きるものはなにも存在しないのだ。あのばあさん、聖四文字《テトラグラマトン》であらわされるおかたよりも、ずっと悪質じゃないか。

「こうしたらどうだい？」室内の照明を極端に暗くしながら、何気なく訊いた。「なにも見えないだろう？」

「見えっこないわ、ジャック」シルキーは困りきって答えた。ぼんやりした記憶の断片が、彼女の浄化された心のなかにしみこんできた。「ねえ、あたし自分が立っている場所も見えないのよ……ころびそうだわ」

「そんなことはないさ」ハミルトンは冷ややかにいい返した。「なにを飲む？　ちょうどよかった。この部屋にスコッチの五分の一ガロンの壜をしまっといたんだよ」

酒のキャビネットを開けて、なれた手つきでなかを探った。指さきで壜をつかみ、急いで引き寄せると、こんどはグラスを探すために身をかがめた。ところが、どうも壜の感じがおかしい。眼を近づけて調べてみると、彼の手にしているのはスコッチではなかった。

「クレーム・ド・マント《はっか入りのリキュール》にしよう」あきらめた彼は、いいなおした。ある意味では、こっちのほうがいい。「いいかい？」

《ダフニスとクロエ》が暗い室内に華麗に流れ、ハミルトンはシルキーを長椅子に引っぱってきてすわらせた。彼女はおとなしくカクテルを受けとり、うやうやしく口にしたが、顔にはうつろな、つつましい表情しか浮かんではいなかった。熱心なようすであたりを歩きまわっているハミルトンは、壁にかかっている油絵の位置をなおしたり、アンプの出力をすこしあげたり、照明をさらに暗くしたり、長椅子のクッションをふくらませたり、いろいろと雰囲気を作ろうとしていた。階段に通じるドアが閉まっているかどうか、鍵がちゃんとかかっているかどうかを確かめる。階上でマーシャが歩きまわっている足音が聞こえた。くそっ、こうなったのもマーシャのせいだ。

「眼を閉じてリラックスするんだ」彼は怒ったように命令した。

「あたし、リラックスしているわ」シルキーはまだおびえていた。「それで充分じゃない？」

「そうだね」彼は暗い気分でつぶやいた。「そうだ。いい考えがある——靴を脱いで、長椅子に足をのせてごらん。そうすると、ラヴェルの音楽が、いつもと違って聞こえる」

シルキーはおとなしく白いローファーを脱ぎすてて、裸足のまま長椅子に横ずわりをした。

「すてきね」よわよわしくいった。

「ずいぶんよくなったろう？」

「ええ、とても」

不意に、いいようもない圧倒的な悲しみがハミルトンを襲った。「こんなことをしてもむだだ」打ちのめされたようにいった。「ダメだ、できない」

「なにができないの、ジャック？」

「きみにはわからないさ」

しばらくふたりは黙りこんだ。やがて、ゆっくりと、静かにシルキーが手をさしのべて彼の手に触れた。「ごめんなさい」

「ぼくもあやまらなきゃ」

「あたしがいけないのね、そうなんでしょう？」

「まあね。ある意味ではそうかな。とてもおおざっぱで、抽象的な意味でだけどね」しばらくためらったあとで、シルキーが訊いた。「あなたに――お願いしたいことがあるんだけど？」

「ああ。なんでも」

「あのね――」声がひどく低いので、やっとのことで聞きとれるくらいだった。彼女はじっと彼を見つめていた。その眼は、ほの暗い室内の明かりのなかでとても大きく、暗かった。

「ジャック、キスしてくれる？　いちどでいいから」

両腕をしっかり彼女のからだにまわして、ぐいっと引き寄せると、小さな顔をかるく持ちあげるようにして唇にキスした。彼女は、そっと、かろやかな感じでしがみついてきたが、そのからだは恐ろしいほど、屈辱的なまでに、細かった。彼女を抱きしめ、力いっぱい引き寄せながら、そのままずっとすわっていたが、やがて彼女は離れた。疲れきった、孤独なその姿は、陰気な闇のなかで消えてしまいそうに見えた。

「ひどく気分が悪いわ」彼女が、口ごもりながらいった。

「そんなことはないよ」

「とても――うつろな気分なの。からだじゅうが痛んで。どうしてなの、ジャック？　これはどういうことなの？　どうしてこんないやな気分にならなければいけないのかしら？」

「そのことは考えないほうがいいよ」彼ははりつめた声でいった。

「こんな気分になりたくないわ。あなたにしてあげたいことがあったの。でも、あなたにあげることのできるものなんて、あたしなにも持っていないんだわ、あたしって空虚以外のなにものでもないのね、そうでしょう？　まるで空家《あきや》みたいなものだわ」

「かならずしもそうじゃないよ」

暗がりのなかで、かすかに動くものがあった。彼女が立ちあがって、彼の前に立ったのだった。不意に、からだをすばやく動かしたので、その姿がぼんやりして、はっきり見えなくなった。もういちど眼を向けたとき、彼女はてばやく服を脱ぎすてていた。服は彼の足もとで小さく、綺麗な輪になって落ちていた。

「あたしが欲しい？」ためらうように訊いた。

「うん、観念的な意味でだけど、ね」

「あたしをモノにできるわよ」

彼は皮肉に微笑した。「できるって？」

「それじゃこういうわ、してもいいって」

ハミルトンは彼女が脱ぎすてた服を抱えあげて押しつけた。「服を着て上にもどろう。時間の浪費だし、食事が冷えてしまう」

「やっぱりダメなの？」

「ああ」彼は、なにもなくて、ただ、あらわなだけの彼女のからだに眼をやるまいとして苦しそうに答えた。「全然ダメさ。でもきみは、できるだけのことをしてくれた。きみにできるかぎりのことをしてくれたんだ」

彼女が服を着ると、すぐにその手をとって、ドアのほうに連れていった。ふたりの背後では、ステレオが大音響で《ダフニスとクロエ》の、豊かにもつれあった音を奏でていた。ふたりとも聞いていなかった。みじめな顔で階段をあがっていった。

「あなたをそんな気分にしてごめんなさい」シルキーが、いった。

「いいんだよ」

「なんとかがんばれば、できるんじゃないかと思ったの。もしかしたら、あたし……」

シルキーの声がとぎれた。そしてハミルトンの手のなかで、シルキーの小さな乾いた指の感触がなくなった。ショックを受け、ふり返って彼は闇のなかで、その姿を探した。

シルキーの姿はなかった。彼女は消えてしまったのだ。

当惑し、自分の眼を疑いながら彼がその場に立ちつくしていると、上のドアが開いて、階段の上にマーシャが姿を見せた。「あら」彼女が驚いていった。「あなた、そこにいたの。あがってきてちょうだい。お客さまよ」

「お客さん」彼はつぶやいた。

「ミセス・プリチェットよ。それに、ほかのみんなもいっしょに連れてこられたの。よく、こういうパーティをするらしいわ。みなさんご機嫌で笑ったり騒いだりしているわよ」

茫然として頭がくらくらしたハミルトンは、階段をあがって居間に入った。さまざまな声やしぐさが彼を迎えた。一行の向こうに、けばけばしい毛皮のコートを着て、グロテスクな羽飾りをごてごてつけた帽子をかぶり、ブロンドに漂白した髪に金属の飾りをつけて、ぼてぼてした首すじから頬のあたりにその髪の毛をたらしている、大柄な、でっぷりした女が立っていた。

「そこにいらっしゃったのですね」ミセス・プリチェットは彼の姿を見てうれしそうにどなった。「あなたをびっくりさせるものがあるんですよ！」厚紙の、大きな四角の包みをふりあげながら、大声でいった。「見たこともないようなおいしいケーキをもってきたんですよ。ほんとうに宝石みたいな。それに、とってもすばらしい色彩の果物を――」

「シルキーをどうしたんだ？」ハミルトンは、婦人に向かってつめ寄りながら、たたきつけるような口調で訊いた。「どこにいるんだ、彼女は？」

一瞬、ミセス・プリチェットは当惑した顔をした。やがて、彼女の顔をかたちづくるだぶだぶした肉のかたまりが、狡猾な微笑を示すかたちになった。「あら、あたくしがあの女を消したんですよ、あなた。あのカテゴリーは消去したんです。ご存じなかったの？」

11

ハミルトンが立ちつくしたまま、ミセス・プリチェットをにらみつけていると、マーシャがそっと彼のそばに寄ってきて耳打ちした。「気をつけて、ジャック。用心しなきゃ」

彼は妻に顔を向けた。「きみもかかわっていたのか？」

「そういうことになるのかしら」肩をすくめた。「ミセス・プリチェットからあなたのいる場所をきかれて、つい、いってしまったの。細かいことまではいわなかったけど……ごくありさわりのない事情だけはいったのよ」

「シルキーはどんなカテゴリーにされたんだ？」

マーシャは微笑した。「ミセス・プリチェットのカテゴリーのしかたって、とてもみごとなものよ。〝イカれた不良少女〟って呼んでたようだけど」

「大勢いるぞ、そういうのって」ハミルトンがいった。「消すだけの価値があるのかい？」

イーディス・プリチェットのうしろから、ビル・ロウズとチャーリイ・マクフィーフが現われた。ふたりとも腕いっぱいに食料品の袋を抱えこんでいた。「盛大なパーティですね」

ロウズは用心深く、なかば弁解するような格好でハミルトンに向かってうなずいてみせた。

「キッチンはどこです？　これをもっていきたいんですが」

「調子はどうだい？」マクフィーフは、大きくウインクしてみせながら、狡猾な感じで声をかけてきた。「うまくやってるかな。この袋には缶ビールが二十本入ってるぞ。首尾は上乗ってやつさ」

「そいつはすごい」ハミルトンは答えたが、まだ、頭がぐらぐらしていた。

「さて、仕上げをごろうじろ、だ」マクフィーフは、軽口をたたいたが、その幅の広い顔は赤く、汗が浮かんでいた。「もっとも、いっさいがっさい、あの女がとりしきってるんだけどね」

マクフィーフにつづいてやってきたのは、小柄で、とりすました感じのジョーン・リースだった。ミセス・プリチェットの息子デイヴィッドが並んで歩いてくる。最後に、むっつりと威儀をただした退役軍人が足を引きずりながらついてきた。そのしわの刻まれた顔は、無表情な仮面のようだった。

「みんな勢ぞろいってわけか？」ハミルトンはうんざりし、胸をむかつかせながら訊いた。

「これからみなさんいっしょに、ジェスチャーゲームをして遊びましょう」イーディス・プリチェットがうきうきしながら教えた。「今日の午後、ちょっとお寄りしたんですよ」ハミルトンに説明した。「あなたの奥さま、ほんとかわいらしいわね。あたくし、すっかり話しこんでしまって」

「ミセス・プリチェット――」ハミルトンがいいかけたが、マーシャがあわててさえぎった。

「キッチンにきて、お手伝いしてくださいな」ひどくはっきりした、命令的な声だった。

ハミルトンはやむを得ずマーシャのうしろについていった。キッチンに行ってみると、マクフィーフとビル・ロウズが、身をもてあまして、ぎこちなく立っていた。ロウズがほんのちょっとだけ、微笑してみせた。そのちょっとした笑みには、これからおきることへの不安と、こんなことになったのはだれのせいか、ちゃんとわかっているという思いがこめられていた。ハミルトンにはわからなかった。ロウズはすぐに背を向けると、一心不乱にハムやサンドウィッチの包みをひろげはじめた。どうやらミセス・プリチェットは、オードブルがお好きらしい。

「ブリッジをしましょう」向こうの部屋でミセス・プリチェットが元気よくいった。「でも、人数は少なくとも四人必要ですわね。あなたもごいっしょにいかが、ミス・リース？」

「残念ですけど、あたし得意じゃないんです」ミス・リースの元気のない声が答えた。「でも、できるだけやってみますわ」

「ロウズ」ハミルトンは声をかけた。「きみは、こんなことにかかわるにしては頭が切れすぎるんじゃないか。マクフィーフならわかるが、しかし、きみまでが」

ロウズはまともに彼の眼を見ようとはしなかった。「あなたは自分のことだけを心配していればいい」かすれた声だった。「ぼくもそうしますから」

「きみにだって良識というものが――」

「マッサ・ハミルトン」とたんにロウズがへんに道化たことばを使った。「わスあ、わスが見《め》つけたものに、くっつエていくだア。そすらア、わス、長生きするでなア」

「やめろよ」ハミルトンは、カッとなってたたきつけるようにいった。「そんな芝居はよせ、ぼくに向かって」

黒い眼に嘲りと敵意を見せてロウズは背を向けた。しかし彼はふるえていた。両手がひどくふるえているので、マーシャはあわててベーコンを彼の手から受けとった。「このひとにお節介をやくのはよしなさい」夫をたしなめた。「このひとには、このひとの人生があるんだから」

「それがまちがいなんだ」ハミルトンがいった。「これは、あの女の世界なんだぞ。きみはハムとサンドウィッチだけで生きていけるのか？」

「そんなに悪くないぜ」マクフィーフがしたり顔でいった。「眼をさませよ、ジャック。この世界は、確かにあのおばさんの世界なんだ——そうだろう？　あのおばさんがこの世界を支配してるんだ。となれば、彼女がボスなんだぜ」

アーサー・シルヴェスターが戸口に姿を見せた。「お湯と重曹をいただけませんかな？　胸やけがするんですよ、どういうわけか今日は」

シルヴェスターの痩せこけた肩に手をおいてハミルトンがいった。「ミスタ・シルヴェスター、あなたの神はここにはいないんだ。こんな世界は気に入らないでしょうね」

シルヴェスターは一語も発せず、ぐいっと彼の手を払ってシンクに寄っていった。シンクでマーシャからお湯と重曹を受けとると、部屋の隅に行って、ほかのことには目もくれずそれを飲むことに精神を集中していた。

「まだ信じられないんだ」ハミルトンは妻にいった。

「信じられないって、なにが？」

「シルキーさ。消えてしまった。完全に。まるでたたきつぶされた虫みたいに」

マーシャは気のないようすで肩をすくめた。「そうね、どこかにいるわよ、別の世界のどこかに、きっと。現実の世界にもどって、お酒をねだったり、商売にはげんでるはずよ」彼女が〝現実の〟ということばを口にしたとき、汚らわしい不浄なものといった響きがこめられていた。

「あたくしもお手伝いしましょうか？」イーディス・プリチェットが、はずかしそうにそわそわしながらドアのところに現われた。やけにけばけばしい花模様の絹のドレスに包まれて、ぼてぼてした巨大なからだが、なおさらでっぷり見えた。「あら、エプロンはどこかしら？」

「向こうの戸棚のなかよ、イーディス」マーシャが指さしながらいった。

本能的なおぞましさから、よちよちとそばをこの怪物が通ったとき、ハミルトンは思わず身をよけていた。ミセス・プリチェットはわけ知り顔で愚かしく彼にほほえんだ。「さあ、不機嫌な顔はおよしなさい、ミスタ・ハミルトン。せっかくのパーティですからね」

ミセス・プリチェットがキッチンから退散して居間にもどっていったとき、ハミルトンはロウズを部屋の隅に連れていった。「きみはあの怪物に、自分の人生を支配させるつもりなのか？」

ロウズは肩をすくめた。「わたしには自分の人生なんてものはありませんよ。ベバトロンの見学者を案内することが人生だっていうんですか？　ベバトロンのことなんてなにもわかってない連中にですよ。いろいろな場所から、なんの知識もないままに物見遊山でやってくる連中を案内するのが」

「いまはなんの仕事をしているんだ？」

一瞬、ひねくれた誇りの表情が、ロウズの顔をかすめた。「サンホセにあるラックマン石鹸会社の研究スタッフですよ」

「聞いたことのない会社だね」

「ミセス・プリチェットがつくったんです」ハミルトンの顔をまともに見ようとせずに説明した。「よくあるでしょう、おしゃれな香水入りの浴用石鹸ですよ」

「なんてこった」ハミルトンはいった。

「確かに、たいした仕事じゃありません。あなたのようなひとにとってはね。あなたならそんな仕事、見向きもしないでしょう」

「確かに、イーディス・プリチェットのために香水入りの石鹸をつくるなんて、まっぴらだね」

「それじゃ、いわせてもらいますよ」ロウズが低い、ふるえる声でいった。「しばらく有色人種になってみたらどうです。絶えず頭をさげて、自分のところにくる白人には、どんなクズ野郎だろうと、手で洟《はな》をかむような無学なジョージアの白人だろうと、〝イエス・サー〟といわなきゃいけないんだ。ひとりで便所にも行けないような無知な白人には、実際、ズボンのおろしかたから教えてやらなきゃならなかったんですからね。ちょっとでも考えてみてください。大学在学中の六年間、安食堂で白人が食べた皿を毎日洗う生活がどんなものか。あなたのことは聞いたことがありましたよ。お父さんは著名な物理学者で、財産もあり、安食堂で働いたことなんてないでしょう。わたしのしたやりかたで学位をとってごらんなさい。その証書をポケットに入れて、何ヵ月も仕事にありつくために歩きまわる。結局、ガイドの腕章をつけて見物人に説明する仕事しか見つからない。ナチの強制収容所に収容されたユダヤ人みたいなものですよ。だとしたら、香料石鹼の工場の研究スタッフになるほうが、ずっとましじゃないですか」

「その石鹼工場なるものが実在していなくても？」

「この世界には実在しているんです」ロウズの、黒い痩せた顔は、挑むように輝いた。「そして、わたしがいるのはこの世界なんだ。ここにいるかぎり、できるだけうまくたちまわるつもりです」

「だけど」ハミルトンが反論した。「こいつは幻影なんだぞ」

「幻影？」ロウズは嘲るように薄笑いを浮かべた。しっかり拳を固めてキッチンの壁にたたきつけた。「わたしには、充分現実に思えますよ」

「ここはイーディス・プリチェットの頭のなかの世界だ。きみほどの知識人が――」

「やめてください」ロウズが荒々しくさえぎった。「そんな話は聞きたくない。もとの世界にいたとき、あなたはわたしの知性とやらに対して、関心などなかったじゃないですか。だいいち、わたしがガイドだってことにすら注意していなかった。たいして気にもしてなかったくせに」

「ガイドをしている人間は、何千人といるじゃないか」ハミルトンはいたたまれない心地でいった。

「たぶん、わたしみたいな人間ばかりですよ。でも、あなたみたいな人間は、ガイドになんて絶対ならないんだ。わたしがこの世界にいたほうがいいと思ってる理由ですか？　それはね、あなたみたいなやつがいるからですよ、ハミルトン。あなたのせいだ。わたしのせいじゃない。そのことを考えてみてください。もとの世界で、あなたがほんの少し努力してくれていたら……でも、そんなことはしなかった。あなたには奥さんもいるし家もある、猫も、車も、仕事もあった。けっこうずくめの生活でしたからね……当然、あなたとしてはもとの世界に帰りたいでしょう。でも、わたしは違うんだ。それほどけっこうな生活じゃなかったんでね。帰ろうなんて気はないんですよ」

「この世界が消えたら、帰ることになるよ」ハミルトンがいった。「この世界を消すつもりですか？」

冷ややかで刺すような憎悪がロウズの顔に現われた。

「そのとおり」

「わたしをガイドだった世界にもどしたいんですね？　あなたもほかのやつらとおなじだ──

―違いなんてない。白人なんか信じるなって、子どものときからずっといわれてきた。でも、あなただけはべつだと思っていたのに」

「ロウズ」ハミルトンがいった。「きみはこれまでぼくが会ったなかで、いちばんの神経過敏な大バカ野郎だよ」

「もしそうだとしたら、それはあなたのせいですよ」

「そんなふうにきみが思ってるとは残念だ」

「これが真実です」ロウズが強調するようにいった。

「かならずしもそうじゃない。一部が真実なだけさ。どこか深いところに、真実の核がひそんでいる。なるほど、きみは正しいのかもしれない。この世界に残るべきなのかもしれない。この世界は、きみにとっては、いくらかましな世界なのかもしれない。この世界にひれ伏して、おべんちゃらをいっていれば、ミセス・プリチェットが面倒をみてくれるからね。つまり、適当な距離をおいて彼女のうしろを歩き、彼女の逆鱗《げきりん》にふれなければ、の話だが。香料入り石鹸とかハムとか喘息の特効薬なんかを気にしなければいい。現実の世界では、みんなを相手に闘いつづけなければ生きていけない。きみは休息が必要な時期なのかもしれないね、きっと。どっちにしろ、おそらくきみには勝ち目なんてないんだから」

「そのくらいにしておけよ」マクフィーフが聞いていたらしく、横から口を出した。「時間のむだだぞ。こいつはただのアライグマ《黒ちゃん》じゃないか」

「まちがってるよ」ハミルトンはマクフィーフにいった。「この男は動物じゃない。人間なんだ。ずっと負けつづきで、疲れきってるけどね。しかし、この世界では勝ち目がない。きみだっておなじことさ。この世界では、イーディス・プリチェット以外のだれも勝てないんだから」ロウズに向かっていった。「ここにいると、白人にこづきまわされるのより、もっと悪いことになるぞ……この世界では、きみの運命は、でぶで中年で白人の女の手に握られるわけだからな」

「お食事のしたくができたわよ」マーシャが居間から大きな声で呼んだ。「みなさん、こちらにいらしてください」

ひとりひとり居間に集まってきた。ハミルトンが居間に入ったとたん、食物の匂いを嗅ぎつけたニニー・ナムキャットが戸口に姿を現わしたのが見えた。クローゼットの靴箱で眠っていたので、大きくのびをしながら、ニニーはイーディス・プリチェットの行く手を横ぎろうとした。

あやうくつまずきそうになったミセス・プリチェットがいった。「まあ、あきれた」そのとたんに、だれかの膝にあがろうとしていたニニー・ナムキャットは消えてしまった。ミセス・プリチェットは、むっちり太ってピンク色をした指さきでプティ・フールのトレイをしっかり持ちながら、そんなことには気がつかないようすで歩いてきた。

「この家の猫を消しちゃったよ」デイヴィッド・プリチェットが大声で非難するように喚きたてた。

「いいのよ、そんなこと」マーシャはまるで気にかけていないようすだった。「猫なんかいっぱいいるんだから」

「バカをいうな」ハミルトンがむかむかしながら訂正した。「もうどこにもいないんだぞ。忘れたのか？ あらゆる種類の猫が消えたんだ」

「なんのお話ですの？」ミセス・プリチェットが訊いた。「どういうこと？ 意味がのみこめないんだけれど」

「気になさらないで」マーシャはあわててそういうと、テーブルについて、料理をとりわけはじめた。ほかのひとたちもテーブルについた。いちばん最後にやってきたのはアーサー・シルヴェスターだった。お湯で重曹を飲んだあと、水差しをもってキッチンから出てきたところだった。

「どこにおけばいいのかね？」大きくて、綺麗で、つるつるすべりそうなガラスの水差しをしわだらけの手にもって、食器がひしめくテーブルのあいた場所を探しながら、怒りっぽく訊いた。

「あたくしにくださいな」ミセス・プリチェットは、意味もなく微笑しながらいった。シルヴェスターがそばに寄ってきたとき、彼女は水差しに手をのばした。シルヴェスターは、まるで表情を変えずに、いきなり痩せ衰えた全身の力をふりしぼって水差しをふりあげると、ミセス・プリチェットの頭めがけてたたきつけた。思わずテーブルからは、信じられないように息をのむ声があがり、みなが立ちあがった。

た。水差しがたたきつけられるより一瞬前に、アーサー・シルヴェスターの姿は消え失せていた。水差しはシルヴェスターの消えた手から落ちてカーペットにぶつかり、割れてころがった。お茶が飛び散って、醜い、尿の色をした汚点《しみ》がひろがった。

「まあ、なんてことでしょう」ミセス・プリチェットは腹を立てていった。とたんにアーサー・シルヴェスターといっしょに、割れた水差しも、湯気を立てて流れるお茶も消えてしまった。

「ほんとに不愉快ですわね」しばらくしてマーシャがいった。

「あれだけですんでよかった」ロウズはかぼそい声でいったが、手がわなわなとふるえていた。「あれは――もう終わりですね」

不意にジョーン・リースがテーブルから立ちあがった。「あたし、気分が悪くなりましたわ。ちょっと失礼します、すぐにもどりますから」いきなり背中を向けると居間から急いで出て廊下を歩き、寝室に姿を消した。

「どうしたんでしょう?」ミセス・プリチェットは居並ぶひとたちにじろりと眼を向けて、心配そうに訊いた。「なにか気にさわることでもあったのかしら? あたくしに相談してくれれば――」

「ミス・リース」マーシャが、あわてて、よくとおる声で呼んだ。「もどっていらっしゃいな。お食事をはじめますから」

「なにが気にさわったのか、あたくしが見てきましょう」ミセス・プリチェットは、ため息をついて、ゆさゆさと太ったからだで立ちあがろうとした。

このときにはもう、ハミルトンが部屋の外に出ていた。「ぼくが見てきますよ」彼は肩ごしにふり返りながらいった。

寝室では、ミス・リースがコートと帽子、ハンドバッグをそばにおいて、両手を膝にのせたままの格好で腰かけていた。「あんなことしちゃいけないっていったのに」彼女はそっとハミルトンにいった。鼈甲縁《べっこうぶち》の眼鏡をはずし、指さきに力なくぶらさげていた。そのむきだしになった眼は、青白くてよわよわしくほとんど色がなかった。「あんなことしちゃいけなかったわ」

「すると、さっきのことは計画的だったのかい?」

「もちろんよ。ミスタ・シルヴェスターと、あの子と、あたしの三人。あたしたち、今日会ったの。ほかに頼りにできるひとがいなかったから。あなたに計画をうちあけるわけにはいかなかったわ、だって奥さまがあんなふうですものね」

「ぼくをあてにしてくれていいんだよ」ハミルトンがいった。

ハンドバッグからミス・リースは小さな壜を出してベッドの上においた。「眠らせるつもりだったんです」抑揚のない声でいった。「年寄りだし、疲れているはずだから」

その壜をとりあげて、ハミルトンは照明に透して見た。生物標本に使うクロロフォルム液だった。「しかし、こんなものを使ったら殺すことになるよ」

「いいえ、そんなことはないわ」

ミセス・プリチェットの息子、デイヴィッドが心配そうに戸口に姿を見せた。「すぐもどってきたほうがいいよ。ママ、そろそろ怒りはじめたから」

ミス・リースは立ちあがりながら、その壜をハミルトンからとってバッグにしまった。「もう、だいじょうぶです。急にショックをうけたものだから。あんなことはしないって約束したのに……あのひと……」

「ぼくにまかせてくれないか」ハミルトンがいった。

「どうして？」

「あのおばさんをきみに殺させたくないんだ。きみなら殺しかねないからね」

一瞬、ふたりは顔を見合わせた。やがて、すばやく、いらだつような感じの動きで、ミス・リースは壜をハミルトンに手わたした。「それなら、うまくやってください。今夜のうちに」

「いや。あしたがいい。あした、外に連れだすよ――ピクニックがいい。朝早く、山に連れていこう。夜が明けたらすぐにでも」

「臆病風に吹かれて逃げないでくださいね」

「逃げるものか」壜をポケットに入れながら、彼はいった。

それは、本心からでたことばだった。

12

十月の日光は、冷えびえと輝いていた。わずかに消え残った霜柱が芝生にしっとりとおりている。まだ朝早く、ベルモントの街は、青白い靄《もや》のものうい ひろがりにひっそりと包まれている。ハイウェイでは、バンパーとバンパーが触れ合うほど、とぎれのない車の流れがサンフランシスコに向かって半島を進んでいた。

「おや、まあ」ミセス・プリチェットはうんざりしたようにいった。「大渋滞ですねえ」

「あっちへいくわけじゃないんで」ハミルトンはベイショア・フリーウェイから折れてフォードのクーペを側道に乗り入れながらいった。「ロスガトスに向かってますからね」

「そこから先はどうするんです？」ミセス・プリチェットは、いきいきと、まるで子どものような期待を見せて訊いた。「そちらのほうには行ったことがないものですからね」

「それから先はずっと海なんです」マーシャも興奮し、顔を輝かせながらいった。「わたしたち、沿岸道路の一号線を通ってビッグサーに向かうんですよ」

「それはどこなんです？」ミセス・プリチェットが疑いぶかく訊いた。

「モントレーから南にすこしいったサンタルシア山脈にありますのよ。そんなに長くはかかりませんし、ピクニックにはすばらしい場所ですわ」

「けっこうですね」ミセス・プリチェットは座席によりかかり、両手を膝におきながらいった。「ピクニックにさそってくださって、とてもうれしいですわ」

「どういたしまして」ハミルトンは、クーペのアクセルを踏みこみながらいった。

「ゴールデン・ゲート・パークに行ったほうがよかったんじゃないかね」マクフィーフが疑いぶかくいった。

「ひとが多すぎます」ミス・リースが、いかにも論理的に答えた。「ビッグサーは、連邦禁猟保護区ですもの。いまでも野趣に富んでいますわ」

ミセス・プリチェットは、ちょっと心配そうな顔をした。「だいじょうぶですか、そんなところに行っても？」

「絶対、だいじょうぶですわ」ミス・リースが安心させるようにいった。「別に、危険なところなんかありませんもの」

「あなた、お仕事のほうはどうされたんです、ミスタ・ハミルトン？」ミセス・プリチェットが訊いた。「今日は休日じゃないでしょう？　ミスタ・ロウズはお仕事に行きましたよ」

「午後から出社すればいいんですよ」ハミルトンは皮肉ないいかたをした。「だから、ご案内できるんです」

「まあ、うれしい」ミセス・プリチェットは、膝の上でむっちりした手を泳がせながら、楽しそうな声を出した。

暗い顔つきで葉巻をふかしながらマクフィーフがいった。「いったいなにをしようっていうんだ、ハミルトン。なにか悪さでもしようとしてるんじゃないのか?」胸の悪くなるような葉巻の煙が蔓《つる》のようにミセス・プリチェットのすわっているうしろの座席に流れていった。彼女は眉をひそめ、葉巻を消滅させた。マクフィーフは、自分が宙をつかんでいるのに気がついた。一瞬、彼の顔は真っ赤になったが、徐々にその色が薄れた。「ああ」彼はつぶやいた。

「なにかおっしゃいました?」ミセス・プリチェットが促した。

マクフィーフはことばが出てこなかった。不器用な手つきでポケットを探る。なにか奇蹟がおこって、一本ぐらいは見逃された葉巻が残ってるんじゃないかと思ったらしい。

「ミセス・プリチェット」ハミルトンはさりげなくいった。「考えたことはありませんか、アイルランド人くらい文化に貢献したことのない人種はいないって? アイルランドには著名な画家もいないし、音楽家もいないし――」

「おい、なにをいいだすんだ」マクフィーフがギョッとしていった。

「音楽家がいないんですって?」ミセス・プリチェットは驚いていった。「まあ、あなた、それほんとうですの? それは知りませんでしたわ」

「アイルランド人は野蛮な人種です」ハミルトンは、サディスティックなよろこびを感じながらつづけた。「やつらのすることといったら――」

「ジョージ・バーナード・ショウがいるぞ!」マクフィーフは、恐怖にかられてどなった。

「世界最高の劇作家じゃないか！　ウィリアム・バトラー・イエーツ、偉大な詩人だ。ジェームズ・ジョイス――」あわててことばを探した。「彼も詩人だ」

「『ユリシーズ』の作者じゃないか」ハミルトンが補足した。「ワイセツで野卑な表現のために何年も禁書になっていた」

「『ユリシーズ』は偉大な芸術作品だぞ」マクフィーフはがなりたてた。

ミセス・プリチェットは、思い当たったらしい。「そうですね」彼女は判決をくだした。「あの作品に対する判決は、〝芸術作品である〟でしたよ。ミスタ・ハミルトン、あなたまちがってますわ。アイルランド人は、演劇や詩の領域では卓越した才能をもっていますよ」

「スウィフトもいる」マクフィーフは勇気を出してささやいた。「『ガリヴァー旅行記』を書いてるじゃないか。世界をあっといわせた作品だぞ」

「なるほどね」ハミルトンは、あっさりと退却した。「ぼくの負けだな」

恐怖のあまり気を失いそうだったマクフィーフは、あえぎながら汗をかき、その顔は土気色だった。

「なんてことをするの？」マーシャは、唇を夫の耳もとに寄せて、非難するようにいった。

「あなたは――けだものね」

ミス・リースはおもしろがって見ていたが、あらためて尊敬の眼でハミルトンを見なおした。「あとちょっとでしたね」

「確かに、もうちょっとだったな」ハミルトンは答えたが、こうして思い返してみると自分のしたことにショックをうけた。「ごめんよ、チャーリイ」

「忘れろよ」マクフィーフは、むっとした顔でつぶやいた。

道路の右手には荒れ果てた原野がひろがっていた。車を走らせながらハミルトンは心のなかを探った。ここにはなにかがあったはずだ。ずいぶん考えてから、やっと思いだした。この一帯には、さまざまな重工業の大工場や精錬所が轟音をあげていたはずだ。インク、油脂、化学薬品、プラスチック、製材……そうした工場がすべて消えていた。ただ、空虚な荒野がひろがっているだけだった。

「以前に、ここにきたことがありましたの」ミセス・プリチェットは彼の顔の表情を見ていった。「ここにあったものは、みんな消してしまいました。不潔で、悪臭のたちこめた騒がしい場所でしたからね」

「すると、いわゆる工場というものは、ひとつもないんですか？」ハミルトンは訊いた。

「ビル・ロウズは失望するでしょうね、石鹸の仕事がなくなったら」

「石鹸の工場は残しておきましたわ」ミセス・プリチェットは敬虔《けいけん》な口調でいった。「少なくとも、石鹸工場はいい匂いがしますからね」

ある意味で堕落したともいえたが、ハミルトンはひどく愉快になりはじめた。ここは完璧に欠陥品の世界だ。いまにも倒れそうで不安定な世界。手をかるく動かしただけで、ミセス・プリチェットは全世界の工場地帯を一掃してしまった。確かに、この幻想世界は長続きしそうもない。根本的な土台が壊され、くずれかけているのだから。生まれてくるひともいなければ、生みだされるものもない……ものを生みだすカテゴリーのすべてが、もはや存在していないのだ。セックスや出産は、ただ医学の専門家しか知らない病的症例となりはてている。この幻想世界は、それ自身のもって生まれた論理によって、崩壊しかかっているのだ。

おかげで、あるアイデアが浮かんだ。もしかしたら、いままでのやりかたはまちがっていたのかもしれない。猫の皮をひんむいてやるにしても、もっと手っとり早い楽な方法があるのかもしれない。

猫の皮をひんむくか。だけど猫なんてもう一匹もいない。ニニー・ナムキャットのことを思いだしてしまった。かわいそうに。やりばのない怒りがこみあげて胸がつまった。猫は、偶然、彼女の行く手にいただけなのに……まあいいさ、少なくとも猫は、現実の世界にもどったのだから。アーサー・シルヴェスターもニニー・ナムキャットも、蚊やブヨも、インク工場も、ロシアも、現実の世界では、いまもどうにかやっているはずだ。そう考えると、すっかり気分が晴れてきた。

とにかく、ニニーだってこんな世界はいやだったはずだ。ネズミも、ハエも、すっかり消えてしまっていたのだから。それにこの歪んだ世界では、裏のフェンスで恋を語ることもできない。

「ほら、ごらんなさい」ハミルトンは、はじめて気がついたようにいった。スラムのような町のたたずまいがひろがってきた。撞球場、靴磨き所、いかがわしいホテルがつづいた。

「みっともない」彼はいった。「胸が悪くなりますね」

撞球場も、靴磨き所も、いかがわしい感じのホテルも存在することをやめた。全世界の構造に、またひろびろとした空間ができてしまった。

「これでよくなったわね」マーシャは、いくぶん不安そうにいった。「だけど、ジャック、あなたが指摘するより、ミセス・プリチェットがご自分でお決めになったほうがいいんじゃないかしら？」

「お手伝いしようとしてるだけだよ」ハミルトンはにこやかにいった。「とにかくぼくも、大衆に文化をもたらす仕事についてるんだから」

ミス・リースが、すぐに別の目標を見つけてしまった。「あの警官をごらんなさい」彼女がいった。「かわいそうに、あのドライバー、交通違反のキップをわたされていますわ。どうしてあんなことをするのかしら？」

「ドライバーが気の毒だな」ハミルトンは、心から同意した。「あのふとっちょに、こっぴどくいじめられているらしい。あの警官もアイルランド系じゃないかな。あいつらは、いつも、ああなんだ」

「あの警官はイタリア系に見えますよ、あたくしには」ミセス・プリチェットが、したり顔でいった。「だけど、警官はいつもいいことをするんでしょ、ミスタ・ハミルトン？あたくしは警官が悪いことをするなんて――」

「警察は悪いことはしませんよ」ハミルトンが認めた。「でも、交通巡査は話が別です。違いますね」

「そうですね」ミセス・プリチェットがうなずきながらいった。「わかりましたわ」道路の左手にいた警官を含めて、交通巡査がいっぺんに消えてしまった。マクフィーフ以外のみんなが、ほっとしたような吐息を洩らした。

「ぼくをにらむなよ」ハミルトンがいった。「うらむんなら、ミス・リースだ」

「ミス・リースを消してください」マクフィーフがカッとなっていった。

「おいおい、チャーリイ」ハミルトンは、にやにやしながらいった。「そいつはどうも、人道精神にもとることだぞ」

「そうですね」ミセス・プリチェットがおごそかに同意した。「あなたには驚きましたよ、ミスタ・マクフィーフ」

マクフィーフは怒りを抑えつけ、窓の外をにらみつけた。「だれか、あの湿地をかたづけるべきだな」彼がいった。「いやな臭いが天国まで届くからね」

臭いが消えた。いや、臭いばかりか、沼地自体がなくなってしまった。そのかわり、一種ぼんやりしたくぼ地が道路にそってひろがっていた。ちらっと眼を走らせながら、ハミルトンはここにあった沼地の深さはどれくらいだったのだろうと思った。おそらくほんの数メートルもなかったのだろう……泥のぬかるみは、そんなに深くなかったのだ。不機嫌そうにひと握りの野鳥が道路の上にバタバタと群がった。もともとこの沼沢地に棲息していた鳥だった。

「うわあ」デイヴィッド・プリチェットがいった。「すっごく、おもしろいね」

「きみもやってみたら」ハミルトンは屈託もなくいった。「きみもなにか気に入らないものはないのかい？」

デイヴィッドは考えこみながらいった。「ぼくには気に入らないものなんてないよ。ぼく、なんでも見たいんだ」

このことばにハミルトンは落ちつきをとりもどした。「きみはだいじょうぶだ」少年にいってやった。「その考えは、だれにも変えさせてはいけないよ」

「でも調べるものがなにもなかったら、科学者にはなれないんじゃないの？」デイヴィッドは知りたがった。「顕微鏡で見るために、沼の水をどこでとればいいの。湿地がみんな消えちゃったのに」

「湿地ですって」ミセス・プリチェットは、なんのことかよくわからないといったようすでくり返した。「なんのこと、デイヴィッド？　あたくしにはどうも――」

「それに、野原にころがってた割れた空《あ》き壜もなくなっちゃったんだ」デイヴィッドは憤然として文句を並べた。「甲虫を集めたくても、もう甲虫は一匹もいなくなっちゃったし。ヘビもみんないなくなっちゃったから、ヘビとりの仕掛けがむだになっちゃったじゃないか。線路で石炭を積んだ貨車を見るのが好きだったのに、かわりになにを見ればいいんだい？　石炭なんか、どこにもなくなっちゃったよ。それにぼくは、パーカーのインク工場によくかよってたんだ……ところが、それもなくなっちゃった。ママは、なにもかも消しちゃうの？」

「いいものは残しますよ」母親は、叱るようにいった。「ぼうやのためになるものは、なんでも残しておきますからね。ぼうやだって、汚らわしい不愉快なことをして遊ぶなんていやでしょう？」

「だって」デイヴィッドは、元気につづけた。「ぼくの家の向かい側に引っ越してきた女の子のエレナー・ルートはね、ぼくにはなくてあの子にあるものを見せてくれるっていうんだよ。だから、ぼく、あの子といっしょにガレージのうしろに行ったんだけど、あの子ったら、そんなものもってないんだ。だからぼく、そのことはあまり考えないことにしてるんだよ」

顔を真っ赤にしたミセス・プリチェットはあわててことばを探した。「デイヴィッド・プリチェット」彼女がどなった。「あなたは汚らわしい心を持った変質者ですよ、子どものくせに。いったい、おまえはどうしたっていうの？　よくも、そんなことを！」

「父親の血が流れているんですね」すかさずハミルトンがいった。「悪い血が流れている」

「そのとおりですよ」呼吸をするのもやっといったようすで、ミセス・プリチェットは早口にたたみかけた。「あたくしの血をうけつがなかったことはたしかです。デイヴィッド、家に帰ったら、いやというくらい鞭でお仕置きをしてあげますからね。一週間はすわることもできなくなるくらいですよ。いったい、いままであたくしが――」

「廃止されたらどうです」ミス・リースが、冷静にいった。

「ぼくを消すな！」デイヴィッドはけんか腰で叫んだ。「そんなことはしないほうがいいよ、それだけはいっとくからね」

「この件はあとで話をしましょう」母親は、ピシリとたたきつけるようにいって、顎をしゃくりあげた。眼がぎらぎら燃えている。「いまは、あなたとお話しすることはありません」

「ちぇっ」デイヴィッドはうんざりして悪態をついた。

「あとでおじさんと話そう」ハミルトンがいった。

「そんなことはなさらないでください」ミセス・プリチェットが、いかめしくいった。「この子が汚らわしいことをやめないかぎり、立派なひとたちとはおつきあいできないってことを、この子にはっきりと教えこまなければいけないんですから」

「ぼくだって、ちょっとは汚らわしいことを」ハミルトンはいいかけたが、マーシャにくるぶしを蹴られ、あわてて沈黙した。

「わたしがあなただったら」マーシャが、小声でいった。「よけいなことはいわないようにするわね」

混乱し興奮したミセス・プリチェットは、黙りこくったまま窓の外を眺め、こんどは体系的に、さまざまなカテゴリーを消していった。破れてぐらぐらしている風車のついた古ぼけた農家が消えた。道路わきに棄てられて錆だらけになっている古い自動車が、この宇宙から姿を消した。屋外トイレが消え、枯木も、ぼろぼろの厩舎、塵芥の山、身なりの貧しい果物摘みの労働者も消えてしまった。

「あそこにあるのはなんです?」ミセス・プリチェットは、いらだたしげに訊いた。右手に、コンクリート造りの、いかつい、不格好な建物があった。「あれは」ハミルトンが教えた。「パシフィック・ガス&電力会社の発電所ですよ。高圧線を中継しているんです」

「そうですか」ミセス・プリチェットが認めた。「すると、あれは有益なわけですね」

「まあ、そう考えるひとは多いでしょうね」ハミルトンがいった。

「でも、もう少し外見が立派に見えるようにしなければねえ」ミセス・プリチェットのご託宣だった。その建物のそばを通ったとき、その輪郭がかすんで揺れた。発電所をあとにしたとき、その建物は、屋根がタイル張りの別荘風の建物になり、金蓮花《キンレンカ》の花がパステル・カラーの壁にまつわりついていた。

「綺麗だわ」マーシャがつぶやいた。

「発電所のやつがケーブルを調べに出てくるまで待ってみましょうか」ハミルトンがいった。「みんな驚くだろうな」

「いいえ」ミス・リースがすました微笑を浮かべて訂正した。「だれも気がつくものですか」

ハミルトンがフォードを駆って、一号線からロスパドレス国立森林公園の混沌と緑なす荒野に出たときは、まだ正午にもなっていなかった。八方に、巨大な杉がそそり立ち、ここから奥はビッグサー、さらにコーン山頂《ピーク》へとあがる狭い傾斜路の両側には、冷たく暗い闇につつまれた空《あ》き地がおびやかすように点在していた。

「おっかないね」デイヴィッドが、そんなことをいった。

登り坂だった。やがて、明るい灌木や草のしげみのひろがる広大な斜面に出た。しなやかな常緑樹のあいだに地表を破って岩があちこちに露出している。そして、イーディス・プリチェットの大好きな花、カリフォルニア・ゴールデン・ポピー《ハナビシソウ》が無数に咲きみだれていた。その光景にミセス・プリチェットは思わずよろこびの叫びをあげた。

「まあ、なんて美しいんでしょう！　ここをピクニックの場所にしましょうね！」

ハミルトンは、おとなしくそのことばにしたがって道路からはずれ、この草地に車を向けた。タイヤの轍《わだち》のあとに入ったのでガクンガクンと揺れた。ミセス・プリチェットが消すのが間に合わなかったのだった。やがて車をとめ、ハミルトンはエンジンを切った。ラジエーターがかすかに音を立て、鳥のさえずる声が響いているだけで、あたりはひっそりと静まり返っていた。

「さあ」ハミルトンがいった。「着きましたよ」

みんながぞろぞろと車から降りた。男たちは荷物を入れるコンパートメントから食物のバスケットを出した。マーシャは毛布とカメラをもっていた。ミス・リースは温かいお茶をつめた魔法瓶をもっている。デイヴィッドは、あたりをはねまわっていたが、長い棒をひろって草のしげみをなぎ払った。ウズラの家族がバタバタ飛び立った。

「まあ、かわいらしい」ミセス・プリチェットが眼にとめた。「ほら、あのウズラの赤ちゃんが、あんなふうにして」

ほかに人間の姿は見えなかった。広大にひろがる森林地帯が、リボンのようにひろがる太平洋に向かってつづいている。はるか下には限りなくつづく灰色の道路と、さらに遠くまで揺れ動く大海原のたたずまいに、さすがのディヴィッドまでが感に堪《た》えないような顔をしていた。

「うわあ」低い声を洩らした。「デカいなあ」

ミセス・プリチェットが食事をするのに最適の場所を選び、毛布がていねいにひろげられた。バスケットが開けられる。ナプキン、紙の皿、フォーク、コップが楽しい雰囲気のなかで手から手にわたされた。

近くの常緑樹の蔭に隠れて、ハミルトンはクロロフォルムの用意をした。だれも気がつかないのを見すまして、ハンカチーフをひろげて、クロロフォルムをしみこませた。冷たい真昼の風が、クロロフォルムの臭いを吹き散らした。だれにも危険はない。ただひとりの鼻と口と呼吸器官だけが脅威にさらされるだけだ。手っとり早いし、安全だし、効果的だった。

「なにをしているの、ジャック？」マーシャが不意に耳もとでささやいた。思わずギョッとして動いた拍子に壜を落としそうになった。

「なんでもないよ」彼は、そっけなくいった。「あっちにもどって、ゆで卵の殻でも割ってろよ」

「なにかしていたわ」マーシャは眉をひそめて、がっしりした彼の肩ごしにのぞきこもうとした。「ジャック！　それ、ネコイラズじゃないの？」

彼は頬を歪めた。「風邪薬だよ。ぼくは鼻水がでるんでね」

マーシャは茶褐色の眼を大きく見張っていった。「なにかするつもりなのね、あなた。わたしにはわかるのよ。なにかたくらんでるときは、きまって、うしろめたいようなようすを見せるんだもの」

「ぼくは、こんなばかげたことを終わらせてやるんだ」ハミルトンはものものしくいった。「とことこに到るまでに、もう充分すぎるほどがまんしてきたんだ」

マーシャの指さきが、強く、するどく彼の腕にかけられた。「ジャック、お願いだから――」

「この世界がそんなに気に入っているのか？」ハミルトンは、はげしく彼女の手をふりほどいた。「おまえとロウズとマクフィーフ。楽しくやっているみたいだものな。ここにずっといたいんだろ。ところがあの鬼ババアは、ひとや動物や昆虫を消しつづけているんだぞ――あのばあさんの貧弱な想像力でいっさいが決められているんだ」

「ジャック、なにもしないで。お願いだから。約束して！」

「せっかくだが」彼はいった。「もう決めたんだよ。もはや賽《さい》は投げられた」

近眼らしく眼を細めてふたりを見ると、草地の向こうからミセス・プリチェットが呼んだ。「こっちへいらっしゃい、ジャック、マーシャ。ハムにヨーグルトがあるのよ。急がないとあなたたちの分がなくなってしまいますよ！」

ハミルトンの行く手に立ちはだかって、マーシャがいっきにまくしたてた。「わたしがそんなことはさせないわ。そんなこと、できるはずがないのよ、ジャック。わからないの？　アーサー・シルヴェスターのことを考えてごらんなさい。それに——」

「どけよ」彼は、むっとして押しのけた。「薬が蒸発しちゃうじゃないか」

不意にマーシャの眼に涙があふれ、ハミルトンは驚いた。「ねえ、お願い。わたしはどうしたらいいの？　あなたが消されてしまったら、とても耐えられない。わたしは死ぬわ」

ハミルトンの気がくじけた。「なにをいうんだ」

「ほんとうよ」涙がとめどなく頬にこぼれた。マーシャはしがみつき、押しもどそうとする。むろん、これは無益なことだった。ミス・リースがうまくイーディス・プリチェットに話しかけ、ハミルトンに背中を向ける格好にさせていた。デイヴィッドは、なにか興奮しながらしゃべりつづけ、見つけてきた奇妙な石をふりまわしながら、遠くを指さして、母親の注意をひきつけていた。機はまさに熟した。あとは行動あるのみ。こんなチャンスは二度とこないだろう。

「あっちに行っておいで」ハミルトンはそっといった。「見たくなかったら、うしろを向いているんだ」力をこめて彼女の指をはずすと、彼女を押しのけた。「これはきみのためでもあるんだ。きみやロウズ、ニニー、ぼくたちみんなのためになることなんだ。それにマクフィーフの葉巻のためでもある」

「あなたを愛しているのよ、ジャック」マーシャはひどくふるえていた。

「ぐずぐずしてられないんだ」彼は答えた。「いいね？」

彼女はうなずいた。「わかったわ。幸運を」

「ありがとう」ピクニックの席に向かいながら、彼はいった。「シルキーのこと、きみがぼくを許してくれて、うれしいと思っているよ」

「あなたはわたしを許してくれるの？」

「いや」彼は冷たく突き放した。「でも、またシルキーに会えたら、たぶん許せるよ」

「そうなるように祈ってるわ」マーシャがつらそうにいった。

「ちゃんと指を交叉させて祈るんだよ」弾力のある地表の上を踏みしめながら、彼女を残し、でっぷりして不格好なイーディス・プリチェットに向かって、背後から急いで歩いていった。

ミセス・プリチェットは、コップに熱いオレンジ・ティーを注いで飲んでいるところだった。左手に半分かじったゆで卵をもっている。むっちりした膝にポテト・サラダと、甘く煮たアプリコットの皿をのせていた。ハミルトンが近寄って、すばやくかがみこんだとき、ミス・リースがはっきりした声でこの婦人にいった。「ミセス・プリチェット、お砂糖をこちらにまわしてくれませんか」

「ええ、どうぞどうぞ」ミセス・プリチェットは愛想よく答えて、ゆで卵をおき、砂糖が入った蠟びきの紙包をとった。「あら」彼女は鼻にしわをよせて、ことばをつづけた。「なにかへんな臭いが？」

とたんに、ハミルトンのふるえる手からクロロフォルムをしみこませたハンカチーフが消えた。尻のポケットにいれてあった壜も、あっというまに消えてなくなった。ミセス・プリチェットは、砂糖袋をミス・リースの力ない手に上品にわたすと、またゆで卵にもどった。終わってしまったのだ。作戦は静かに、しかも完璧に失敗した。

「とてもおいしいお茶ですよ」マーシャがゆっくり寄ってきたとき、ミセス・プリチェットが声をかけた。「あなたをほめてあげなければいけませんわね。ほんとうに、とてもお料理がお上手ですこと」

「やあ、これはすごいな」ハミルトンがいった。地面の上に腰をおろして、ごしごし両手をすりあわせながら、並べられた食物に眼をやった。「なにから食べようかな」

デイヴィッド・プリチェットが眼を大きくして、ハミルトンに向かって口をポカンと開けた。「壜がなくなっちゃった！」彼は大声でいった。「ママがとっちゃったんだ！」

そのことばには返事をせずに、ハミルトンは食物を手もとに引き寄せた。「ひととおりいただいてもいいですか」彼は、感動したような声を出した。「なかなかおいしそうだな」

「どうぞ、召し上がってください」ミセス・プリチェットは卵を口いっぱいにほおばりながらいった。「このセロリとクリーム・チーズを食べてごらんなさいな。ほんとうに、すばらしい味ですのよ」

「やあ、どうも」ハミルトンがいった。「さっそくちょうだいしましょう」

絶望してヒステリックになったデイヴィッド・プリチェットは、さっと立ちあがり、母親に指をつきつけてどなった。「ママは意地悪魔女だ――クロロフォルムをとっちゃった。どこかへ消しちゃったんだ。ぼくたち、どうするのさ！」

「そうですよ、ぼうや」ミセス・プリチェットは、ごくあたりまえの顔つきでいった。「いやな悪臭のする薬品ですからね、あんなものなんにするのか知らないけれど。さあ、早くお食事をすませて、羊歯《しだ》の種類がどれくらい見わけられるか、試してごらんなさい」

妙に緊張した小さな声で、ミス・リースがいった。「ミセス・プリチェット、あなたはどうなさるつもりなんですの、あたしたちを？」

「はあ」ミセス・プリチェットは、またポテト・サラダを頬ばりながらいった。「なんのことでしょうか？　さあ、なにか召し上がってごらんなさい、あなた。あなたは、ほんとうに痩せすぎですよ。もう少し太らないとね」

みんなは機械的に食事をつづけた。ミセス・プリチェットだけは、おいしそうに食べていた。おいしくてたまらないといったようすで食べていた……しかも、たいへんな量を。

「ここはほんとうに静かですねえ」彼女がいった。「風が松をそよがせる音だけが聞こえてきて」

はるか上空に、飛行機が一機、かすかな爆音を響かせて現われた。海岸へと向かう沿岸警備隊の偵察機だった。

「おやおや」ミセス・プリチェットは、眉をヒクッと寄せていった。「いやなものが飛んできたわ」その偵察機だけでなく、すべての航空機が消されてしまった。

「なるほど」ハミルトンが、無頓着さを装いいった。「そういうわけですか。こんどはなにかな」

「湿気ですよ」ミセス・プリチェットは、強調するようにいった。

「なんですって？」このご婦人は不快そうに、からだのまわりにクッションを寄せた。「地面が湿っているのが感じられますね。とても気持ちが悪い」

「抽象的なものも消すことができるのですか？」ミス・リースが訊いた。

「できますとも」六人がすわっている地面はみるみるトーストのように温かく乾いてきた。

「風も出てきたようね、少し寒すぎませんか？」風が凪《な》いだ。「さあ、これでどうかしら」

とてつもなく奔放な考えがハミルトンの心に浮かんだ。いまさら、失うものなどない。行き着くところまで、行ってしまったのだから。「あの海の色はいやな色じゃありませんか？」彼はいった。「どうにも不快な色ですね」

とたんに海の色は、ものうく重苦しい色であることをやめた。明るいパステル・グリーンに変化した。

「ずっとよくなったわ」マーシャがなんとか話をあわせた。夫のそばにぴったり寄りそってすわり、しっかり彼の手にとりすがっていた。「ああ、あなた——」彼女は、絶望したようになにかをいいかけた。

彼女のからだをぐいっと引き寄せながら、ハミルトンがいった。「ほら、あそこに飛んでいるカモメを見てごらん」

「魚を探しているのよ」ミス・リースがいった。

「邪悪な心をもった鳥だ」ハミルトンがいった。「弱い魚を殺すんだからね」

カモメは消えた。

「だけど、魚なんて殺されて当然よ」ミス・リースが考え深そうに指摘した。「水中の微生物を食べるでしょう、単純な細胞しかない原生動物を」

「邪悪な、不潔なやつらだ、魚ってやつは」ハミルトンが元気よくいった。

かすかな波紋が海の上を走ったようだった。カテゴリーとしての魚類は存在することをやめた。ピクニックの席でも、みんなの前で燻製ニシンがひとつ残らず消えてしまった。

「まあ、どうしましょう」マーシャがいった。「あれはノルウェーから輸入したものなのに」

「輸入品だとけっこう高かったんじゃないか」マクフィーフが、げっそりしたようにいった。

「輸入品はなんでも値段がバカ高いからね」

「だれが金なんか欲しいものか」ハミルトンがいった。小銭をつかみだして、みんな山の斜面に投げつけた。きらきら輝く硬貨が、午後の日差しをうけて明るく散乱した。「汚らわしいものじゃないか」

輝いていた硬貨が消えてしまった。ポケットのなかで、財布が奇妙なぐあいにクニャッとなった。紙幣が消えてしまったのだ。

「おもしろいわ」ミセス・プリチェットはくすくす笑った。「みなさんが手伝ってくださるので助かりますわ。ときどき、あたくし、なにを消したらいいかわからなくなってしまうから」

斜面のはるか下に、牛が一頭、ゆっくり歩いてくるのが見えた。見ているうちに、牛は人前ではいえないような所業におよんだ。「牛を消しましょう!」ミス・リースが叫んだが、それは不必要だった。このときにはイーディス・プリチェットも不快に感じていたから、牛はかき消された。

とたんに、ハミルトンは自分のズボンのベルトがなくなったのに気がついた。マーシャの靴もなくなった。ミス・リースのバッグもなくなった。みんな牛革でできたものだった。それに、ピクニックの席ではヨーグルトとクリーム・チーズが消えていた。

ミス・リースがからだをかがめて、乾ききって、ちくちくする雑草をつまんだ。「いやな草だわ」彼女は文句をいった。「刺すんですもの」

雑草が消えた。さっきまで牛たちが群れて食べていた牧草の大部分が消えてしまった。そのかわりに眼に入るのは、荒涼たる岩と地表だけ。

ヒステリックにあたりをぐるぐる走りまわっていたデイヴィッドが叫んだ。「ウルシがあったよ! ウルシだよ!」

「森のなかにはいっぱいあるよ」ハミルトンが、けしかけるようにいった。「イラクサもあるんだ。それに、とげのあるツタも」

右手の木立ちがふるえた。彼らのまわりで、森は、かすかな、ほとんど眼にとまらないように痙攣した。植物がまばらになったことはだれにも明らかだった。

マーシャは心配そうな顔で、前は靴だったものの残骸を足からとった。布地のスティッチの部分と金属の部分だけしか残っていなかった。「これ、ひどいわ」彼女は悲しそうにハミルトンに向かっていった。

「靴なんか消したほうがいい」ハミルトンがすすめた。

「それも悪くないわね」ミセス・プリチェットはすっかり熱中して眼を輝かせながら賛成した。「靴をはくと、足が痛くなりますからね」マーシャが手にしていた靴の残りは、ほかのみんなのいろいろな靴といっしょに消えてしまった。マクフィーフの大きな靴下が日光の下でみなの眼にさらされた。すっかりあわてた彼は、足を折り曲げるとからだの下に隠し、見えないようにした。

はるか水平線に、不定期貨物船の煙がかすかに見えた。「のろくさい貨物船だ」ハミルトンがいった。「あんなものは消えたほうがいい」

ぼうっと霞んでいた黒い煙が消えた。商船事業は終焉を告げたのだった。

「これで、ずっと清潔な世界になりましたわ」ミス・リースがいった。

ハイウェイを自動車が一台走っていた。ラジオが甲高い音を出していた。「ラジオを消しましょう」ハミルトンがいった。ノイズがやんだ。「テレビも映画も消しましょうよ」眼に見えて変化したところはなかったが、まちがいなくテレビも映画も消滅したにきまっている。

「それと、安っぽい楽器――アコーデオン、ハーモニカ、バンジョー、ビブラフォンもいりませんね」

全世界の、そうした楽器が消えた。

「広告もいらないわ」ミス・リースが叫んだ。ちょうど、ハイウェイを大きな楕円形のトラックが走っていて、その側面に広告の文字が派手に書きたてられていたのだ。広告の文字が消えた。「トラックも」運転手が道路わきの排水溝に投げだされ、トラックが消えた。

「あのひと、けがをしたかも」マーシャが、よわよわしくいった。もがいていた運転手が即座に消えた。

「ガソリン」ハミルトンがいった。「あのトラックが運んでいたんだ」

全世界のガソリンが消えてしまった。

「オイルに、テレピン油」ミス・リースがつけ加えた。

「ビールに、消毒用アルコールに、お茶」ハミルトンがいった。

「パンケーキ・シロップに、蜂蜜に、サイダー」ミス・リースがいった。

「リンゴ、オレンジ、レモン、アプリコットに、ナシ」マーシャが力なくいった。

「レーズンにモモ」マクフィーフが不機嫌につぶやいた。

「ナッツ、ヤムイモに、サツマイモ」ハミルトンがいった。

ミセス・プリチェットはいわれるままに、そうした多種多様なカテゴリーを地上から消していった。みんなのお茶が入っていた紙コップのなかはからっぽになった。ピクニック用の食物はみるみる減っていった。

「卵とフランクフルト・ソーセージ」ミス・リースは、立ちあがりながら叫んだ。

「チーズに、ドアノブに、コート・ハンガー」ハミルトンも彼女を助けながらつけ加えた。

ミセス・プリチェットはくすくす笑いながら、消してしまうカテゴリーにそれらをつけ加えた。「だけど」彼女は、楽しくて息を弾ませ、興奮しながらいった。「少し度がすぎないかしら？」

「タマネギ、電気トースター、歯ブラシ」マーシャが、はっきりした声でいった。

「硫黄、鉛筆、トマト、小麦粉」デイヴィッドまでがいっしょになっていいはじめた。

「ハーブ、自動車、鋤《すき》」ミス・リースがどなった。彼らの背後で、フォードのクーペが音もなく消えた。ビッグサー・パークの、丘陵や斜面で、またしても植物の数がぐっと少なくなった。

「歩道」ハミルトンがいった。

「噴水式水飲み場と時計」マーシャがいった。

「家具用艶出し剤」デイヴィッドが、ピョンピョン跳ねながらどなった。

「ヘアブラシ」ミス・リースがいった。

「マンガ本」マクフィーフが口をはさんだ。「それに載っているエロっぽい記事。フランス小咄」

「椅子」ハミルトンは、自分の向こう見ずに眼がくらむような気がしたが、いきなりいった。

「長椅子」

「長椅子は不道徳ですわ」興奮のあまり魔法瓶を踏みつけながらミス・リースが賛成した。

「みんななくしてしまいましょう。それにガラスも。ガラスは全部よ」

ミセス・プリチェットは、よろこんで自分の眼鏡をはじめ、ガラスに関係のあるいっさいのカテゴリーを地上から消してしまった。

「金属」ハミルトンは、よわよわしい驚きをこめた声でどなった。

ズボンのジッパーがなくなってしまった。魔法瓶の残骸——金属製の外装部——が消えた。マーシャの小さな腕時計、歯の詰物、女性の下着のフックなどが消えてしまった。

すっかり逆上したディヴィッドは、ふざけまわりながら、どなった。「着る物！」

その刹那《せつな》、みんなは生まれたときのままの裸になってしまった。しかし、問題はほとんどなかった。セックスは、もうとっくの昔になくなっていたからだ。

「植物」マーシャは恐ろしそうに夫のそばに身を寄せながらいった。こんどは、その変化たるや驚くべきものがあった。丘陵や、巨大な山々は、平べったい石のようにつるつるになってしまった。冷たい、青白い太陽の光に灼かれた初秋の赤茶けた土しか残っていない。

「雲」ミス・リースは、顔を歪めながらいった。頭上に、繊細で純白な姿を漂わせていた綿毛のような雲はなくなった。「それに霞《かすみ》も！」とたんに、太陽がはげしく照りつけるようになった。

「海」ハミルトンがいった。パステル・グリーンのひろがりが不意に消滅した。見わたすかぎりひろがる乾いた砂の、信じがたいほどの深みだった。彼は慄然として一瞬ためらってしまったため、ミス・リースに先に叫ばれてしまった。

「砂！」

あの巨大な深みが、さらに深さを増した。その底は視野に収められないほどだった。低い不気味な震動音が足もとの大地を揺るがせ、地上の基本的な均衡が崩れた。

「急いで」ミス・リースは、はげしくあえぎながらいった。その顔は、はげしい情念をむきだしにして歪んでいた。「次はなんなの？　あと残っているものは？」

「都会だよ」デイヴィッドが助け舟を出した。

ハミルトンは、いらだたしそうにデイヴィッドを押しのけた。「峡谷」彼はどなった。瞬時にして、みんなは、まったくおなじ形状をした平野に立っていた。地盤の陥没した部分は、すっかりたいらにならされている。体重も、その姿もさまざまな全裸の青白い六人が、熱っぽい眼であたりを眺めながら立ちつくしていた。

「人間以外の動物すべて」ミス・リースは息も絶えだえにあえぐようにいった。

そのとおりになった。

「人間以外の、あらゆる生命」ハミルトンは、すかさずつけ加えた。

「酸！」ミス・リースがどなると、その瞬間、彼女は苦痛に顔をゆがめ、ひざまずいた。全員があまりの不快感に身もだえした。体内で必要な化学成分がいっきに変化したからだった。

「金属塩！」ハミルトンはどなった。またしても、体内の苦痛に押しひしがれた。

「硝酸塩！」ミス・リースが金切り声でつけ加えた。

「リン！」

「塩化ナトリウム！」

「ヨウ素！」

「カルシウム！」ミス・リースはなかば意識を失いながら倒れこみ、肘をついてからだをささえていた。全員がすさまじい苦痛にさいなまれながら、さまざまな姿態で倒れていた。イーディス・プリチェットの、でっぷりしたからだが、ピクピクふるえながら発作的にのたうちまわっている。さらにさまざまなカテゴリーを消滅させるべく、ゆるんだ口からよだれをたらしながらも、精神を集中していた。

「ヘリウム！」ハミルトンは声をふりしぼった。

「二酸化炭素！」ミス・リースがやっと聞きとれるような低い声でいった。

「ネオン」ハミルトンがつづけた。周囲をとりまくいっさいが、ぐらぐら揺れて消えていった。まるで無限につづく暗黒の混沌のなかにまきこまれたように感じた。「フレオン。グレオン」

「水素」ミス・リースは、ひしひしと押し寄せてくる暗黒のなかに身を泳がせながら、青ざめた唇でそのことばをかたちづくった。

「窒素」ハミルトンは、周囲の非存在の渦にまきこまれながら、祈るようにいった。

最後の力をふりしぼってミス・リースは必死に立ちあがり、ふるえ声でいった。「空気！」

この世界の大気層が、一掃された。肺がすっかり空《から》になったハミルトンは、すさまじく揺れながら迫ってくる死のなかに落ちていった。宇宙がはるかに衰滅してゆくとき、彼の眼はイーディス・プリチェットの無力な姿が、反射的な発作にとらえられて、のたうちまわるのをとらえた。彼女の意識も人格も、もはや消えていた。

勝ったのだ。彼らの生殺与奪の権を握っていたミセス・プリチェットは敗れた。彼女の支配を終わらせたのだ。苦悩にみちた道のりではあったが、ついに解放された……

彼は生きていた。ぐったりと横たわり、わずかな身動きすらできず、ただ胸が上がったり下がったりしている。その指は地面をかきむしっていた。しかし、いったいどこにいるのだろう？

恐ろしいほどの努力で、やっと眼を開けた。

ミセス・プリチェットの世界にいるのではなかった。彼の周囲では、暗黒がものうく脈打つように、うごめいていた。不気味な流れがすさまじい勢いで彼に襲いかかり、圧迫してきた。しかし、ほかの人間の姿、ほかの人間のからだがあちこちに倒れているのが、ぼんやりと見わけられるようになった。

マーシャはぐったりと沈黙したまま、そう遠くない場所に倒れていた。彼女の向こうに、口を開け、眼をうつろに開いたチャーリイ・マクフィーフの大きな図体があった。そして、渦巻く薄闇のなかにぼんやりと、アーサー・シルヴェスター、デイヴィッド・プリチェット、ビル・ロウズのよわよわしいからだ、まだ意識を失ったままのイーディス・プリチェットの大きな、不格好な姿が認められた。

ベバトロンにもどったのだろうか？　ほんの一瞬だったが、ぞくぞくするようなよろこびが胸にあふれた……だがすぐに、それはすべり落ちてしまった。違う、ここはベバトロンではない。ハミルトンの喉に、ゆっくりと慟哭《どうこく》がこみあげ、口からほとばしりそうになった。不気味にのしかかってくるものから逃げだそうとして、必死に、よわよわしく闘った。痩せた、骨に似た生命の殻が徐々に形づくられて、彼に迫ってきたのだった。

ハミルトンの耳に、乾いたささやき声が聞こえてきた。にぶく震動しながら、その音は鳴りやまず、彼に向かって響いてくる。なんどもなんどもくり返すので、彼はとうとうそれを押しもどそうとする無益な努力をやめることにした。

「ありがとう」金属的な声だった。「あなたは自分の役割をうまく果たしたわ。あたしが計画したとおりになったのよ」

「あっちへ行ってくれ！」ハミルトンは悲鳴をあげた。

「すぐに行きますよ」その声は約束した。「全員を立たせてあげて、いつもどおりにできるようにしてあげます。みなさんを見ていたいの。だって、とてもおもしろいんですもの。長いあいだ見ていたのよ。でもこれまでは、こちらの望んでいるような見方はできなかったから。みなさんをもっと身近に見たいんです。一瞬一刻も眼をはなしたくないの。みなさんがすることは全部見ていたい。そばにいたい。その心のうちにいて、必要なときはいつでもとらえることができるように。みなさんにさわりたい。いろいろなことをさせたい。どんな反応を示すか見たいの。あたしは求めています。求めて……」

ようやく自分がどこにいるのか、はっきりしてきた。だれの世界にとらえられたのかわかった。自分の耳と頭のなかに冷酷に響いている、落ちついた金属的なささやきには聞きおぼえがあった。

ジョーン・リースの声だった。

13

「天に感謝を」声が、ゆっくりと几帳面ないいかたをした。女の、きびきびした声だった。

「あたしたち帰ったわ。もとの現実にもどったのよ」

暗黒のわだつみは消えた。もとの見なれた姿があたりにひろがり、ビッグサー・パークの緑なすひろがりとコーン山頂《ピーク》の麓《ふもと》にリボンのようにつづくハイウェイがみるみるうちに実在の姿をとりもどしてきた。

頭上には午後のさわやかな青空がひろがっている。カリフォルニア・ゴールデン・ポピー《ハナビシソウ》が、しっとりした秋の空気のなかで輝いていた。ピクニックに持ってきたもの、魔法瓶や、皿や、紙皿やコップが散らかっていた。ハミルトンの右手には常緑樹のすずやかな繁みが盛りあがっている。フォードのクーペは、なつかしい金属的な輝きを見せて、彼が駐車したこの草原のはずれ、そう遠くない場所で明るく輝いていた。

一羽のカモメが水平線にたなびく霞《かすみ》のなかを飛んでいた。ディーゼル・エンジンのトラックが一台、黒い煙を引きながらハイウェイを騒がしく疾走していく。斜面の途中に茂っている乾ききった木群《こむら》では、一匹のジリスがぼろぼろにくずれた土の穴に向かってジグザグに枝々を飛びまわりながら走っていった。

ハミルトンのまわりではほかのひとたちがうごめいていた。全部で七人だった。ビル・ロウズはサンホセにいて、石鹸工場がなくなったことを残念がっているだろう。苦痛に押しひしがれ、茫然自失の状態だったハミルトンは、やっと妻の姿を眼にすることができるようになった。マーシャはふるえながら膝をついて、ぼんやりあたりを見まわしている。そんなに遠くない位置に、まだ力なく倒れているイーディス・プリチェットの姿があった。さらにその向こうにアーサー・シルヴェスターとデイヴィッド・プリチェットがいた。ピクニックの席の端っこで、チャーリイ・マクフィーフがようやく、よわよわしい身もだえをはじめていた。

ハミルトンのすぐ横に、痩せぎすで貧弱なからだつきのジョーン・リースがすわっていた。この女性は、いささかも動ぜず、バッグと眼鏡をひろいあげて、固くまとめあげた髪にかるく手をやったときも、その顔の表情にほとんど変化は見られなかった。

「天に感謝を」ごくあたりまえのようすで立ちあがりながらくり返した。「もう終わったわ」

彼の意識を回復させたのは、彼女の声だった。

マクフィーフは倒れたままの位置で、ぼんやり彼女に眼を据えていたが、顔はショックのために無表情だった。「もどった」彼は、自分でもなにもわからずにそのことばを口にした。

「そう、あたしたちは現実の世界にもどったのよ」ミス・リースは、そっけないくらいの調子でいった。「よかったわね」となりで湿った草の上に横たわっている、大きな、身動きもしないからだに向かっていった。「さあ、おきるのよ、ミセス・プリチェット。もう、あなたにはあたしたちを支配する力はないんだから」かがみこむような姿勢で、彼女はミセス・プリチェットのでっぷりした腕をつねった。「これでなにもかも、もとどおりになったわ」

「神に感謝しなくては」アーサー・シルヴェスターはやっと立ちあがりながら、哀れっぽくつぶやいた。「しかし、神よ、なんと恐ろしい声だったことか」

「もう終わったの？」マーシャは息をもらした。茶褐色の眼には疑いと安堵がまざりあって、とらえどころのない表情を見せていた。からだをふるわせて、ふらふら立ちあがったが、全身が揺れていた。「あの恐ろしい悪夢も終わったのね……わたしは、ほんの一面しかわからなかったけれど——」

「あれ、なんだったの？」デイヴィッド・プリチェットは恐怖におののきながら、必死に訊いた。「あの場所と、ぼくたちに話しかけた声——」

「もう終わったんだよ」マクフィーフは、敬虔《けいけん》な熱心さを見せて、よわよわしくいった。

「もう安全だ」

「助けおこしてあげるわ、ミスタ・ハミルトン」ミス・リースがそばに寄りながらいった。しなやかで、骨っぽい手をさしのべながら青ざめた唇に微笑を浮かべた。「現実の世界にもどった感想はいかが？」

なんとも挨拶しかねた。恐怖に身をすくめながら、横たわっているほかなかった。

「さあ、元気を出しなさいな」ミス・リースが落ちつき払っていった。「いつかはおきなきゃならないんですから」フォードを指さしながら彼女が説明した。「みんなを乗せて、ベルモントまで送り届けてくださいね。みなさんが一刻も早く家に帰れればそれだけ安全ですし、あたしもうれしいんですから」およそ感情の動きのない、するどい顔つきで彼女はつけ加えた。「みなさんが、もとのところにもどるのを見届けたいんです。それまではどうしても満足できませんものね」

彼の運転は、ほかのこととおなじく機械的できびきびしていたが、みずからの意志によるのではなく反射的な行為にすぎなかった。前方、大きくうねる灰色の丘陵のあいだには、なだらかに、きちんと整備されたハイウェイがひろがっていた。ときどきほかの車がすれちがっていく。やがてベイショア・フリーウェイに近づいてきた。

「もうそんなにかからないわ」ミス・リースが期待をこめていった。「もうほとんどベルモントに着いたようなものよ」

「おい」ハミルトンが、かすれた声でいった。「とぼけるのはやめてくれ。こんなサディスティックなことは、もうよすんだ」

「なんのことかしら？」ミス・リースは、おだやかに訊いた。「なにをいっているのかわからないわ、ミスタ・ハミルトン」

「ぼくたちは現実の世界にもどっているんじゃない。きみの世界に入ったんだ。偏執的な、ロクでもないきみの世界に――」

「でも、みなさんのために現実の世界を創造してあげたのよ」ミス・リースがあっさりと答えた。「おわかりにならないの？　まわりを見てごらんなさい。なかなかみごとなものじゃない？　ずいぶん前から、全部、計画していたとおりよ。なにもかも本来あってしかるべき姿をしているでしょう、見逃しているものはなにひとつないのよ」

その手が白くなるほどハンドルを握りしめながら、ハミルトンがたずねた。「きみは待っていたのか？　ミセス・プリチェットのあとは自分の番だとわかっていたのか？」

「もちろんよ」思わず誇らしげな調子が出てきたが、それを抑えるように静かに説明した。「あなた、頭を働かせないからいけないのよ、ミスタ・ハミルトン。みんなより先にアーサー・シルヴェスターが支配した理由をおぼえている？　意識を失わなかったからだわ。どうしてイーディス・プリチェットがその次だったのかしら？」

「彼女はからだを動かしていたわ」マーシャが全身をこわばらせていった。「あのベバトロンの床の上で。わたし――わたしたちは、夜、夢のなかで彼女を見たのよ」

「もっと自分の夢に注意を払うべきだったわね、ミセス・ハミルトン」ミス・リースがいった。「よく見ていれば、だれがその先に倒れていたか見えたはずよ。ミセス・プリチェットの次に意識を回復しかけていたのはあたしだったわ」

「きみの次は？」ハミルトンが訊いた。

「あたしのあとはどうなってもかまわないわ、ミスタ・ハミルトン、あたしが最後ですもの。

あなたはもどったのよ……あなたの遍歴もいよいよ終わりにきたの。これが、あなたの小さな世界なの、すてきでしょう？　それに、いっさいがあなたのものなのよ。だからこそあたしが創造してあげたの。なんでも欲しいものが自分のものになるわ。すべてが完璧であることに気がつくでしょう……あなたには、もとのままの生活にもどってもらいたいと思っているのよ」

「どうやら、そうしなければならないらしいわ」マーシャがすぐにいった。「選択の余地はないもの」

「どうしておれたちを解放してくれないんだ？」マクフィーフが無益な質問をした。

「そうはいかないのよ、ミスタ・マクフィーフ」ミス・リースが答えた。「そんなことをすれば、あたしは存在することをやめなければならないんですもの」

「かならずしもそうじゃないさ」マクフィーフは、熱心に、ことばをつまらせながらたたみかけた。「おれたちに、なにか使わせることだってできるじゃないか。たとえば――あのクロロフォルムならきみを意識不明にできる。それに――」

「ミスタ・マクフィーフ」ミス・リースは静かにさえぎった。「あたし、このことに関してはずいぶん一所懸命に考えましたのよ。あのベバトロンの事件があって以来、ずっと計画を練ってきました。いつかあたしの番がやってくるとわかったときからずっと。このすべてをなしにしてしまうなんて、もったいないじゃないですか？　もしかしたら、もう二度とチャンスはこないかもしれないのに……そうでしょう。あまりにも貴重でとうてい見逃すことはできないわ。これ以上貴重なチャンスなんてないんだから」

しばらくしてデイヴィッド・プリチェットが指さしながらいった。「ねえ、ベルモントに着いたよ」

「もどったら、さぞ、すてきでしょうね」イーディス・プリチェットが、頼りないふるえ声でいった。「とてもかわいらしい小さな町」

ミス・リースの指示にしたがって、ハミルトンはひとりひとりを家に送り届けた。最後に残ったのは、自分とマーシャだった。ミス・リースのアパートの前に車をとめると、彼女は持ち物を集めて、疲れたように歩道に降り立った。

「あなたがたはそのまま家にお帰りなさい」彼女は力づけるようにいった。「熱いお風呂に入ってベッドにいくのが、いまのおふたりにはいちばんね」

「ありがとう」マーシャは、ほとんど聞こえないくらいの声でいった。

「気持ちを落ちつかせておたがいに楽しむことね」ミス・リースが指示した。「それに、いままでにあったことは忘れるようになさい。もうすんでしまったことですもの。でも、そのことは忘れないようにね」

「ええ」マーシャは、相手の、乾いた、感情のこもらない、学校の教師のような語調に、思わず自分も機械的に答えていた。「忘れないようにしますわ」

アパートの階段に向かって歩道を歩きだしたとき、ミス・リースはふと足をとめた。長いコール天のコートを着ている彼女は人眼を惹くところもなく、かくべつ美しい姿でもなかった。ハンドバッグ、手袋、ドラッグストアで買った《ニューヨーカー》を抱えこんでいるその姿は、どう見てもオフィスから帰宅するごく普通の秘書といったようすだった。夕方の冷たい風が、その砂色の髪をみだす。鼈甲縁《べっこうぶち》の眼鏡ごしに、拡大されて大きくゆがんだその眼が、車のなかにいるふたりをまじまじと見つめた。

「二、三日のうちにお宅へうかがいますわ」彼女は甘ったるくいった。「ゆったりとすわって楽しいおしゃべりをしながら、静かな夜をすごしましょうね」

「そう——けっこうですね」マーシャがいった。

「おやすみなさい」ミス・リースは最後にそういうと、きびきびした会釈をして、くるりと背を向け、階段をあがり、大きな入口のドアの鍵を開け、カーペットが敷かれたアパートの薄暗いロビーに姿を消した。

「さあ、帰りましょう」マーシャは低い、割れたような声でいった。「ジャック、家へ帰るのよ。ねえ、お願いだから、家へ帰って」

できるだけ早く帰った。ガレージの前までクーペをいっきに走らせて、ブレーキをかけ、エンジンを切って荒々しくドアを開けた。

「さあ着いたよ」彼女にいった。マーシャはみじろぎもせずにとなりにすわっていたが、その皮膚は白蠟のように青ざめて冷たくなっていた。やさしく、しかし、力をこめて彼女のからだに手をかけて抱きあげるようにして車から降ろし、両腕をしっかりかかえまわしながら、家の前の道を通って家の横から正面のポーチに出た。

「とにかく」マーシャがふるえながらいった。「ニニー・ナムキャットはもどっているはずよ。それにセックスも、もとにもどったわね。なにもかも、もとどおりじゃない？　これできっといいはずよね？」

彼はなにもいわなかった。一心にドアを開けようとしていた。

「彼女は、わたしたちを支配したいのよ」マーシャがつづけた。「だけど、別にかまわないんじゃないかしら？　ここはわたしたちの世界なんだから。彼女がこの現実を創造してくれたんですもの。わたしには、もとのままとしか見えないわ。あなたにはどこか違うところが見える？　ねえ、ジャック、黙ってばかりいないでなにかいってよ」

ハミルトンは肩でドアを押し開け、居間の照明をつけた。

「家にもどれたのね」マーシャは、すっかりくつろいで踏みこみながら、こわごわあたりを見まわしていった。

「そうさ、もどってきたんだ」彼はドアを荒々しく閉めた。

「ここは、もとからのわたしたちの家じゃないの。前とそっくりそのままよ――ああしたことが全部はじまる前からの」コートのボタンをはずしながら、マーシャは居間を歩きまわり、壁掛けや、書物や、版画や、家具をいちいち調べた。「気分がいいわ、あなたはどう？　とても安心な気分……なにもかも見なれたものばかり。ヘビを降らせる人間もいないし、ものを消滅させるひともいないし……すてきだと思わない？」

「確かに、驚くべきことだね」ハミルトンは、にがにがしくいった。

「ジャック」コートを腕にかけて、静かにそばに寄ってきた。「わたしたちには彼女をどうすることもできないんじゃないの？　ミセス・プリチェットのようなわけにはいかないわ、彼女、頭が切れすぎるもの。わたしたちよりずっと先を歩いているのよ」

「百万年も先を行ってるよ」彼は認めた。「なにもかも計画してあるんだ。考える、腹案を練る、構想する、作戦を立てる……ぼくたちを支配する機会をうかがっていたんだ」ポケットのなかに固くてまるい筒のようなものがあった。彼は怒りをこめてとりだすと壁をめがけてたたきつけた。クロロフォルムの空《あ》き壜がカーペットに跳ね返って、短くころがり、割れずに音もなく静止した。

「あんなもの、ここじゃなんの役にも立たない」彼はいった。「あきらめたほうがよさそうだな。こんどこそほんとうにぼくたちの負けだ」

戸棚からマーシャはハンガーを出してコートをかけはじめた。「ビル・ロウズは気を悪くするわね」

「ぼくは殺されてもしかたがない」

「いいえ」マーシャが反論した。「あなたの罪じゃないわ」

「あいつにあわせる顔がないじゃないか。みんなとあわせる顔がない。きみはイーディス・プリチェットの世界にいたかったのに。ところがぼくはこんな世界に連れてきてしまった――心理的な作戦にみごとにひっかかって」

「気にしないでいいのよ、ジャック。もうどうしようもないんだから」

「そうだね」彼は認めた。「どうにもならないな」

「熱いコーヒーでもいれるわね」キッチンのドアのところで、マーシャは力なくふり向いた。

「ブランデイでも入れる？」

「ああ。そうしてくれ」

無理に微笑しながらマーシャはキッチンに消えた。一瞬、沈黙が流れた。

そのとき彼女の悲鳴が聞こえた。

ハミルトンはすぐに立ちあがって廊下を横ぎり、キッチンのドアに向かって走っていった。すぐにはそれが眼に入らなかった。マーシャがキッチン・テーブルにぐったりと寄りかかり、視界がさえぎられていたからだった。

彼女のからだをつかんで引き寄せたとき、それが眼にとびこんできた。その光景はハミルトンの脳裏に焼きつけられた。思わず眼を閉じ、そのまま妻のからだを引っぱってその場から遠ざけた。彼は片手を妻の口に押しあてて、うめくような悲鳴を抑えながら立っていた。自分もいっしょにわめきだしたくなるのを抑えながら、意志の力をすべてつかって、感情を抑えつけようとした。

ミス・リースは猫が大嫌いだった。猫をこわがっていた。猫は彼女の敵だった。

床にニニー・ナムキャットがいた。内臓をさらけ出して。しかし、まだ生きていた。もつれたかたまりは、まだ動いている内臓の器官だった。ミス・リースの仕業だった。彼女は猫が逃げることを許さなかったのだった。

ふるえ、痙攣し、べっとり濡れながら光る骨や臓器の小さなかたまりが、キッチンの床いちめんでかすかにのたうっている。そのゆっくりした着実な動きはしばらく前からはじまったらしく、おそらくミス・リースの世界が現実となったときからこうなったのだろう。三時間半にわたって、このグロテスクなかたまりは、ピクピクとうごめきながら、キッチンの床にひろがっていたのだ。

「ダメだわ」マーシャが泣き声を出した。「生きてるはずないわ」

裏庭からシャベルをとってきて、ハミルトンはその無残なかたまりをすくいあげ、外に運びだした。すこしでも早く楽にしてやろうと思いながら、バケツに水を張り、まだ動いている臓物や骨や肉をそのなかに入れた。しばらく、その残存物は、じくじく血をにじみだしながら、悶え、半分泳ぐような格好でなんとかバケツからぬけだそうとしていたが、やがて、少しずつ弱まり、最後の痙攣をすると沈んでいった。死んだのだった。

彼はその死骸を焼き、急いで地面を掘って埋めた。手を洗ってシャベルをかたづけてから家にもどった。わずか数分のことだったのに……はるかに長く感じられた。

マーシャは静かに居間にすわっていた。両手を固く合わせて、じっと前を見つめている。ハミルトンが部屋に入っても、眼を向けなかった。「マーシャ」彼はいった。

「終わったの？」

「全部すんだ。あいつは死んだよ。よろこんでいいのかもしれないな。もうあの女だって、あいつをこれ以上どうすることもできないからね」

「ニニーがうらやましいくらい。これから先、わたしたち、どんな目にあわされることか」

「だけどあの女は、猫を憎んでたんだ。ぼくたちは憎まれていないよ」

マーシャがわずかに顔を向けた。「あの晩、あなたがあの女にいったこと、おぼえてないの？　あなた、あの女をおどかしたのよ。彼女だって忘れてはいないはずだわ」

「そうだったね」彼は認めた。「きっと、忘れてはいないだろうな。いや、あの女のことだ、なにもかもおぼえているだろう」キッチンにもどって、彼はコーヒーを淹れた。コップに注いでいると、マーシャが静かに入ってきて、クリームと砂糖をだした。

「そうね」彼女がいった。「あれが答なんだわ」

「なんの問題の？」

「わたしたちが生きていけるかどうか、という問題。答はノーだわ。いいえ、それよりずっと悪いかも」

「生きていけないことより悪いものなんてないよ」彼はそういったが、自分の耳にも、その声に確信がないのが聞きとれた。

「彼女、狂ってるんじゃない？」

「それはまちがいないね。陰謀とか迫害とかいった妄想を抱いた偏執狂だな。彼女の眼にするものすべてに意味があって、そこに自分にたいする陰謀が感じられるんだろうね」

「これでもう、心配なものはなくなったはずね」マーシャがいった。「だって、生まれてはじめてそれと闘う立場に立てたわけだから」

熱いコーヒーをすすりながら、ハミルトンはいった。「ミス・リースは、ここが現実の世界の複製だとほんとうに信じているんじゃないかな。少なくとも、自分にとっての現実の世界だと。まったく、彼女が見ている現実の世界ときたら、ほかのぼくたち全員のどんな空想よりも突拍子もないものだろうね——」ちょっと黙ってから、話をつづけた。「ミス・リースはニーをあんなふうにしてしまった。彼女は、ぼくたちが彼女をあんなふうにしようとしていると考えているのかもしれない。ああしたことが、いつでもおこりうると考えているのかもしれない」

ハミルトンは立ちあがって、家じゅうのブラインドをおろしていった。もう夜だった。太陽は忘却の彼方に沈んだ。家の外の通りは、暗く冷えびえとしていた。

ふだんは鍵をかけておく引き出しから、ハミルトンは四五口径の拳銃を出して、弾丸を装塡しはじめた。「あの女が世界を支配するといっても、全能だというわけではないからね」

彼は、緊張した眼で見つめているマーシャにいった。

その拳銃を上着の内ポケットにしまった。不格好な感じのふくらみを見て、マーシャは力なく微笑した。「まるで犯罪者ね」

「いや、私立探偵だよ」

「オッパイの大きな女秘書はどこにいるの？」

「それは、きみさ」ハミルトンはいって微笑を返した。

マーシャは、はずかしそうに胸に手をあてた。「わたしのからだが——もとにもどったこと、あなた気がついてないんじゃないかと思っていたわ」

「気がついていたよ」

「これでご満足？」はずかしそうに訊いた。

「ぼくはよろこんでがまんするよ。むかしなじみだからね」

「とてもへんな気分なの……わたし、とてもいやらしくなったみたい。禁欲主義者だった反動ね、きっと」唇をかみしめながら、彼女は小さな円を描くようにしてからだを動かした。「わたし、また、この世界に慣れてしまうと思う？　だけど、とてもへんな気持ち……きっと、まだイーディス・プリチェットの影響が残っているのね」

ハミルトンは皮肉にいった。「それは、この前の世界じゃないか。いまはもう、別な監獄に入れられているんだよ」

はずかしいよろこびを感じながら、マーシャは夫のことばを聞こうとしなかった。「階下《した》へ行きましょうよ、ジャック。オーディオ・ルームに行きましょう。あそこで——気分を落ちつけて音楽を聞くの」彼に寄りながら小さな手を彼の肩にかけた。「ねえ、いいでしょう？　どう？」

荒々しくふりほどきながら彼はいった。「別のときにするよ」

マーシャは傷つけられて驚いたような顔で立ちつくした。「どうしたの？」

「おぼえていないのか？」

「ああ」彼女はうなずいた。「あのウェイトレスのことね。消えてしまったんでしょう？

あなたとふたりであの部屋に行っていたあいだに？」

「あの子はウェイトレスじゃないよ」

「わたしもそうじゃないと思ったわ」マーシャは、はればれとした顔つきだった。「でも、いまはもうもどっているはずよ。だからなんでもないじゃないの？　そうじゃないの？　それに――」彼女は安心しきったように彼の顔を見あげた。「あの女のことなんかどうでもいいわ。わたし理解しているもの」

困惑してよいのか、おもしろがってよいのか自分でもわからなかった。「理解するって、なにを理解しているんだ？」

「あなたがどんな気持ちだったかよ。つまり、あのひととは実際にはなにもなかったんでしょう。あのひとは、あなたにとって自分をたしかめるひとつの手段でしかなかった。あなたは、抗議していたのよ」

ハミルトンは腕を妻のからだにまわして引き寄せた。「きみは、信じられないくらい話せる女だな」

「わたしは、ものごとをすべていまふうに見るようにしているの」マーシャがズバリといいきった。

「うれしい話だね」

マーシャはからだを離しながら、なだめるように彼のシャツの襟に手をのばした。「ねえ、いいでしょう？　もう何カ月もレコードを聞かせてもらってないわ、あなたったら……前はよく聞かせてくれたのに。あなたたちふたりが階下《した》に行ったとき、とても嫉妬したのよ。前にわたしたちが好きだった曲を聞きたいわ」

「チャイコフスキーかい？　きみが〝わたしたちが好きだった曲〟っていうときは、いつも、きまってチャイコフスキーだからな」

「先に行って照明と暖房をつけておいてね。すべてがすばらしく、輝いていて、魅惑的な世界をつくっておいてほしいの。わたしが降りていったら、もうすっかり準備ができているようにね」

かるくからだをかがめて彼女の口にキスした。「オーディオ・ルームをエロティシズムあふれるところにしておくよ」

マーシャは、ハミルトンを見て鼻にしわをよせた。「ひどい科学者ね」

階段は暗くて冷たかった。ハミルトンは手さぐりしながら一段ずつ降りていった。気分がすっかりよくなってきた。なじみ深い愛の営みの儀式をこれからとりおこなうのだ。声は出さずにハミングしながら、身についた慣れた足どりで、地下室の暗い深みに足を進めた……なにか粗くて、細いものが足をかすめてまとわりついた。じっとりと濡れ、張りつめたような重い、糸か綱のようなものだ。彼ははげしく足を引いた。ハミルトンの足もと、階段のいちばん下で、なにか髪の毛のようなずっしりと重いものが、オーディオ・ルームにあわてて引っこむと、静かになった。

からだを動かさずに、ハミルトンは階段の壁に手をのばした。腕をのばして下の照明スイッチを探る。指さきがふれ、すばやくスイッチをつけるとすぐに身をおこした。照明がつき、暗闇に黄色い光の束を投げた。

地下室への階段に、粗い紐のようなものが張りめぐらされていた。ある部分は切れていたが、大部分はより合わされて不格好な灰色の綱のようになっている。なにか巨大で、ずんぐりした生きものが大急ぎで織りあげた織物。不格好で乱暴で、およそ優美なところのない蜘蛛の巣だった。足もとの階段には埃がたまっている。天井は、この蜘蛛の巣をつくった生きものが這いずりまわって隅々まで調べたように、巨大で汚れたすじのあとがついていた。

ぐったりとハミルトンは階段に腰をおろした。あの女が、下のオーディオ・ルームの不気味な闇に紛れて、じっと待っているのが感じられる。半分作りかけた蜘蛛の巣に、たまたま彼が足をかけたために、彼女は驚いて逃げこんだのだ。その糸は彼をとらえるほど強くはなかった。まだハミルトンは自由にからだを動かせた――この糸から逃れるために。

ハミルトンはゆっくりと、細心の注意を払って、できるかぎり蜘蛛の巣にさわらないようにしながら身をふりほどこうとした。紐は離れ、足が自由になった。ズボンがねばねばしたものでおおわれた。まるで巨大なナメクジにのしかかられたようだ。ふるえながらも、ハミルトンは手すりをつかみ、階段を引き返しはじめた。

わずか二歩のぼっただけで、足が自分の意志をもったように動かなくなった。どうしても、それ以上まえに進めない。からだのほうは、頭が認めることを拒否したことをちゃんと理解していた。彼は下へと降りていこうとしていたのだ。下のオーディオ・ルームに向かって。

呆然とし、恐怖に駆られながら、からだの向きを変え、階上へと逃げようとした。ところが、またしてもおぞましいことがおこった——ボロボロにくずれながらもからだにまとわりついてくる悪夢。彼は依然として降りてゆく……目の前には暗い影がひろがり、汚物や屑が散乱していた。

彼は捕えられたのだ。

下の深みに眼がくらんだような思いで、うずくまりながら視線を投げていると、物音がした。頭上の、彼の背後にあたる階段のいちばん上にマーシャが姿を現わした。

「ジャック?」ためらいがちに声をかけてきた。

「降りてくるんじゃない」照明の光を背にうけるマーシャがわずかに見えるところまで、なんとか頭をまわしてどなった。「階段から離れていろ」

「だけど——」

「そこにいるんだ」重苦しく息をしながら、彼はしっかりと手すりをつかみ階段にふみとどまりながら、必死に頭を働かせようとした。ゆっくりでいい。なんとしてももどらなければ。上の明るい戸口に向かって、妻のしなやかな姿に向かって、必死によじのぼりつづけなければならないのだ。

「どうしたのかいってちょうだい」マーシャが、するどくいった。

「できない」

「いってよ、さもないと降りていくわよ」本気だった。決意が声に現われていた。

「マーシャ」かすれ声でいった。「階上《うえ》にもどれないんだ」

「けがをしたの？　足を踏みはずしたの？」

「けがはしていない。なにかへんなんだ。上にあがろうとすると……」深い、苦しげな息をした。「なぜか下に降りていってしまうんだ」

「ねえ——わたしにできることはないの？　こっちをむけない？　わたしに背を向けてなきゃいけないの？」

ハミルトンは荒々しく笑った。「よし、そっちを向いてやるぞ」手すりにつかまりながら、注意深くまわれ右をしたが——なぜか依然として埃と影の暗い洞窟に向いているのだ。

「お願い」マーシャが頼むようにいった。「こっちを向いて」

怒りがこみあげてきた……外に現われない無力な怒りだった。困惑しきって悪態をつきながら足を動かした。「ちくしょう」彼はどなった。「この——」

はるか遠くから、玄関の呼び鈴の音が聞こえてきた。

「だれかきたんだわ」マーシャはとりみだしたようにいった。

「なかにいれてやれよ」どうにでもなれという気になっていた。

しばらくマーシャは立ちすくんでいた。それから、スカートをひるがえしていってしまった。ハミルトンの背後で、玄関ホールの照明がつけられ、階段の下に長い不吉な影を作った。長くのびた巨大なハミルトン自身の影だった……

「やれやれ」男の声がした。「そんなところでなにをしているんです、ジャック？」

肩ごしに、ビル・ロウズの暗い、そそり立つような姿がかろうじて見えた。「助けてくれ」ハミルトンは静かにいった。

「わかった」すぐにロウズはそばにきていたマーシャのほうを向いた。「ここにいてくださいよ」彼女に向かっていった。「なにかにつかまっていてください、そうすれば落ちないから」彼女の手をつかんで、その指さきを壁の角にしっかりつかませた。「つかまっていられますね？」

マーシャは声をのんでうなずいた。「ええ――だいじょうぶだと思います」

マーシャのもう一方の手を握って、ロウズは慎重に階段の上に足を踏みだした。そうやってマーシャの手を握ったまま一歩一歩降りてきた。できるだけ降りて、しゃがみこむようにしてハミルトンに手をのばした。

「つかむことができますか？」苦しそうな声になった。

ハミルトンは、うしろを向くことができず、腕をうしろになんとかまわし、全身の力をふりしぼって上にさしのべた。ビル・ロウズの姿は見えなかったが、黒人のはげしい、せわしない息づかいで、すぐ近くにいることだけはわかった。彼のすぐ上で身をのりだすようにして腰をおとし、ロウズはハミルトンの指をつかもうとしていた。

「ダメだ」彼は冷静にいった。「まるで届かない」

ハミルトンはあきらめて、痛くなってきた腕をもとにもどして、階段の上でひと息ついた。

「そのまま待っていてくださいよ」ロウズがいった。「すぐもどってきます」ガタガタ音を立てながら階段を駆けあがって廊下へ行くと、マーシャを引っぱるようにして見えなくなった。

またもどってきたとき、こんどはデイヴィッド・プリチェットを連れていた。

「ミセス・ハミルトンの手をつかむんだよ」彼は少年にいった。「なにもきかないで、いわれたとおりにするんだ」

階段の上の壁の角を片手でつかみ、マーシャはもう一方の手で少年の小さな手をつかんだ。ロウズは少年を連れて階段のできるだけ下まで降りた。それから、デイヴィッドのもう一方の手をつかんでハミルトンのところまで降りてきた。

「さあ、きましたよ」彼がどなった。「いいですか、ジャック?」

手すりにしがみつきながら、ハミルトンはもう一方の手を、眼に見えない背後にさしのべた。ロウズのはげしい息づかいがすぐ近くで聞こえ、ロウズがだんだん近くにくるのが階段のきしみでわかった。それから、思いがけず、ロウズの汗でぬるぬるした手が自分の手をしっかりつかんだ。すさまじい力で、ロウズは手すりをつかんでいる彼を引きあげ、階段の上へとぐいぐいひっぱっていった。

ハミルトンとロウズは息をはずませ、ぜいぜいあえぎながら明るい廊下に倒れた。デイヴィッドが恐ろしそうに離れた。マーシャはふらふらする足を踏みしめて、急いで夫のからだを押さえた。まだハミルトンはふるえていた。

「なにがあったんです?」ロウズは、やっと口がきけるようになったとき、そう訊いた。

「あの下はどうなっているんです?」

「ぼくは——」口をきくのもやっとだった。「もどれなくなったんだ。どっちを向いても」しばらくしてつけ加えた。「もどろうとすると、降りてしまうんだよ」

「下になにかいますよね」ロウズがいった。「見ましたよ」

ハミルトンがうなずいた。「彼女がぼくを待っているんだ」

「彼女?」

「あそこに残してきたんだ。イーディス・プリチェットに消されたとき、彼女はあそこにいたんだ」

マーシャが低くうめいた。「あのウェイトレスのことよ」

「あの女がもどってきた」ハミルトンは、はっきりいった。「でも、もうウェイトレスじゃない。この世界では違うんだ」

「階段を板でふさいでしまったらどうだろう」ロウズがいった。

「そうだね」ハミルトンが同意した。「板でふさごう。あの女を閉じこめてしまえば、ぼくをつかまえられないからね」

「そうしましょう」ロウズは安心させるようにいった。ハミルトンが立ちあがり、蜘蛛の巣の張った暗い地下室への階段をのぞきこんだとき、ロウズとマーシャがしっかり彼の身をささえた。「板でふさいでしまいましょう。あなたがつかまえられないように」

14

「どうしても、ミス・リースをつかまえなきゃいけない」みんなが家の正面の廊下に集まって居間に入ったとき、ハミルトンがいった。「そしたら、あの女を殺すんだ。すばやく完全にね。躊躇《ちゅうちょ》することは許されない。彼女のからだをとり押さえたら即座に殺すんだ」

「おれたちのほうが破滅させられるだろう」マクフィーフがつぶやいた。

「みんながじゃない。まあ、大部分はやられるだろうけど」

「それでも、そのほうがずっといいですよ」ロウズがいった。

「そうだ」ハミルトンがいった。「ただ、ここにすわって待っているより、どんなにいいかわからない。この世界は終わらせなければならないんだよ」

「異議のあるひとは？」アーサー・シルヴェスターが訊いた。

「いいえ」マーシャがいった。「みんな異議なしだわ」

「あなたはどうです、ミセス・プリチェット？」ハミルトンが訊いた。「なにかご意見は？」

「もちろん、あの女は眠らせてあげるべきですよ」ミセス・プリチェットがいった。「かわいそうな女ですからね――」

「かわいそう？」

「だってこんな世界に、あの女はいつも生きているんですよ。恐ろしい狂気の世界。想像してごらんなさいな。毎年毎年、こんな世界に、ですよ……弱肉強食の恐怖の世界」

板張りにした地下室に通じるドアをじっと見つめながら、デイヴィッド・プリチェットがこわごわ訊いた。「あそこの怪物、ここにあがってこない？」

「だいじょうぶだよ」ロウズがいった。「あがってはこないさ。飢え死にするまでね。あるいは、われわれがミス・リースを葬り去るまで」

「それでは衆議一決したわけだ」ハミルトンが断固としていった。「少なくとも、これはたいせつだ。われわれのだれも、この世界で生きていたいとは考えていないわけだからね」

「そうよ」マーシャがいった。「わたしたちはすべきことを決定したわ。こんどは、その方法が問題ね」

「いい質問だ」アーサー・シルヴェスターがいった。「さぞやっかいだろうな」

「しかし不可能じゃない」ハミルトンがいった。「われわれは、あなたを相手にしたときも成功したし、ミセス・プリチェットのときも成功した」

「しかし」シルヴェスターが考え深そうにいった。「新しい世界に閉じこめられるたびにますますひどくなってきていることに、きみは気がついたかね？　こうなってみると、ミセス・プリチェットの世界にもどりたいくらいだ――」

「彼女の世界にいたときは、できることならあんたの世界にもどりたいと思ったものだよ」マクフィーフが陰気にいった。

「なにがいいたいんです？」ハミルトンは不安なおももちで訊いた。

「この次にくる世界に入ったとき、また、おなじことを考えるかもしれないからね」シルヴェスターがいった。

「この次の世界は、ぜったい現実の世界のはずです」ハミルトンがいった。「遅かれ早かれ、われわれはイタチごっこから脱出するんだ」

「だけど、それは先の話よ」マーシャがいった。「わたしたちは八人なのに、まだ三つの世界しか経験していないわ。これからあと五つも世界が待っているのかしら？」

「ぼくたちは三つの幻想世界に入った」ハミルトンがいった。「いかなる点でも現実とはかかわりのない閉ざされた世界ばかりだった。いちどその世界に入ってしまうと身動きできなくなる——どうやっても脱出する道がなくなる。これまでのところは、運が悪かったんだ」彼は考えながらいった。「しかし、三人以外の人間が、幻想の世界に生きているとは思えないんだ」

しばらくしてロウズがいった。「ほんとにいやなやつだね、あんたは」

「だけど、真実かもしれない」

「たぶんね」

「きみを含めての話だよ」

「かんべんしてくれ！」

「きみは神経過敏で、皮肉屋だが、それでいて現実主義者なんだ」ハミルトンがいった。「ぼくだってそうさ。マーシャもそうだし、マクフィーフもそうだ。デイヴィッド・プリチェットもね。ぼくたちはほとんど幻想の領域からは抜けだしていると思う」

「どういう意味ですの、ミスタ・ハミルトン？」ミセス・プリチェットが困った顔をして訊いた。「あたくしにはわかりませんわ」

「おわかりになるとは思っていませんよ」ハミルトンがいった。「その必要もないですから」

「おもしろい」マクフィーフがいった。「きみのいうとおりかもしれんな。きみとおれとロウズとこの少年がきみのいうとおりだということは認めるよ。だけど、マーシャは違うんじゃないかな。こんなことはいいたくないんだがね、ミセス・ハミルトン」

マーシャは青ざめていった。「あなた、まだ忘れないでいるのね？」

「おれにとっちゃ、あれは幻想の世界だからな」

「あれが、わたしにとっての幻想の世界だっていいたいわけね」マーシャは、唇を青ざめさせていった。「ほんとにあなたってひとは――」

「あなたがたはなにをしゃべっているんです？」ロウズがハミルトンに訊いた。

「たいしたことじゃないよ」いらいらしながらハミルトンがいった。

「大事なことかもしれませんよ。いったいなんなんです？」

マーシャは夫にちらっと眼をやった。「みんなに知られても、わたしは平気よ。マクフィーフがもう問題にしてるんだから」

「こいつは問題にしなきゃならなかったんだよ」マクフィーフがまじめにいった。「おれたちの生活のすべてが、そいつにかかっているんだからね」

「マーシャはコミュニストだという非難をうけていたんだ」ハミルトンが説明した。「マクフィーフが告発した。むろん、そんなもの根も葉もない、いいがかりだった」

ロウズが考えこんだ。「これは、重大なことですよ。わたしは、そういった種類の幻想の世界に引きこまれたくない」

「そんなことにはならないよ」ハミルトンが安心させてやった。

冷たい、辛辣に歪んだ薄笑いが、ロウズの黒い顔をかすめた。「あなたには前にいちど痛い目にあってるんですけどね、ジャック」

「すまなかった」

「いいえ」ロウズがこたえた。「あなたのほうが正しかったんですよ、きっと。わたしにしても、香料石鹼の匂いをずっと気に入っていたかどうかわかりませんからね。でも――」彼は肩をすくめた。「いまは、あなたは完全にまちがってますよ。まえのことは忘れて、いまの問題だけを考えましょう。とにかくわれわれがこの混乱から脱出できるまでは――」ここで声がとぎれた。

「ひとつだけいいかな」ハミルトンがいった。「そうしたら、きっぱり忘れることにしよう」

「なんですか？」

「階段でぼくを引っぱりあげてくれて、ほんとうにありがとう」

ロウズの顔に一瞬、微笑が浮かんだ。「いいんですよ、そんなこと。あそこで、ああやってしがみついていたあなたは、ほんとに哀れで悲しそうに見えましたから。たぶん自分が生きてはもどれないとわかっていたって、あのときは降りていったに違いありませんよ。あのとき階段でうずくまっていたあなたは、ほんとうにみじめそうだった。わたしが見た階段の下にいたもののことを考えれば、あたりまえですけどね」

キッチンに向かいながらマーシャはいった。「コーヒーをいれてきます。なにか食べたいひとは？」

「すごく腹がへっているんです」ロウズがすぐにこたえた。「石鹸工場がなくなってたんで、すぐにサンホセからもどったものですから」

「工場があった場所はどうなってた？」マーシャについてみんなで廊下を歩きながら、ハミルトンが訊いた。

「うまくいえないんですがね、なにかの器具をつくっている工場でした。トングにペンチ、外科手術用の道具みたいな締めつける金具ばかり。その道具を手にとって調べてみたんですがね、どうにも、へんてこだった」

「そんな工具はないのか？」

「現実の世界にはないと思いますよ。ミス・リースが、遠くから見たものかなにかでしょう、きっと。自分でもなんだかわからないんだろうな」

「拷問の道具だよ」ハミルトンが推察した。

「なるほど、そうかもしれませんね。もちろん、わたしはそこから逃げだして半島まわりのバスに乗ったんですよ」

小さな脚立の上に乗りながら、マーシャはキッチンのシンクの上の戸棚を開けた。「桃の缶詰はいかが？」彼女は訊いた。

「けっこうですね」ロウズがいった。「手のかからないものなら、なんでもいいですよ」

マーシャが戸棚に手をのばした拍子に、缶詰がころがり落ちて彼女の足にイヤというほどぶつかった。マーシャは苦痛に息をとめて、思わず脚立からとび降りた。次の缶詰がころがり出てきて、一瞬、戸棚の端でとまったかと思うと、まっすぐ下に落ちた。マーシャはあぶなくからだをかしげて、それを避けた。

「戸棚を閉めるんだ」ハミルトンは前に進み出ながらするどく命令した。脚立を使わずに、背のびをして戸棚を閉めてしまった。重い缶詰が戸棚にごつごつぶつかるいやな音が聞こえた。しばらくその音は聞こえていたが、やがて、いやいやながら消えていった。

「偶然ですよ」ミセス・プリチェットが、こともなげにいった。

「合理的に考えてみましょう」ロウズがいった。「こういうことは、しょっちゅうおきるじゃないですか」

「しかし、ここは普通の世界じゃない」アーサー・シルヴェスターが指摘した。「ここはミス・リースの世界なんだ」

「それに、もしこれがミス・リースに対しておこったとしたら、彼女は偶然だとは考えないだろうね」ハミルトンが同意した。

「意図的なものだっていうの？」マーシャは身をかがめてけがをした足をさすりながら、よわよわしく訊いた。「あの桃の缶詰が――」

ハミルトンはその缶詰をとりあげて、壁につけてあるオープナーのところにもっていった。「注意したほうがいい。これからはきっと事故がおこりやすいだろうからね。復讐の手が働いているんだ」

缶詰の桃を皿から一口食べたとき、ロウズは顔をしかめてすぐにその皿をシンクにおいてしまった。「なるほど、あなたのいうとおりだ」

ハミルトンもおそるおそる味見をしてみた。普通の缶詰の桃の味のかわりに、金属的なひどい味がした。むかむかして、あわてて唾をシンクに吐いた。

「ひどい味だ」息がとまりそうだった。

「毒ですよ」ロウズが冷静にいった。「毒にも注意しないといけませんね」

「ひとつひとつチェックしたほうがよさそうですね」ミセス・プリチェットが不快そうにいった。「なにがどんな働きをするか見つけなきゃいけません」

「いい考えだわ」マーシャがふるえながら、賛成した。「そうすれば、びっくりしないですむもの」痛そうに靴をはきなおすと、夫の肩によりかかった。「悪意や憎悪がこもって、ひとを傷つけようとするものはみんな、それに生きているものは全部調べなきゃ……」

みんなが廊下を戻ろうとしたとき、居間の照明が静かに消えた。居間は真っ暗になってしまった。

「ほら」ハミルトンがおだやかにいった。「また事故だ。電球が切れたんだ。だれが行ってなおしてくる？」

だれも自分から進んで行こうとする者はいなかった。

「あのままにしておこう」ハミルトンがきめた。「取り換えるまでのことはないさ。あしたの昼間、ぼくがなおしておこう」

「どうなるの、みんな消えてしまったら？」マーシャが訊いた。

「いい質問だね」ハミルトンが認めた。「ぼくには返事のしようがない。そんなことにでもなれば、必死になって蠟燭を探すことになるだろうな。あるいは独立して光を放つ、懐中電灯や煙草のライターのようなものをね」

「かわいそうな狂人だわ」マーシャがつぶやいた。「考えてもごらんなさい――照明が消えるたびに、彼女は暗闇にじっとすわって怪物がおそいかかってくるのを待っているのよ。そのあいだずっと、これも精巧にしくまれた陰謀にちがいないって思いながら」

「いまのおれたちそっくりだな」マクフィーフが、にがにがしげにいった。

「だけど、事実そうなんですよ」ロウズがいった。「この世界は彼女の世界ですからね。ここで、照明が消えたら——」

暗闇のなかで居間の電話が鳴りはじめた。

「ほら、あれもそうだよ」ハミルトンがいった。「電話が鳴ったとき、あの女がなにを考えると思う？　そいつを先に考えたほうがいいだろうね。ああやって鳴り響く電話の音は、偏執狂にとってはどういう意味があるのか？」

「偏執狂によって違うと思うわ」マーシャがいった。

「この場合、明らかに彼女は真っ暗な居間におびき寄せられるね。だから、われわれは行かないことにしよう」

みんなは待っていた。しばらくして、電話は鳴りやんだ。七人は、ほっとして息を楽にするようになった。

「われわれはこのキッチンにいたほうがいい」ロウズがふり返って、キッチンにもどりながらいった。「キッチンなら害をあたえるようなこともないだろうし、さっぱりして、綺麗ですからね」

「要塞みたいなものだな」ハミルトンが、憂鬱そうな声でいった。

マーシャが、あとからころがり落ちた桃の缶詰を冷蔵庫にしまおうとしたとき、冷蔵庫のドアがどうしても開かなくなった。彼女が呆けたように缶詰をもって立ったまま、動かなくなったハンドルをガシャガシャやっていると、ハミルトンが寄ってきて、やさしく彼女をどかせた。

「わたし、なんだかいらいらしているの」マーシャはつぶやいた。「これ、きっと、どこも悪くないのよ。たぶん、どこかひっかかっているだけだわ」

「だれかトースターをつけましたか？」ミセス・プリチェットが訊いた。小さなキッチン用のテーブルの上で、トースターが低い唸りをあげていた。「ストーブみたいに熱くなっていますよ」

ハミルトンが近づいて調べた。温度調節のダイヤルと格闘したが役に立たないので、とうとう業《ごう》を煮やしてコードを引っぱった。真っ赤になっていたトースターのニクロム線が暗くなった。

「いったいなにを信頼すればいいのかしら？」ミセス・プリチェットが恐ろしそうに訊いた。

「信頼できるものは、なにもありませんね」ハミルトンがいった。

「ほんとに……おぞましいことばかりだわ」マーシャが抗議するようにいった。

ロウズは油断なく気を配りながらシンクのそばの引き出しを開けた。「身を守るものが必要ですね」銀器をかきまわしはじめたが、やがて求めていたもの、重い柄《え》のついたスティール製のステーキ・ナイフを見つけだした。しっかり指で握りしめたとき、ハミルトンが近寄っていくと彼の腕をひっぱった。

「気をつけろよ」彼は警告した。「さっきの桃の缶詰のこともあるんだ」

「でも、これは必要ですよ」ロウズが、いらいらしながらいった。ハミルトンの手をふりほどき、ナイフをしっかりと握った。「ぼくにもなにか身を守るものが必要なんです。あなただって、ほら、煉瓦でも入れてるみたいにポケットがふくれてるじゃないですか。拳銃でしょ、それ」

ほんのすこしのあいだ、ナイフはロウズの手のなかでじっとしていた。ところが次の瞬間、ナイフはもぞもぞと動くとまるで意志があるかのようにふるえだし、かってにぐるりと反転すると、この黒人の腹部めがけてとんだ。ロウズは敏捷な身のこなしで、かろうじてナイフをかわした。ナイフはシンクの木製の部分にぐさりと突き刺さった。稲妻のような速さで、ロウズはがっしりした靴で柄《え》を踏みつけた。金属性の音を立てて柄が折れ、切り離された刃だけが木にめりこんだまま残った。木に突き刺さったその刃が、むなしくふるえている。

「ほら、わかったろう?」ハミルトンがそっけなくいった。

ミセス・プリチェットは、ふっと気が遠くなってテーブルのそばの椅子に腰をおろしてしまった。「まあ」低くつぶやいた。「あたくしたちはどうすればいいんです?」その声は、はっきりしないうめきのようなものに変わった。「あぁ……」

すぐにマーシャは棚からコップをとって水道の蛇口に手をのばした。「水をさしあげますわ、ミセス・プリチェット」

しかし、蛇口から出てきたものは水ではなかった。なまあたたかい、どろどろした血だった。

「この家」マーシャは、水道をとめて、かすかにいった。白いエナメルのシンクのなかで、ゆっくりとひろがった醜い血だまりが、まるでいやがるように排水口に流れていった。「この家は生きているんだわ」

「そうみたいだね」ハミルトンが同意した。「われわれはそのなかにいるんだ」

「みんなも賛成だと思うが」アーサー・シルヴェスターがいった。「とにかく外に出なければいかん。問題は、われわれにできるかどうかだ」

勝手口のドアに行って、ハミルトンは掛け金を調べた。しっかり掛け金がかかっていて、ありったけの力を出してもはずせなかった。

「そこは閉めきってあるのよ」マーシャがいった。「ここからは出られない」彼が答えた。

「しかし、そうなると居間を通りぬけることになりますよ」ロウズが指摘した。

「もっといい考えがあって？」

「いいえ」ロウズは、負けを認めた。「でも、なにするにせよ、すぐしたほうがいいでしょうね」

七人は一列になって、注意しながら暗い廊下を通り、闇にとざされた居間に向かって進んだ。ハミルトンが先頭だった。とにかく、ここは自分の家だからな、という気持ちが彼に勇気をあたえた。もしかしたら——淡い希望だったが——なにかうまい考えがひらめくかもしれない。

廊下の換気孔から、リズミカルなひゅうひゅうという音が洩れていた。ハミルトンは立ちどまって、耳をすませた。換気孔から流れてくる風はなまあたたかく――しかも臭いがあった！　機械がはきだす無味乾燥な乾いた風ではなく、生きている有機体が発散する、生身《なまみ》の体温であたためられた吐息のような空気だった。階下《した》の地下室でボイラーが呼吸しているのだ。前へ後ろへと空気は動いていた、まるでこの生物と化した家が呼吸をしているかのように。

「この家――男性かしら、女性かしら？」マーシャが訊いた。

「男さ」マクフィーフがいった。「ミス・リースは男をこわがっていたからね」

吹きだしてくる風は、葉巻の煙の鼻を刺すような臭いと、すえたようなビールと男の汗の臭いがまざっていた。ミス・リースはバスのなかや、エレベーターや、レストランで、こうしたさまざまな臭いがまざりあったものにでくわしたのだろう。中年男性が発するニンニクのような臭いだった。

「きっと、ミス・リースのボーイ・フレンドの臭いだな」ハミルトンがいった。「あの女の首すじに顔を寄せたときの男の臭いなんだ」

マーシャは、ぶるっと身をふるわせた。「家に帰ってきても、こんな臭いにつつまれているなんて……」

おそらくいまごろは、我家《わがや》の電線は神経組織となって、この生物と化した家の神経インパルスを伝達しているのだろう。そうではないといいきれるか？　水道管は血液を循環させていたじゃないか。そしてボイラーの配管は、地下室の肺に空気を送っている。ハミルトンには居間の窓ごしにキヅタの長い蔓《つる》がのびているのが見えた。マーシャが屋根までのびるようにと注意深く手入れしていた。夜の闇のなかで、キヅタはもはや緑色をしてはいなかった。にぶい茶色だった。

髪の毛ってわけだ。中年のサラリーマンのふけだらけでふさふさした髪。キヅタが風でかすかに揺れ、不気味に身ぶるいすると、外の芝生に埃や茎をまき散らした。

ハミルトンの足もとで床が揺れていた。はじめは気がつかなかった。ミセス・プリチェットがおびえて泣き声をあげてはじめて、かすかな揺れに気づいたのだ。

彼はかがみこむと、アスファルト・タイルを掌《てのひら》でさわってみた。タイルはなまあたたかかった——まるで人間の肌のように。

壁もあたたかい。それに固くなかった。ペンキや、紙や、漆喰《しっくい》や、木材の、しっかりした固さではなく——柔かい表面が指さきにそっと触れてくる。

「さあ」ロウズが張りつめた声でいった。「もう行きましょうよ」

罠にかかった動物のように、七人は注意深く居間の闇のなかに入りこんでいった。足もとでカーペットが絶えずかすかに動いていた。神経をとがらせた生あるものたちが、ざわめき、いらだち、ざわざわとうごめいている音が、まわりじゅうから聞こえた。

暗い居間を横断するのは、まさに長旅だった。いたるところで、電気スタンドや本が不気味に動く。いちど、ミセス・プリチェットがとりみだして恐怖の叫びを洩らした。テレビのコードが、うごめきながら足にまつわりついてきたからだった。ビル・ロウズは敏捷な手つきでコードをつかみ、彼女の足からひきはなした。彼らが通りすぎると、ふりほどかれたコードがなすすべもなく怒り狂い、のたうっていた。

「もうすぐだ」ハミルトンは、うしろにつづくぼんやりとした人影に向かって声をかけた。ドアとドアノブはもう見えている。あとすこし手をのばせば届くところまできていた。心のなかで祈りながら、さらに歩を進める。三歩。二歩。いよいよあと一歩……

まるで坂道をのぼっているような気がした。

驚いて、ハミルトンは手をひっこめてしまった。斜面の上にいるのだ。足もとが急に盛りあがり、彼はすべり落ちそうになる。突然、ハミルトンはころがり落ちていた。両腕で宙をつかみながら、必死に立ちあがろうとする。七人全員がすべり、居間のまんなかを通りぬけ、さらに廊下まで、ころがり落ちていた。廊下は真っ暗だった。キッチンの照明までが消えている。わずかな明かりといえば、窓の外はるか遠くでかすかにまたたく星の光だけだった。

「カーペットがやったんですよ」ビル・ロウズが、信じられないといったふうに、低く押し殺した声でいった。「こいつが――ひとなめして、われわれをもとの場所に運んだんです」

彼らの足もとでカーペットがはげしく小刻みに動いていた。なまあたたかいスポンジのような表面が、このときにはもうじっとり濡れてきている。必死に立ちあがったハミルトンは壁にぶつかって――またひっくり返った。壁も、べっとりと濡れていた。食物を待ちかねて、唾液がじっとりにじみでているのだった。

この生きもののような家は食事をしようとしているのだ。

　壁に押し返されながら、ハミルトンはカーペットの端を歩こうとした。ハミルトンが冷や汗をかき、ふるえながら正面のドアに向かって進むあいだ、カーペットの先端が巧みな動きで寄ってきて、彼のからだを乗せようとする。一歩。二歩。三歩。四歩。うしろに、残りの人間がつづく。だが、全員ではなかった。

「ミセス・プリチェットはどこだ？」ハミルトンが訊いた。

「いないわ」マーシャがいった。「ころがっていったの——廊下まで」

「廊下は咽喉なんですよ」ロウズの声がした。

「ぼくたち、口のなかにいるんだね」デイヴィッド・プリチェットがかすれ声でいった。

　怪物の口の、ぬるぬるしたなまあたたかい肉がのびてきて、ハミルトンのからだを押した。その圧迫がおぞましく、ハミルトンは身をふるわせた。必死にもがきながら前に進み、やっとドアのノブをつかむことができた。かすかに光っている金属の小さな球体にすべての祈りをこめて、こんどはしっかりと握りしめた。力をこめて大きく引くとドアが開いた。うしろにつづくひとたちが息をのむようすが、夜気のなかで不意にはっきりと見えた。星屑、街路、はるか遠くの暗い家並、ざわめく風に揺れる木立ち……夜は冷たく凍てついていた。

　それだけだった。いきなり、ドアの四角い輪郭が縮みはじめた。壁に飲みこまれるように戸口がみるみる小さくなる。小さな割れ目だけ残った。まるで唇のように壁がぴったりくっついて、戸口を消してしまった。

　背後の廊下から、この怪物のニンニクくさい不快な息が吹きよせてきた。舌なめずりをしている。壁から唾液がにじみでてきた。ハミルトンをとりまく闇のなかで、恐怖に駆られた絶望の声が上がったが、そんなものは無視して、ハミルトンは、もとはドアだった割れ目、みるみる小さくなっていく空洞に両手を入れようとした。足もとで、またしても床がうねりはじめる。天井が、ゆっくりと容赦なくおりてくる。リズミカルな正確さで、天井と床があわさろうとしていた。すぐに、このふたつはぴったりくっつくだろう。

「噛もうとしてるんだわ」闇のなか、ハミルトンのそばでマーシャがあえいだ。

ハミルトンは全身の力をこめて蹴った。ちぢんでいる穴に肩をあてて、こづきあげ、格闘しながら、やわらかな肉に爪を立てて引っかいた。両手に、ズタズタに裂けた有機体のかけらが残った。彼は大量の唾液を必死にかきわけた。

「手を貸してくれ！」周囲でもがいている人影に向かってどなった。ビル・ロウズとチャーリイ・マクフィーフが唾液のしたたる床から立ちあがると、狂ったようにドアに殺到してきた。隙間がひろがった。マーシャとデイヴィッドも加わって、この怪物の肉に円形の隙間をこじあけることができた。

「外に出ろ」ハミルトンは妻を押しこむようにしながら、どなった。マーシャは玄関ポーチに這いだして、外にころがり出た。「次はあんただ」ハミルトンがアーサー・シルヴェスターにいった。老人は急いでからだを押しこんだ。彼の次にロウズ、さらにマクフィーフがつづいた。あたりを見まわして、自分とデイヴィッド・プリチェットしか残っていないことをたしかめた。天井と床はいまにもぶつかりそうになっている。もはや、他人の心配をしているときではなかった。

「ここからでるんだ」彼はどなって、ヒクヒク動く隙間から少年のからだを押しだした。そのあとで、もがきながらなんとか自分も通りぬけた。背後の、怪物の口のなかで天井と床がぴったりあわさった。固い表面があわさる甲高い音が聞こえた。なんどもなんども、ばりばり嚙む音が聞こえた。

外に出られなかったミセス・プリチェットが嚙みくだかれているのだった。

生き残ったグループのメンバーは、命からがら家から離れて庭に集まった。怪物が整然とちぢんだりひろがったりするのを見つめながら、一同はことばもなく立ちつくしていた。咀《そ》嚼《しゃく》し、消化している。やがて、その動きがにぶくなり、最後に大きく痙攣すると、この怪物は静まり返った。

にぶい音がして、窓のシェードがおり、くすんだ影を残した。

「眠ったんだわ」マーシャがそっといった。

ハミルトンは、清掃業者がゴミをとりにきたときなんていうだろうと、ぼんやり考えた。裏庭に、とんでもない量の人骨が積みあげられている。そのぎらぎら光る山は、食べつくされ、しゃぶりつくされたあげくに捨てられたものなのだ。それにきっと、ボタンや金属製のホックもまじっているはずだ。

「いやはやなんとも」ロウズがいった。

ハミルトンは車に向かって歩きだした。「ミス・リースを殺すのが楽しみだ」

「車はやめたほうがいいですよ」ロウズが注意した。

「信用できないから」

ハミルトンは足をとめて考えた。「ミス・リースのアパートまで歩いていくことにしよう。なんとか外に連れだすんだ。部屋のなかにははいらずに、外であの女をつかまえることができれば――」

「きっと、もう外にいるわよ」マーシャがいった。「あのひとにも、たぶんおなじことがおきてるはずだもの。もう、死んでしまっているかもしれない。部屋に入ったとたんに、アパートに食べられたかもしれないわ」

「あの女が死ぬわけがない」ロウズが嘲るようにいった。「もし死んでいたら、われわれがこんなところにいるはずがないんだから」

ガレージのそばの暗い蔭から、痩せた人影が現われた。「そのとおりよ」静かな、生彩のない声でいった。聞きなれた声だった。「あたしはこのとおり生きていますわ」

上着のポケットから、ハミルトンは四五口径の拳銃を出した。指さきで安全装置をはずしたとき、とんでもない考えが頭に浮かんだ。いままで、いちども拳銃など使ったことはない――見たこともなかった。現実の世界では、四五口径の拳銃など持っていなかった。ミス・リースの世界になってはじめて現われてきたこの拳銃は、凶暴で病理的なこの世界におけるハミルトンの人格と存在の一部になっているのだ。

「あんたも逃げだしたのか？」ロウズがミス・リースに訊いた。

「階上《うえ》に行くほど、ばかじゃありませんからね」女の返事があった。「ロビーのカーペットに足をかけたとたんに、あなたがたがなにをたくらんでるかわかったわ」ミス・リースの声には血迷ったような勝ち誇った響きがあった。「あなたたちは、自分で考えているほど利口じゃないのよ」

「なんてことを」マーシャがいった。「わたしたちは、なにも――」

「あたしを殺そうとしていた、そうでしょう？」ミス・リースが訊いた。「あなたがた、みんなで。前からたくらんでいた。ちがうかしら？」

「それは事実だよ」ロウズが不意に認めた。「まさしくね」

ミス・リースは、はげしく金属的な笑い声をあげた。「あたしだってわかっていたわ。でも、そんなことをいってこわくないの？」

「ミス・リース」ハミルトンはいった。「確かに、われわれはきみを殺そうとたくらんだ。でもね、そんなことできないんだ。きみに手をかけることのできる人間など、この狂った世界にはひとりもいないんだから。きみが夢で見た、あの恐ろしいことはみんな――」

「だって」ミス・リースがさえぎった。「あなたたちは人間じゃないんだもの」

「なんだって？」アーサー・シルヴェスターが反問した。

「人間じゃないのよ。あのベバトロンで、はじめてあなたたちを見たときからわかっていたわ。だからみんな、あんな高いところから落ちたのに生きているのよ。あれはまちがいなく、あたしをあそこに連れだして殺そうとする陰謀だった。でも、あたしは死ななかった」ミス

・リースは微笑した。「あたしにだって頭はあるんですからね」
ハミルトンはひどくゆっくりいった。「ぼくたちが人間でないとしたら、いったいなんなんだ？」

その瞬間、ビル・ロウズがゾクッとふるえた。じっとり湿った草むらからふらふら立ちあがると、ジョーン・リースの小さな痩せこけた姿に向かってまっすぐ躍りかかった。埃だらけの羊皮紙のようにたたみこまれていた翼が、夜の闇のなかで羽ばたいた。彼のねらいはまさに完璧だった。逃げたり叫んだりできないうちに、彼女にのしかかったのだ。

ミス・リースのよわよわしく抵抗するからだにまきついたときには、もはや人間ではなく、唸り、羽ばたく、奇怪なほど関節の多い節足動物のようなものになりはてていた。その怪物の長くのびたからだのうしろ半分が折れ曲がると、するどい動きで女に襲いかかる。そしてすばやく毒のある尾を刺しこみ、しばらくすると満足したようにその尾を引いた。少しずつ、カチカチと音をたて、女のからだをかきむしっていた鉤爪がはなれてゆく。ミス・リースはふらふら揺れながら両手をついて倒れ、うつ向きのまま濡れた草むらのなかで苦しげに息をしていた。

「あの女、這って逃げようとしてるぞ」アーサー・シルヴェスターがすぐさまそういった。急いで走り寄ると、まだ痙攣している彼女のからだにとびかかり、からだをひっくりかえした。女のごつごつした臀部に、たちまち速乾性のセメント状のものを吐きだしていく。すばやく、なれきったやりかたで、彼女のからだをくるくるまわし、強靭な繊維の網のなかにぴっちりまきこんでしまった。その仕事を終えたとき、もとはビル・ロウズだったからだの長い昆虫が、鉤爪ではさみこんだ。よわよわしくふるえている繭《まゆ》を支えるように持っているあいだに、シルヴェスターが長い綱をくり出して樹の幹にかけて宙吊りにした。たちまち、なかば麻痺状態のジョーン・リースの姿が、粘着力のある網のなかで頭を逆さにして眼はうつろに、口をなかば開けてぶらさがったまま夜風に吹かれて揺れた。

「あれで、ミス・リースも終わりだな」ハミルトンが満足そうにいった。

「あのひとを生けどりにしてくれてよかったわ」マーシャが意気ごんでいった。「これからみんなで、たっぷりなぶりものにしてあげられるもの……あのひと、ほんとうに手も足もでないわね」

「しかし、いずれは殺さねばならんだろうな」マクフィーフが指摘した。「われわれがたっぷり楽しんだあとで」

「あいつ、ぼくのママを殺したんだ」デイヴィッド・プリチェットが小さなふるえ声でいった。だれにも抑える暇がなかった。彼はいきなり前に躍りだすと、揺れている繭にがむしゃらにとびついた。突き出た口の器官をのばして繭の糸をかきわけ、服をズタズタに裂いて、彼女の青白い肉にむさぼりつくような格好でその器官を刺しこんだ。たちまちミス・リースのからだの水分が吸いあげられていく。しばらくすると、水分が脱けてしぼんだ抜け殻を繭のなかに残し、少年はふくらんだからだでよちよちと地面におりてきた。

ミス・リースであった抜け殻はまだ生きていたが、いまにも死にそうだった。苦痛にくもった眼がむなしく開かれたまま、彼らを見おろしていた。もはやジョーン・リースはなにも考えられず、ただぼんやりしたものうげな生命の残りかすになりはてていた。みんなは、彼女が最後の苦悶のひとときをすごしているようすを、楽しそうに眺めていた。

「あの女はこうなるのが当然なんだ」ハミルトンはためらいながらいった。ところが、彼女を殺す仕事を完遂したのに、彼の心には疑惑が生まれはじめていた。

彼のとなりで、もとはビル・ロウズだった背の高い節足動物のような昆虫が賛成するようにうなずいた。「もちろん、こうなって当然です」その声は、かぼそい、ざらざらした響きだった。「ミセス・プリチェットにしたことを考えればね」

「こんな世界から脱けださなくっちゃ」マーシャがいった。「わたしたちの世界にもどりましょう」

「それに、われわれ自身の姿にね」ハミルトンはアーサー・シルヴェスターに落ちつきのない視線を投げてつけ加えた。

「どういう意味です？」ロウズが訊いた。

「この男にはわかっていないようだ」シルヴェスターは冷酷なよろこびを見せていった。

「これこそ、われわれの本来の姿なんだよ、ハミルトン。とはいえ、前にはこんなふうには見えなかったがね」さらにことばをつづけた。「少なくともきみの眼に見える場所ではね」

ロウズがはげしい笑い声をあげた。「彼の話をよく聞くんです。彼の考えてることをね。ハミルトン、あなたはほんとうに興味深い人間ですね」

「われわれはこの男がなにを考えだすかわかるかもしれんぞ」アーサー・シルヴェスターがそんなことをいった。

「みんなで、こいつを監視しよう」ロウズが賛成した。「こいつをかこんで、なにをいいだすか見てみましょうよ。こいつになにができるか見ることにしましょう」

ハミルトンは、あっけにとられていった。「ミス・リースを殺して、けりをつけよう。きみたちはあの女の狂気の世界にとりこまれているのに、自分ではそれに気がついていないんだぞ」

「こいつはどれくらい速く走れるかな」アーサー・シルヴェスターは、ゆっくりハミルトンにつめ寄りながらいった。

「ぼくに近寄るな」ハミルトンは拳銃をつかみながらいった。

「それに、こいつの奥さんもだ」シルヴェスターがいった。「この女も少しかわいがってあげないとな」

「ぼくにやらして」デイヴィッド・プリチェットがものほしそうにいった。「ぼくにちょだいよ。よかったらぼくのためにつかまえておいて。逃げたりしないように――」

そのとき、繭のなかでことばもなく宙吊りになっていた、ミス・リースがひっそりと死んだ。すると、音もなく、彼らの周囲の世界がばらばらな分子になって消えた。

ほっとしたハミルトンは、疲れきって妻のぼんやりした姿を引き寄せ、抱きしめたまま立ちつくした。「神に感謝を」彼はいった。「脱けだしたんだよ」

マーシャはしっかりしがみついていた。「あぶないところだったわ」ふたりの周囲に渦巻く影が漂ってきたが、ハミルトンはじっと立って待っていた。ふたりがベバトロンの惨澹たるコンクリートの床にもどったときには、苦痛がよみがえってくるはずだった。全員が負傷している。このあとに、苦痛と緩慢な回復期間、病院での長く空虚な日々がつづくことになる。しかし、それだけのことはあった。まさにそれだけの価値があったはずだ。

闇がとりはらわれた。だが、ベバトロンにいるのではなかった。

「また別の世界にきたようだな」チャーリイ・マクフィーフが重苦しくいった。彼は、じっとり濡れた芝生から立ちあがると、ポーチの手すりにすがりついた。

「しかし、そんなはずはない」ハミルトンが愚かしくいった。「もう別の幻想世界なんか残っていないはずだ。すべてを体験したんだから」

「まちがっているよ」マクフィーフがいった。「すまないな、ジャック。だけど、まえにいったろ。奥さんのことで注意したのに、きみは聞かなかったんだ」

ハミルトンの家の前の歩道に、不気味な黒い自動車が駐車していた。すでにドアが開いている。後部座席から大柄な男の姿が現われると、暗い庭を横ぎって、急ぎ足でハミルトンに向かって歩いてきた。そのうしろから、オーバーと帽子をかぶり、両手を威嚇するようにポケットに突っこんだ陰気な顔つきの男たちがつづく。

「やあ、帰ってきたね」その太った男が、鼻を鳴らした。「オーケイ、ハミルトン。きてもらおうか」

はじめハミルトンには、その男がわからなかった。男の顔はしまりのない肉のかたまりで、顎がないほど太り、落ちくぼんだ醜い小さな眼がついている。ハミルトンの腕に手荒くかけられた指は、肉づきのいい猛禽《もうきん》の爪のようだった。鼻をつく高価なコロンと、血の臭いがまざりあったひどい臭気をはなっていた。

「きみはどうして今日仕事にこなかったんだね？」からだのがっしりした男が訊いた。「とても残念だよ、ジャック。きみのお父さんを存じあげているだけにね」

「ピクニックのことはもう調べあげてあるぞ」同行してきたタフな男のひとりがいった。

「ティリンフォード」ハミルトンは眼がくらみそうになりながらいった。「ほんとにあなたなんですか？」

醜いせせら笑いを見せたガイ・ティリンフォード博士、ぶくぶく太った血に飢えた資本家、ティリンフォード博士がくるりと背を向けて、駐車したキャデラックによろよろともどっていった。「この男を連れてきたまえ」博士は同行した連中に命令した。「伝染病開発局《EDA》の研究室にもどらねばならん。新しい細菌の毒素の効き目を調べてみたいんだ。この男はいい実験材料になる」

15

死は冷たい夜の闇のなかに重く横たわっていた。彼らの前方の薄暗がりで、巨大な腐蝕した有機体が死につつあった。引き裂かれ、破壊され、めちゃめちゃになったそのからだが、苦しげに体液を歩道いっぱいにたれ流し、まわりには輝く液体のたまりができて、泡立ちながらひろがっていた。

一瞬、ハミルトンにはそれがなんなのかわからなかった。その物体はからだをかしげ、かすかにふるえた。壊れた窓から、星の光がよわよわしく脈打っている。腐った木のように、ふくらんだ車体がひしゃげて崩れたのだった。彼が見ているときでさえ、屋根が卵の殻のように割れて開いた。錆ついた金属部分が内部からしたたり落ち、散乱すると、オイルや、水や、ガソリン、ブレーキの油のまざったものになかば沈んでいった。

少しのあいだ、車体の頑丈なフレームを揺るがせて車が動いた。それから、抗議するようなうめきをあげてエンジンの残った部分の支えが崩れ、歩道の上にころがり落ちた。エンジンが真っ二つに割れ、ゆっくりと、秩序だって崩れてゆき、やがては散乱する粒子となった。

「なんと」ティリンフォードの運転手があきらめたようにいった。「こいつはすげえことになった」

ティリンフォードは渋い顔をして、もとはキャデラックだった残骸に眼をそそいでいた。徐々に憤怒がこみあげてくるようすがはっきりと見てとれた。「なにもかもが朽ち果てる」そういうと、荒々しく車の残骸を蹴りあげた。キャデラックはさらに形を失って、金属のかたまりになると夜の闇のなかに消えていった。

「そんなことをされても、しかたないですよ」彼と同行したひとりがいった。「放っておいたほうがよいでしょう」

「開発局へ帰るのに困ったことになったたな」ズボンの折返しから、醜く飛び散ったオイルの滴《しずく》を落としながらいった。「労働者階級の地区を横ぎらねばならんのだぞ」

「ハイウェイにバリケードを作っているかもしれません」運転手が認めた。ぼうっとひろがった薄暗がりのなかで、ティリンフォードに同行したタフな連中は、だれがだれなのか見わけがつかなかった。ハミルトンにとっては、どのひとりをとっても、残酷な顔をして感情のない、からだつきのがっしりしたゲルマンの巨人のようだった。

「ここに何人きている？」ティリンフォードが訊いた。

「三十人です」返事があった。

「照明弾を射ちあげたほうがいいでしょう」もうひとりの部下が、さほど確信もなさそうにいった。「やつらが動きだしたとき、暗すぎて見えないといけませんから」

ティリンフォード博士のところまで、肩で押しのけるようにして行ったハミルトンが荒々しくたずねた。「本気なんですか？　あなたがたは、ほんとうに——」

ここで思わず声をのんだ。煉瓦がひとつ、キャデラックの残存物にたたきつけられたからだった。群れ集う闇の向こうに、走ったり、かがんだりしているぼんやりした人影が見えた。

「なるほど」恐怖でいっぱいになりながら彼はいった。ようやく、ことの重大さがわかってきたのだ。

「まあ、どうしましょう」マーシャがそっといった。「こんな目にあわされて、どうして生きていけるかしら？」

「生きていけないかもしれないな」ハミルトンが答えた。

二番目の煉瓦がまた闇をつんざいて飛んできた。恐怖に全身をおののかせたマーシャは、さっとかがんでそれを避け、ハミルトンにとりすがった。「もう少しでぶつかるところだったわ。わたしたち、取り囲まれているのよ。あのひとたち、ここで殺しあいをやるんだわ」

「あの煉瓦があなたに当たらなくて残念ですわ」イーディス・プリチェットが静かにいった。「そうすれば、あたくしたち、こんなところから逃げだせたのに」

マーシャは驚愕して低い絶望的な悲鳴をあげた。彼女のまわりでは、この一隊が射ちあげた照明弾の強烈な光のなかで、青ざめて無慈悲で敵意のこもったみんなの顔があった。「あなたがた、みんな信じているのね。わたしが——コミュニストだと思っているんだわ」

ティリンフォードが急いでふり返った。その残忍な歪んだ顔には、ほとんどヒステリックともいえる恐怖が浮かんでいた。「そのとおりだ、わしは忘れていたよ。おまえたちはみんなで党のピクニックに行ったんだ」

ハミルトンは否定しようとした。ところが、疲労感が彼の上に重くのしかかった。否定したからといってどうなる？　おそらくこの世界では、みんながコミュニストのピクニックに行って、進歩党の大会でやるようにフォーク・ダンスをおどったり、スペイン人民戦線政府の歌をうたったり、いろいろなスローガンや演説やカンパをするのだろう。「とにかく」彼はおだやかに妻にいった。「長い旅路だったね。ここまでたどりつくのに三つの世界を遍歴したんだから」

「どういう意味？」マーシャが口ごもりながらいった。

「きみが前にいっておいてくれればよかったと思うよ」

彼女の眼がギラギラ光った。「あなたまで信じてるんじゃないでしょうね？」闇のなかで、しなやかで青ざめた彼女の手がふりあげられた。いきなり彼の顔に刺すような痛みが走り、眼の前に火花が散った。そして次の瞬間には、彼女の激怒もおさまっていた。「ほんとうじゃないわ、そんなこと」マーシャは力なくいった。

殴られて灼けるように痛む頬をさすりながらハミルトンがいった。「でも、おもしろいじゃないか。他人の心のなかは、入ってみるまではわからないというからね。ところがいま、ぼくたちは他人の心のなかにいるわけだ。シルヴェスターの心のなかにもいたし、イーディス・プリチェットの心のなかにもいたし、ミス・リースの狂乱した心のなかにもいた――」

「その女を殺せば、ここから脱出できる」シルヴェスターが、こともなげにいった。

「おれたち自身の世界にもどろう」マクフィーフがいった。

「妻に近寄るな」ハミルトンが警告した。「妻に手をかけることは許さんぞ」

ふたりの周囲には敵意にみちたグループの輪ができていた。しばらくだれも動かなかった。六人は緊張をみなぎらせ、両腕をこわばらせて立ちつくしていた。やがてロウズが肩をすくめると、からだの緊張をといた。くるりと背を向けてゆっくり遠ざかる。「もう、いいじゃないか」彼は肩ごしにいった。「奥さんのことはジャックにまかせよう。彼女は彼の問題だからね」

マーシャの息づかいが早くなった。浅いあえぐような呼吸だった。「こんなことって、ひどすぎる……わたしには全然理解できないわ」みじめに頭をふった。「まるっきり意味ないじゃない」

みんなのまわりに、さらに多くの石が飛んできた。渦まく影のなかで、いろいろな音がかすかにリズミカルに重なって大きくなってゆき、やがてわきあがるような歌声になった。ティリンフォードは陰気なその顔を、にがにがしく冷酷にゆがめながら、耳を傾けて立っている。

「聞こえるかね?」彼はハミルトンにいった。「あいつらはあそこにいる、あの闇に隠れてね」下品な顔に発作的な嫌悪の表情が浮かんだ。「けだものどもめ」

「博士」ハミルトンが訴えた。「信じちゃだめですよ。ここにいるあなたは、本来のあなたじゃないんです」

ハミルトンには眼もくれずにティリンフォードがいった。「あそこにいるアカの仲間に加わるがいい」

「いまどういう状況なんですか?」

「きみはコミュニストだ」ティリンフォードが抑揚のない語調でいった。「きみの奥さんもコミュニストだ。きみは人間のクズなんだよ。わしの開発局においておくわけにはいかん。立派な人間の社会には、きみのいる場所はないんだ。出ていくがいい! そしてもどってくるな!」そのすぐあとに、つけくわえた。「コミュニストたちのピクニックに帰りたまえ」

「あなたは闘うつもりですか?」ハミルトンが訊いた。

「むろんだよ」

「ほんとうに撃ちあいをはじめる気ですか? あそこにいるひとたちを殺すんですか?」

「こちらが殺さなければ、向こうに殺される」ティリンフォードは論理的ないいかたをした。

「そういうわけだ。わしの責任ではない」

「こんなことは長続きしませんよ」ロウズがいまいましそうにハミルトンにいった。「あいつらはこの共産主義劇の端役にすぎませんからね。出来の悪いパロディなんですよ——アメリカの生活ってやつのね。現実の世界がすけて見えるってやつです」

断続的な銃声がはげしく響きわたった。近くの家の屋根に、ひそかに労働者が機関銃を据えつけたのだ。弾丸の着弾した跡が音を立てて近づき、それにそって灰色のセメントの破片が閃光をあげて飛び散る。ティリンフォードはあわてて身をふせて手と膝をつくと、破壊されたキャデラックのうしろに身をひそめた。彼の部下はしゃがんだり、走ったりしながら応戦している。闇のなか、手榴弾が投げられた。ハミルトンはうつぶせになったが、爆発する火炎がハミルトンの眼と顔を焼いたまさにそのとき、はげしい震動で全身が揺さぶられた。爆発が終わると、深い穴があいていて、瓦礫がその穴の半分ほどを埋めながら、無残に散乱していた。ティリンフォードの護衛も数人、その穴のなかにいたが、そのからだはゆがみ、信じられないような姿に変わっていた。

ハミルトンがぼんやりとその戦いの跡を見ていると、ロウズが耳もとでいった。「前にも見たことはありませんか？　この光景をよく見てください」

うねり押し寄せる闇のなかで、はっきりとは見きわめられなかった。しかし、無残に力なく倒れている姿のひとつには見おぼえがある。当惑しながら、ハミルトンはじっと目をこらした。瓦礫が散乱するなか、引き裂かれた敷石やまだくすぶっている灰になかば埋まって、倒れているのはいったいだれなのだろう？

「あなたですよ」ロウズがささやくようにいった。

そのとおりだった。現実の世界の茫漠たる輪郭が波のようにうねり、この混乱した幻想の世界の背後にぼうっと見えてきた。この世界を創りだした者までが、ある根本的な疑惑を抱いたかのようだった。瓦礫の散乱した舗道は街路ではなく、ベバトロンの床だった。そこかしこに、見おぼえのあるひとの姿が倒れていた。かすかに身をふるわせながら、彼らは意識をとりもどそうとしていた。

噴煙をまきあげる廃墟のなかで、技術者や救急班が数名、注意深く前に向かってゆっくりと動いていた。驚くほどの緩慢さで一歩一歩注意しながら進んでくる。放射線にからだを露出しないように細心の注意を払い、近くの家の屋根からようやく地上へと、無残な様相を呈している街路へとひそやかに降り立つ……いや、これは街路なのだろうか？　いまはベバトロンの壁と、床へと通じる安全通路にずっとそのようすが似てきていた。労働者がつけていた赤い腕章も、赤十字の腕章に変わっている。ハミルトンは混乱してしまい、入り乱れる場所とひとが織りなすモンタージュを追うのをやめた。

「長くはつづかないわ」ミス・リースが静かにいった。自分の世界が崩壊したので、以前と同じままの姿、長いコール天のコートに鼈甲縁《べっこうぶち》の眼鏡をかけ、たいせつなハンドバッグを手に持った姿で現われた。「こんなへんてこな陰謀、うまくいくわけがないもの。きちんと構築されていたこの前の世界にくらべれば、足もとにもおよばないわね」

「この前の世界は納得のいくものだったのかい？」ハミルトンが冷たく訊いた。

「あら、そうよ。最初はあたしですら、ほとんど欺されそうになったくらい。あたし考えたの――」ミス・リースは狂ったようにはげしく微笑した。「ほんとうに、とてもすばらしい世界。もう少しで、これはあたしの世界なんだって思いこむところだったわ。だけどアパートのロビーに入ったとたん、むろん真実がわかったのよ。だってロビーのテーブルの上に、いつもの脅迫状があったんですもの」

ぶるぶる震えながら夫のそばにひざまずいたマーシャがいった。「いったいどうしたのかしら？　なにもかも、とてもぼんやりしているみたい」

「もうすぐ終わるわ」ミス・リースがぼんやりといった。

　希望に酔いしれて、マーシャは発作的に夫にすがりついた。「そうなの？　わたしたち、眼をさますの？」

「そうだね」ハミルトンは答えた。「そういうひともいるかも」

「ほんとに――すばらしいわ」

「そうかい？」

　マーシャの顔に狼狽の表情が浮かぶ。「もちろん、すばらしいわよ。わたし、こんな場所大嫌い。がまんできないわ。とても――奇怪だし。とても残酷で、恐ろしいもの」

「その話はあとですることにしよう」彼の注意はティリンフォードに向けられていた。不格好な資本家のボスは、部下を集め、低い落ちついた語調でなにか話をしていた。

「あそこにいるごろつきどもは」ロウズがそっといった。「どうやってもとめられませんよ。われわれがここを出る前に、まず戦いになるでしょうね」

　ティリンフォードの討議は終わった。ロウズに向かって親指で指さしながらいった。「あいつを縛り首にしたまえ。かたづけるんだ」

　ロウズは酷薄な微笑を浮かべた。「またひとり、私刑《リンチ》される黒人が出たというわけだ。資本家のやりくちは昔から決まっている」

　思いがけないことに、ハミルトンはもう少しで、大声で笑いだすところだった。しかし、ティリンフォードは本気だった。あくまでも本気だったのだ。「博士」ハミルトンはしわがれ声で呼びかけた。「この世界はマーシャが信じているからこそ存在しているんです。あなたにしろ、この戦闘にしろ、この狂った幻想全体は——彼女がすでに放棄したために、ばらばらになりかけている。これは現実じゃない——妻の幻覚です。ぼくのいうことを聞いてください！」

「それから、このアカもだ」ティリンフォードが疲れたようにいった。血がにじんで汚れた顔を絹のハンカチーフでぬぐった。「それに、こいつのアカの女房も吊るしたまえ。抵抗したらガソリンで焼き殺してもよい。開発局にいればよかったよ。少なくとも、しばらくは安全だったから。あそこでなら、もっと有効な防衛のやりかたも考えられただろうに」

ぼんやりとした影のように、瓦礫のなかを労働者が忍び寄ってきた。さらにいくつも手榴弾が爆発する。大気には灰や瓦礫の断片が満ち、音もなく降りそそいでいた。

「みて、すごいよ」デイヴィッド・プリチェットが畏怖したようにいった。

暗い夜空に巨大な文字が浮かびあがっていた。ぼんやりして不明瞭な明るく輝くにじみが、すこしずつ鮮明になっていき、やがてことばになった。すでに一部分はくずれかけていたが、暗い虚空に、ふるえるように書かれた癒しのスローガンだった。

われら来たれり
持ちこたえよ

平和の闘士よ立ちあがれ

「けっこうな応援歌だね」ハミルトンがうんざりしたようにいった。

闇のなかで、どんよりとした歌声が高まった。

冷たい風が、なかば隠れている同志に向かってどなるようにうたう歌の一節をとぎれとぎれに送ってくる。「あのひとたち、あたくしたちを助けてくれるかもしれませんね」ミセス・プリチェットがおぼつかなげにいった。「だけど、あそこにある恐ろしいことば……なんとも奇妙に感じられますわ」

ここかしこでティリンフォードの部下が行動に移り、瓦礫やいろいろな残骸を集めては、防壁を造っていた。靄《もや》と噴煙の渦巻く流れに包まれているので、その姿はぼんやりとしか見えない。ときどき、残忍で骨ばった顔が照らしだされ、つかのま視野に入ってくるのだが、それもすぐに陰惨な薄明のなかに沈んでゆく。この連中は、どうもだれかに似ている。ハミルトンは思いだそうとした。目深にかぶった帽子、かぎ鼻……

「ギャングですよ」ロウズがいったので思いだした。「三〇年代のシカゴのギャングだ」

ハミルトンはうなずいた。「そうだな」

「なにもかも本に書いてあるとおりだ。奥さんは完璧におぼえているようですね」

「マーシャのことはほっといてくれ」ハミルトンは、自分でもあやふやな感じで、そういった。

「この次はどうなるんです?」ロウズは、うずくまっているマーシャ・ハミルトンの姿に向かって皮肉にいった。「資本家のおいはぎたちは絶望して自暴自棄になってしまうんですか? どうなんです?」

「あの連中、もうとっくに自暴自棄になっとるよ」アーサー・シルヴェスターがまじめくさった調子でいった。

「ほんとにいやな顔つきの男たちね」ミセス・プリチェットは、はじめてわかったというように騒いだ。「あんなひとたちがいるなんて知りませんでしたわ」

その瞬間、夜空に浮かぶスローガンのひとつが爆発した。炎につつまれたことばの断片が落下してきて、瓦礫の山が火だるまになる。毒づき、服をはたきながら、ティリンフォードはやむなくしりぞいた。燃えるスローガンの残骸が落ちてきて、服に火がついたのだ。右手では、ティリンフォードの部下たちが、巨大で白熱したブルガーニンの似顔絵に半分埋まっていた。その似顔絵は、空からまっすぐ彼らの上に落ちてきたのだった。

「生き埋めですね」ロウズが満足そうにいった。

ことばがさらに落下してくる。巨大で燃えさかる〈平和〉の文字が、ハミルトンのこざっぱりした小さな家に落ちた。屋根がガレージや物干し綱といっしょに燃えあがった。我家《わがや》が明るく燃えさかり、夜空に高く炎を舞いあげるのをハミルトンはみじめな思いで見ていた。大火事にもかかわらず、暗い町からはサイレンの唸り声ひとつ聞こえてこない。街路や家並もこの炎上を無視して、冷たくひっそりと静まり返っていた。

「なんてこと」マーシャが恐れをなしたようにいった。「あの大きな〈平和共存〉の文字がほどけてしまったのね」

部下といっしょにうずくまっていたティリンフォードは、すっかり度を失って、事態の掌握ができなくなっていた。「爆弾と銃弾だ」彼は、なんどもなんども、同じそのことばを低い単調な声でくり返していた。生き残っている部下は、ほんのわずかだった。「爆弾と銃弾でも、やつらはとめられん。やつらは進撃を開始したぞ」

炎が明滅する闇のなかで、列をなした人影が前進してきた。歌声はやがて熱狂し興奮したどよめきへと変わった。燃えさかる瓦礫の山を踏み越えるきびしい顔つきの男たちを導きながら、その歌声は陰鬱で耳ざわりなものになっていった。

「さあ行こう」ハミルトンがいった。マーシャのぐったりした腕を握りしめて、周囲に渦巻く混沌のなかに、足早に入りこんでいった。

本能的な記憶にしたがって道を探しあてながら、ハミルトンは燃えさかる家の横に妻を連れていった。セメントの歩道を通り裏庭に出る。フェンスの一部は、黒焦げになって崩れ落ちていた。マーシャを引きずるようにしながら、煙を吐いている焼け跡を通り、向かいの暗い裏庭に出た。家並は薄気味悪く浮かびあがる、ぼやけた影だった。ときどき前方を走る人影がぼうっと浮かびあがる。顔もない労働者が次々にひっそりと現われては、戦闘に参加しに向かっているのだ。少しずつ人影と銃声が薄れていった。燃えあがる炎の音も遠ざかってゆく。戦いの場所から抜けだしたのだ。

「待ってください」ロウズとマクフィーフが息をはずませながら、背後から現われた。「ティリンフォードがあばれてますよ」ロウズがあえぎながらいった。「すごい混乱状態だな」

「おれには信じられん」マクフィーフがつぶやいたが、肉づきのいい顔がぎらぎら光って歪んでいた。「やつらはそこらじゅうにいる。どこもかしこも血みどろだ。けだものみたいに闘っているんだ」

前方で明かりが明滅していた。

「あれはなんだろう?」ロウズが疑わしげに訊いた。「大通りには近寄らないほうがいいでしょうね」

前方にひろがっているのは、ベルモントのビジネス街のはずだった。しかし、その光景は彼らの記憶にあるものとは違っていた。

「なるほど」ハミルトンが吐きすてるようにいった。「こいつは考慮に入れておくべきだったな」

夜の闇のなかで明滅していたのは、無秩序にひろがったスラム街だった。みすぼらしいうえにだらしのない感じの店が、醜くけばけばしいキノコのように、ぞくぞくと現われてくる。酒場、撞球場、ボウリング場、淫売宿、銃器店……そしてそのすべての上に金属的な音楽が鳴り響いていた。安っぽいピンボール遊技場のアーケードの上につけられたスピーカーがアメリカンジャズをがなりたてていたのだ。ネオン・サインが明滅していた。武装した兵士たちが、道徳など地に落ちたこのさびれた街区で、歓楽を求めて目的もなくぶらついていた。ある店のショウ・ウインドウで、ハミルトンは不思議なものを見た。ナイフや銃器がビロードのケースに入れられて並んでいるのだ。

「当然じゃないですか」ロウズがいった。「これがコミュニストが考えるアメリカの実態ですよ——悪徳と犯罪に満ちたギャングの街、というやつです」

「それに田舎に行けば」マーシャが単調な声でいった。「インディアンがいて、野蛮な殺人に私刑《リンチ》、山賊に惨殺、流血騒ぎというわけよ」

「ずいぶんよくご存じのようですね」ロウズがいった。

マーシャがげっそりして、絶望したように歩道に腰をおろした。「わたし、もうこれ以上歩けないわ」みんなにいった。

三人の男はどうしてよいのかわからずに、ぼんやり立っていた。「さあ」ハミルトンが声をあらげていった。「からだが冷えてしまうよ」

マーシャはなにもいわなかった。身をふるわせながらうずくまり、うつむいて両手をしっかり握りしめ、冷たい夜気から小さく頼りないからだを守った。

「どこか建物のなかに入ったほうがいいでしょう」ロウズがいった。「あそこのレストランはどうですか」

「これ以上さきに進んでも意味ないわ」マーシャが大にいった。「そうでしょう？」

「ないだろうね、きっと」簡単に答えた。

「引き返したらどうかしら」

「だめだ」

「じゃあ、どうすればいいの？」

ハミルトンは妻のうしろに立ったまま、周囲の世界を指さした。「ぼくには見えるんだ。あそこには現実がある」

「すまなかったな」マクフィーフがおずおずといった。

「きみが悪いんじゃないよ」ハミルトンが答えた。

「しかし、おれは責任を感じるんだ」

「忘れろよ」ハミルトンはかがみこむと、ふるえているマーシャの肩に手をかけた。「さあ、行こう。いつまでもここにいるわけにはいかない」

「ほかに行く場所がないのに？」

「そうさ。ほかに行く場所がなくても、だよ。あるいは世界の果てにぶつかっても、だ」

「どっちなんです」ロウズが残酷ないいかたをした。

ハミルトンには答えようがなかった。身をかがめて、妻をしっかり立たせた。大儀そうに彼女は夫の手に身をゆだねていた。冷気と闇のなかで、彼女はあきらめきったように夫にしたがった。「ずいぶん昔のことのような気がするよ」ハミルトンはマーシャの手をとりながら、思いだすようにいった。「あの日、T・E・エドワーズ大佐によびだされたことをきみに伝えて、ラウンジで待っているようにいったよね」

マーシャがうなずいた。

「あの日、ふたりでベバトロンの見学に行ったわ」

「考えてもみるがいい」マクフィーフが、冷たくいった。「あそこへ行かなかったら、きみにはなにもわからないままだったはずだ」

いくつかあるレストランは、どれも豪華で、派手すぎる感じがした。おそろいの制服を着てばかていねいなおじぎをする給仕は、華美なテーブルのあいだを、せかせかとネズミのように動きまわりながら愛想をふりまいている。ハミルトンたちは、あてもなく歩いていった。とくに目的があったわけではない。歩道にはひとの往来が絶えていた。ときどき、風に吹かれ、身をかがめながら、みじめな姿の人間が彼らの横を通りぬけていった。

「ヨットだ」ロウズがしおれた声でいった。

「なんだって？」

「ヨットですよ」ロウズは、このブロック全体につづいているショウ・ウインドウに向かって顎をしゃくってみせながらいった。「ずいぶんありますね。ひとつ買いたいもんだ」

別のショウ・ウインドウには、高価な毛皮や宝石が陳列されていた。香水、輸入品の食料……礼儀正しい給仕のいる豪華な壁掛けを飾ったロココ風のレストラン。ときどき、みすぼらしい姿の男女が、買うつもりもないのに足をとめてウインドウのなかをじっと眺めている。いちどなど、道路に陰気な音を響かせて馬車が通りかかった。その荷車には、疲れたような眼つきの家族が所持品の包みをしっかり持ってすわっていた。

「避難民ですね」ロウズがいった。「ひどい砂嵐に襲われたカンザスから逃げてきたんだ。ダスト・ボウルから。おぼえていますか？」

前方には広大な歓楽街がひろがっていた。

「おい」ハミルトンがすぐに訊き返した。「どう思う？」

「われわれにはもう失うものはなにもありませんよ」ロウズがいった。「できるかぎり遠くまできたんです。残されているものは、もうなにもないんです」

「せいぜい楽しんだほうがよさそうだ」マクフィーフがつぶやいた。「まだ楽しめるうちにな。この不浄な廃墟が完全にくずれさる前にね」

四人はことばもなく押し黙って歩いていった。ぎらぎら輝くネオン・サイン、ビールの広告、けたたましいスピーカー、バタバタ揺れている店先の天幕に向かって。あのなつかしい〈セーフ・ハーバー〉に向かって。

マーシャは疲れきって、ほっとしたように隅のテーブルの席に腰をおろした。「いい気持ちだわ」彼女はいった。「あたたかくてすてきね」

ハミルトンは、この店の内部に感じられる親しさに心を奪われたように立っていた。吸いさしの煙草が山になっている灰皿、空《から》になって並んでいるビール瓶、ジュークボックスの騒がしい響きなどに、どことなく薄汚れたような気やすさがあった。〈セーフ・ハーバー〉は、少しも変わっていなかった。カウンターにはいつもの労働者連中が陣取り、無表情な顔をして、むっつりとビールを傾けていた。木製の床には煙草の吸いがらが散乱している。三人がマーシャのまわりにすわったとき、汚れた雑巾でカウンターの表面を不精ったらしく拭きながら、バーテンダーがマクフィーフに会釈してみせた。

「やれやれ、といったところだな」マクフィーフが、ふっと肩で息をした。

「みんな、ビールにしますか？」ロウズが訊いた。みんながそれでいいというようすをしたので、ロウズが立ってカウンターに向かっていった。

「長い道のりだったわね」マーシャがコートを肩からずらすようにして脱ぎながら疲れたようすでいった。「わたし、ここには前にきたことはないんじゃないかしら」

「そうだろうな」ハミルトンが同意した。

「あなたがよくきたのは、このお店なの？」

「みんなでよくビールを飲みにきたものさ。ぼくがエドワーズ大佐のところで仕事をしていたときにね」

「ああ」マーシャがいった。「それで思いだしたわ。前にもそんなことといってたわね」

ゴールデン・グロウのビール瓶を四本もってロウズがもどってきた。注意深く腰をおろす。

「さあ、どうぞ」みんなにいった。

「きみ、気がつかなかったかい？」ハミルトンはビールを飲みながらいった。「あの若い連中を見ろよ」

この酒場の薄暗い席のあちこちに、ティーンエイジャーがいた。彼は魅せられたように若い娘を見守っていた。十四歳になるかならないかぐらいの少女で、カウンターのところに行く途中だった。あれは新顔だな。どう見ても見おぼえがない。現実の世界では……いや、現実の世界などはるか遠くのように思われた。そしてまだ、この共産主義の幻想世界が、非現実的なぼんやりとした感じで彼の周囲でうごめいている。カウンターも、ずらりと並ぶ壜やグラスも、はっきりしない茫漠とした場所につづいている。酒を飲んでいる若者たち、テーブル、散らかったビール瓶、それらすべてが不明瞭な暗黒のなかにとけこんでいき、この部屋の奥がどうなっているのかわからなかった。前には見なれていた〈男〉と〈女〉と書かれた赤いネオン・サインも見えない。

彼は眼を細めて、片手をかざしてのぞきこんでみた。はるか彼方、テーブルや客のいる場所の奥で、なんともいえない不思議な赤い光のすじがあった。あれはネオン・サインなのだろうか？

「あそこになんて書いてある？」彼は指さしながらロウズに訊いた。

ロウズは唇を動かして読んでから、いった。「〈非常口〉と書いてあるみたいですね」しばらくして、いいたした。「ベバトロンの壁にある表示ですよ。火災がおきたときに点灯するんです」

「おれには〈男〉と〈女〉と書いてあるみたいに見えるがね」マクフィーフがいった。「まえからあったじゃないか」

「習慣かな」ハミルトンがいった。

「あの子どもたち、どうして酒を飲んでるんです?」ロウズが訊いた。

「それにマリファナをもっていますよ。ほらごらんなさい——クサをすってるのはまちがいないですね」

「コカ・コーラにマリファナ、酒にセックス」ハミルトンがいった。「社会体制の道徳的堕落だね。あの子たちはきっと、ウラニウム鉱山で働いているんだよ」思わず声にはげしいものが響いた。「そして大人になったらギャングになって、銃身を切り落としたショットガンを身につけるんだ」

「シカゴのギャングですね」うてば響くようにロウズがいった。

「それから軍隊に入って、農民を虐殺したり、農家を焼き払ったりするんだ。これがこの国の体制なんだ。ここはそういう国なんだよ。殺し屋と他人を食い物にする連中にはもってこいの場所さ」妻のほうを向いてハミルトンはいった。「そうだろう? 子どもたちは麻薬のとりこになってるし、資本家は血まみれの手をしているし、餓えた民衆はゴミ箱を漁って——

——」

「あなたのお友達がきたわよ」マーシャが静かにいった。

「ぼくの?」ハミルトンはびっくりして、疑わしそうにストゥールをまわしてふり返った。

暗い影を押し分け、すんなりしたからだつきのブロンドが、彼のほうに急ぎ足でやってくる。唇をかるく開き、乱れた髪が肩の上にかかっていた。最初、その女がだれなのかわからなかった。襟ぐりの深いしわくちゃのドローストリング・ブラウスを着ている。顔はどぎつく厚化粧し、タイト・スカートは太腿のあたりまで切りこみがはいっていた。ストッキングははかず、裸足でだらしのないロウ・ヒールの靴をはいていた。乳房が巨大だった。彼女がテーブルに近づくと、香水とからだのぬくもりがふわっと彼をつつんだ……体臭や香水などのまざった複雑な匂いが、入り乱れた思い出を呼びおこした。

「ハロー」シルキーは低いハスキー・ヴォイスでいった。さっと身をかがめ、ハミルトンのこめかみに軽くキスした。「あなたを待っていたのよ」

ハミルトンは立ちあがってストゥールをすすめた。「かけたまえ」

「ありがとう」腰をおろしながら、すかさずテーブルを見まわした。「ハロー、ミセス・ハミルトン」マーシャにいった。「ハロー、チャーリイ。ハロー、ミスタ・ロウズ」

「ひとつおききしたいことがあるんですけど」マーシャがぶっきらぼうにいった。

「どうぞ」

「あなたのブラジャーのサイズはどれくらい？」

シルキーは、てれたようすもなくブラウスを脱ぎおろして、すばらしい乳房があらわになるまで下げた。「あなたのご質問には、これで答になるかしら？」彼女が反問した。ブラジャーはしていなかった。

マーシャは顔を赤らめて降参した。「ええ、ありがとう」

ふっくらとふくらんでほとんど神秘的なほど豊かに隆起した乳房を興味津々で見つめながら、ハミルトンがいった。「ブラジャーなんてものは、民衆をあざむくために考案された資本主義的な詐欺だと思うね」

「民衆といえば」マーシャは、目にしたものに意気消沈し、あまり気のりのしない調子でシルキーにいった。「あなたは自分が失ったものを見つけるのに、きっと苦労するわよ」

「共産主義社会では、プロレタリアートはだれも失ったりしないんだよ」ロウズがいった。

シルキーはぼんやりとほほえんだ。細く長い指で胸をさわりながら、すこしのあいだ考えこんでいた。やがて肩をすくめると、ブラウスをもとにもどし、そでをおろしてカウンターの上で手を重ねた。「なにかニュースある？」

「ここにくる途中で、すごい戦いがあったよ」ハミルトンがいった。「ウォール街の吸血鬼対《ヴァーサス》勇敢ですみきった眼をして楽しい歌をうたう労働者たち、だ」

シルキーは、とらえどころのない眼を向けた。「どっちが勝ちそう？」

「そうだね」ハミルトンがいった。「大嘘つきのファシストの走狗は、燃えあがるスローガンにすっかり埋められちゃったみたいだ」

「あ」ロウズが指さしながら不意にいった。「あそこを見て」

酒場の隅に煙草の自動販売機があった。

「おぼえていますか？」ロウズがハミルトンに訊いた。

「おぼえているとも」

「もうひとつのほうもありますよ」反対側の隅にあるチョコレートバーの自動販売機をロウズは指さした。あたりを漂う闇にまぎれて、自動販売機はほとんど見えなかった。「あれで、わたしたちがやったこと、おぼえていますか？」

「おぼえているよ。ぼくたちは極上のフランスのブランディが、あの機械からひとりでに出てくるようにしたんだ」

「社会体制を変革するところでしたね」ロウズがいった。「世界を変えてしまうところだった。あのままつづけてたら、どうなったか考えてみてくださいよ、ジャック」

「考えているさ」

「みんなが望むもののすべてを生産することができたんですよ。食料、医薬品、ウイスキー、マンガ、鋤、避妊具。なにもかもですよ。どえらい原理でしたね」

「神聖反芻の原理。あるいは、奇蹟分裂の法則だね」ハミルトンがうなずいた。「あれなら、この世界でも、うまく動いたかもしれないな」

「党を出しぬくこともできたかもしれませんね」ロウズが同意した。「党の連中はダムを建設したり、重工業をおこさなきゃならない。それに対して、われわれに必要なのは〈ウノ・バー〉だけなんだから」

「それと、ある程度の長さのネオン管がいるよ」ハミルトンが思いださせた。「うん、さぞおもしろいことになっただろうね」

「なんだか悲しそうにきこえるわ」シルキーがいった。「どうかしたの？」

「なんでもない」ハミルトンがそっけなく答えた。「こっちの話さ」

「なにかあたしにできることでもないかしら？」

「いぇ」彼は少し微笑してみせた。「そういってもらうのはうれしいんだけど」彼女は、腰をおおうスリットのところの布地をかるくはだけさせた。「あたし、いつもあなたのものになりたいと思ってたわ」

「きみはいい娘だ。でも、そんなことをしても、どうにもならないんだよ」ハミルトンはかるく彼女の手首をたたいた。「階上《うえ》へ行って寝ることもできるのよ」

「ほんとにそう思う？」シルキーは訴えるように、しっとりと湿り気を帯びて輝く腿を見せつけた。「おたがいに気分がよくなれるわ……あなただって楽しくなって……」

「いつか別なときにね。しかし、いまはよそう」

「これはまた、ずいぶんきわどいことをいうのね？」マーシャが顔をひきつらせていった。

「冗談をいいあっているだけさ」ハミルトンがやさしくいった。「悪気があってのことじゃないんだよ」

「独占資本主義よ、くたばれ」ロウズが、まじめくさってゲップをしながら不意にことばをさしはさんだ。

「労働者階級にすべての権力を」ハミルトンが、うやうやしく答えた。

「アメリカ合衆国人民民主主義のために」ロウズがいった。

「ソヴィエト社会主義国家アメリカのために」

薄暗いカウンターでビールを飲んでいた労働者が数人、顔をあげた。「声をちいさくしろよ」マクフィーフが不安そうに注意した。

「みんな聞いてくれ」ロウズがポケットナイフでテーブルをがんがんたたきながらどなった。ナイフの刃を出すと、威嚇するようにテーブルの上においた。「おれはウォール街の腐った禿鷹《はげたか》の皮をはいでやるぞ」

ハミルトンは、疑いぶかい眼を向けた。「黒人はふつう、ポケットナイフなんてもってないぞ。典型的なブルジョアじゃないか」

「わたしはナイフをもっているんですよ」ロウズがぶっきらぼうにいい返した。

「それならきみは黒人じゃない」ハミルトンが断定するようにいった。「自分の宗教的な集団をうらぎったころびニグロだよ」

「宗教的な集団?」ロウズは催眠術にかかったようにくり返した。

「民族という概念は、ファシスト的な概念なんだ」ハミルトンがいった。「黒人は宗教、および文化的集団であって、それ以上のものじゃない」

「こいつはまいった」ロウズは感銘を受けたようにいった。「この世界も、まんざらすてたもんじゃないですね」

「ねえ、ダンスしない?」シルキーが急に、熱心なようすでハミルトンにいった。「あなたのお役に立ちたいの……あなた、ひどく絶望しているんですもの」

「すぐ回復するさ」彼はあっさり答えた。

「革命のために、わたしたちになにができるでしょう?」ロウズが熱っぽくたずねた。「だれを殺しましょうか?」

「そんなことはどうでもいいよ」ハミルトンがいった。「目についたやつ、だれでもいいのさ。読んだり書いたりできる人間ならね」

このやりとりに注意を払っていた労働者とシルキーが、すばやく視線を交わした。「ジャック」シルキーが心配そうな声でいった。「冗談ごとじゃないのよ」

「それはそうさ」ハミルトンが同意した。「われわれは、独占資本主義の狂犬、ティリンフォードにあやうく私刑《リンチ》されるところだったからね」

「ティリンフォードを粛清しよう」ロウズが叫んだ。

「ぼくにまかせろ」ハミルトンがいった。「どろどろに溶かして下水に流しこんでやる」

「あなたがそんなふうにいうなんて、なんだかへんだわ」シルキーは、依然として疑わしげに眼を据えながらいった。「ねえ、ジャック、そんなふうに話さないで。あたし、こわくなるわ」

「こわい？　どうして？」

「だって――」彼女は、ためらうような身ぶりをした。「あなたって当てこすりばかりいうんですもの」

マーシャが、いきなりヒステリックに大声をあげた。「まあ、このひとまでこんなことをいいだしたわ」

労働者が数人、ストゥールからおりて、テーブルのあいだを通りぬけながら静かに寄ってきた。酒場の喧騒が薄れた。ジュークボックスも死んだように静まり返った。奥のほうでティーンエイジャーたちが薄暗い闇のなかにしりぞいていった。

「ジャック」シルキーがおびえたようにいった。「気をつけてね。あたしのためにも」

「さあ、これでなにもかもわかったぞ」ハミルトンがいった。「きみも政治的には行動派なんだな。きみがねえ！　まじめで、家庭を愛する娘じゃないか、そうだろう？　この政治体制のおかげで堕落したのか？」

「資本家の金に眼がくらんだんでしょう」ロウズは黒い肌の額をこすり、空《から》になったビール瓶を倒しながら陰気にいった。「ぶくぶく太った資本家に誘惑されたんだ。相手は大臣かもしれない。この娘の処女膜は、その資本家の書斎の、暖炉の上の壁に飾ってあるんだ」

室内を見まわしながらマーシャがいった。「ここは、ほんとうにバーなの？　バーみたいに見えるけど」

「表向きはバーなんだ」ハミルトンがいった。

「だけど裏では」マーシャが不安ないいかたをした。「それでいいじゃないか」

この娘さんは――」

「あなた、ガイ・ティリンフォードのところで働いているんでしょう？」シルキーがハミルトンにいった。「あの日、あなたをあそこで乗せてあげたもの」

「そうだよ。だがね、ティリンフォードにクビにされたんだ。エドワーズ大佐に追いだされ、ティリンフォードにも追いだされたが……どっこい、ぼくたちはまだ生きている、というわけさ」ハミルトンはまわりにつめ寄ってきた労働者たちが武装していることになんとなく気がついた。この世界ではだれもが武装しているのだ。だれもがどちらかのサイドに属している。シルキーでさえも。「シルキー」彼は大きな声でいった。「きみはぼくが前から知っていたのとおなじ人間なのか？」

一瞬、このシルキーはためらった。「もちろんよ。だけど――」確信がないようすで頭をふった。ブロンドの髪が肩のまわりで波打った。「なにもかもひどく混乱しているの。あたしにはどうしようもないくらいに」

「そうだね」ハミルトンが認めた。「もうめちゃくちゃだ」

「あたしたち、友達だったはずね」シルキーがみじめにいった。「あたしたち、おなじサイドに立っていたはずよ」

「そうさ」ハミルトンがいった。「いや、前はそうだったといいなおそう。別の場所、どこか別の世界でね。いまはもう遠くへだたってしまったんだ」

「だけど――あたしをものにしたくないの？」

「ねえ、きみ」ハミルトンは悲しそうにいった。「いつだってきみをものにしたかったさ。時を超え、あらゆる国、あらゆる場所、あらゆる世界を通じて。時空のすべてを通じて、生きているかぎり、ぼくはきみを求めつづけるんだ。きみをしっかり抱きしめて、きみの大きな胸が、風にそよぐポプラの葉のようにふるえだすまで、きみを愛撫したいんだ」

「あたしもそう思っていたわ」シルキーは、心をかきみだされたようにいった。しばらくのあいだ、彼のからだにしなだれかかり、頬を彼のネクタイに押しあてていた。彼は不器用な手つきで、彼女の眼にかかっているブロンドの髪をそっとかきわけた。「できることなら」かすかな声で彼女がいった。「なにもかもうまくいけばいいのに」

「そうだね」ハミルトンがいった。「もしかしたら、ここへきてきみといっしょに一杯やれるかもしれないな」

「色のついたお水だけどね」シルキーがいった。「そういうわけなの。そうするとバーテンダーがチップをくれるのよ」

少しおどおどしたようすで、労働者たちはライフル銃を構えた。「そろそろいいか?」ひとりが訊いた。

ハミルトンからシルキーが離れた。「ええ」彼女はほとんど聞こえないほどの低い声でつぶやいた。「やって。さあ、早くけりをつけて」

「ファシストの走狗を殺せ」ロウズがうつろにいった。

「悪党を殺せ」ハミルトンがつけ加えた。「ぼくたちは立っていてもいいのか?」

「いいわ」シルキーがいった。「好きなようにしていいのよ。だけど——気の毒だわ、ジャック。ほんとにそう思う。でも、あなたはわたしたちの味方じゃないのね、そうでしょう?」

「そうだろうね」ハミルトンはほとんど陽気な語調で同意した。

「あたしたちに敵対するのね?」

「たぶんね」彼は認めた。「それ以外のなにものでもないからな。そうじゃないかい?」

「むざむざ殺されるの？」マーシャが抗議した。

「この連中はきみの仲間じゃないか」マクフィーフは、げっそりと疲れ切った声でいった。

「なんとかしてくれ、なんとかいってくれよ。説得できないのか？」

「そんなことをしたってどうにもならないさ」ハミルトンがいった。「説得されるものか」マーシャに向きなおって、やさしく立たせた。「眼を閉じるんだよ」彼はいった。「気を落ちつけて。そんなに苦しまないですむさ」

「あなたは——どうするの？」マーシャが低くささやいた。

「ぼくはみんなをここから脱出させる。その方法はひとつしかないんだ」まわりを取り囲むライフル銃の列がカチリと音をたててあげられたとき、ハミルトンは拳をかため、狙いをさだめて、マーシャの顎をしっかりと殴った。

かすかにからだをふるわせてマーシャはビル・ロウズの腕のなかに倒れこんだ。ハミルトンはぐったりした彼女のからだをつかんで抱きささえながら、呆然として立ちつくしていた。呆然としていたのは、無表情な労働者たちが依然としてそこにいて、弾丸を装塡した銃を構えていたからだ。

「なんてこった」ロウズがギョッとしていった。「まだ、みんないるじゃないか。われわれはベバトロンにもどっていないんだ」唖然としながら、ハミルトンに手を貸して、ぐったりと意識を失っているマーシャのからだをささえた。「ここは、マーシャの世界じゃなかったんだ」

16

「しかし、そんなバカなことがあるものか」ハミルトンは、身動きひとつしない妻のあたたかいからだを抱きしめながら、気のぬけたような声でいった。「マーシャの世界にちがいないんだ。そうじゃないなら、いったいだれの世界なんだ？」

そのとき、ハミルトンは気づいた。からだ全体が安心感につつまれる。

チャーリイ・マクフィーフが変わりはじめたのだ。無意識だったにちがいない。マクフィーフには抑えきれなかったのだった。この変身は、彼の信念のもっとも深いところから発してきたものだった。マクフィーフのあらゆる世界観の一部であり、核心をなすものだった。

マクフィーフは、みるみるうちに大きくなっていった。みんなが見守るなか、ずんぐりしたからだつきの、つまらない、腹のつき出た、鼻のひしゃげた男であることをやめた。背が高くなった。堂々とした姿に変わってゆく。神に似た高貴な感じが彼の全身をつつんだ。腕はとてつもない筋肉が盛りあがる。胸部もめりめり張りだしてきた。眼にはすさまじい光が宿った。角ばってがっしりした感じの顎をひきしめて、あたりにはげしい視線を向ける。

あの聖四文字《テトラグラマトン》であらわされるおかたに驚くほどよく似ていた。明らかにマクフィーフは、宗教的信念のすべてをふりすてることができなかったのだ。

「これはいったい？」ロウズは魅せられたようにたずねた。「なにものになってしまったんです？」

「気分はあまりよくない」マクフィーフは、とどろきわたる神のような声でいった。「薬を飲みにいったほうがよさそうだ」

たくましい労働者たちがいっせいに銃を下げた。畏怖に打たれ、身をふるわせながら尊敬の眼でマクフィーフを見た。

「同志、人民委員閣下」ひとりが低い声でいった。「あなただとは、わからなかったものですから」

マクフィーフは不快感を抑えてハミルトンに向きなおった。「バカ野郎め」大いなる権威がにじみでた声でどなった。

「おやおや、こいつは驚いた」ハミルトンが、そっといった。「聖なる神の一柱《ひとはしら》だったたってわけか」

マクフィーフの崇高な口が開いて閉じたが、なんの音も出てこなかった。

「これでのみこめた」ハミルトンがいった。「だから、あの傘で行ったとき、聖四文字《テトラグラマトン》であらわされるおかたはきみに目を向けたんだな。きみがショックをうけたのも無理はないな。それにあのおかたが疾風で吹っ飛ばしたのも当然だったんだ」

「おれも驚いたよ」ちょっと間をおいてから認めた。「聖四文字《テトラグラマトン》であらわされるおかたがあそこにいるとは、まるで信じてなかったからな。いいかげんなヨタ話だと思っていたんだ」

「マクフィーフ」ハミルトンがいった。「きみはコミュニストなんだな」

「そうさ」マクフィーフは不快げに大声を張りあげた。「違うとでもいうのか？」

「いつからだ？」

「何年にもなる。大不況以来だ」

「ハーバート・フーヴァーに弟が射ち殺されでもしたのかい？」

「そうじゃない。飢えていたし、失業していたし、ひとにこき使われるのにうんざりしたからさ」

「ある意味では、きみは悪い人間じゃない」ハミルトンがいった。「だけど、きみの心の内部は確かに歪んでいるね。ミス・リース以上に狂ってる。ミセス・プリチェット以上にヴィクトリア朝時代だよ。シルヴェスター以上に家父長崇拝だ。あの三人のいちばん悪いところを全部あわせたみたいだよ。それよりはるかにひどいんだ。だけど、それ以外のところでは、きみはまともなんだ」

「おまえの話など聞く必要はない」偉大な神の一柱が宣《の》べたもうた。

「なによりもまず、おまえは卑劣な人間だ。破壊的で良心のない嘘つき、権力を渇望する悪党、下劣なクズだ。どうしてマーシャをあんな目にあわせたんだ？　どうしてあんなでっちあげをたくらんだんだ？」

しばらくして、輝ける存在が答えた。「目的は手段を正当化する」

れがちょっとでも目を離せば、すぐに――」

「どうして？」ハミルトンが訊いた。

「いかなるグループにも属さない。そのくせ、あらゆるものに首を突っこんでいる。われわれがちょっとでも目を離せば、すぐに――」

「だから、かたづけようとしたわけか？　狂った愛国主義者の手にゆだねることで」

「狂った愛国者なら」マクフィーフがいった。「われわれにも理解できる。だが、おまえの細君のやることはまったく理解できん。党の平和宣言に署名しながら、《シカゴ・トリビューン》を読んでいる。彼女のような人間は、ほかのどのような有象無象よりも党の方針にとって有害なんだよ。個人主義の信奉者。手前勝手な行動基準と倫理感をもった理想主義者というやつさ。権威を受け入れることをあくまでも拒否する。それが社会の根幹を腐らせるんだぞ。体制全体をぶち壊してしまうんだ。その上に建設できるものなどなにもない。おまえの細君のような人間は命令にしたがうことなんてしないんだからな」

「マクフィーフ」ハミルトンがいった。「ぼくを許してくれなければいけないよ」

「なぜだ？」

「これから無益で役に立たないことをするつもりだからさ。でも、たとえ無益だとわかっていても、きみのなかから生きているイエスさまをたたきだしてやる」

マクフィーフに躍りかかったとき、ハミルトンは、巨大な鋼鉄のような筋肉がひきしまるのを見た。あまりにもごつごつしていて、その表面すら傷つけることはできなかった。マクフィーフは一歩さがって、がっしりハミルトンの手を受けとめ、反撃してきた。

ハミルトンは眼を閉じて、必死にマクフィーフにすがりつき、はなされまいとした。あざができ、歯が折れ、眼もとの傷から血をしたたらせ、服はズタズタになりながら、ぼろぼろになったネズミのようにぶらさがっていた。やがて一種の宗教的な乱心状態がやってきた。憎しみのあまり恍惚状態となって、マクフィーフをつかみ、その高貴な頭を壁にがんがんたたきつけた。マクフィーフの指が彼を引き裂き、ひきはなそうとしたが、ハミルトンはあくまでもしがみついていた。

もう終わったも同然だった。ハミルトンの発作的でささやかな攻撃もむだに終わった。ロウズが頭蓋骨を割られてのびている。そのそばに力なく倒れているのは、マーシャだった。彼女はハミルトンが手をはなした場所に倒れていた。ハミルトン自身はまだ立っていて、ライフルをふりあげた男たちにかこまれていた。こんどは彼が死ぬ番だった。

「さあ、こい」あえぎながら挑戦した。「そんなことをしたって、なにも変わりはしないんだぞ。たとえぼくたちをズタズタにしたところでどうなるものでもないんだ。ぼくたちを粉砕してそのからだでバリケードを作ってもおなじだ。からだを溶かしたってダメだ。この世界はマーシャの世界じゃない。それだけでぼくは――」

ライフルがたたきつけられた。眼を閉じて苦痛をこらえる。労働者のひとりが彼の急所を蹴りあげた。もうひとりが肋《あばら》をたてつづけに殴った。ハミルトンはぼんやりと、マクフィーフの巨大なからだが目の前から消えてゆくのを感じた、渦巻く闇のなかに、労働者の姿が現われては消えてゆき、やがて彼は這いつくばって、うめきながら自分の血にまみれた赤い眼でマクフィーフを見つけようとした。そして、攻撃してくる敵から逃げようとした。

叫び声。ハンマーをたたきつけるようにライフルの銃床がハミルトンの頭蓋骨にぶちあたった。ハミルトンは全身をふるわせ、まわりの混乱のなかをうごめき、すっかり力を失って倒れこんでいるおぼろげな姿を見定め、なんとかそこまで這っていこうとした。

「そいつはほっておけ」そんな声が聞こえた。ハミルトンはその声を無視して、マクフィーフのほうににじり寄っていった。しかし、マクフィーフではなかった、ジョーン・リースだった。

ややあってハミルトンはマクフィーフを見つけた。力なく、よわよわしい手で彼を殺す武器をガラクタの中から探した。コンクリートのかたまりをつかんだとき、はげしく蹴りつけられてのびてしまった。みじろぎもしないマクフィーフの姿が薄れてゆく。ハミルトンはただひとり、惨澹《さんたん》たる廃墟と混沌のなかでもがきながら、あたりいちめんに降りそそぐ焼けた灰のなかで途方に暮れていた。

あたりに散乱するのはベバトロンの残骸だった。注意深く進んでくる人影は赤十字の救急班と技術者だった。

ライフルをたたきつける無差別攻撃のさなかに、あやまってマクフィーフも打ちのめされたのだ。乱戦にまきこまれ、マクフィーフも特別待遇は受けなかったというわけだ。敵味方の区別など、とうていつく状況ではなかったから。

ハミルトンの右には、マーシャのぐったりしたからだが横たわっていた。服に火がついて焦げていた。片腕がからだの下になっている。膝をまげているので、黒焦げになったコンクリートの床に落ちた、小さくて、いたましい包みのようだった。そして、そこから遠くない場所にマクフィーフが倒れていた。反射的にハミルトンはマクフィーフににじり寄っていった。そこにたどりつく途中で救急班が彼を押さえ、担架にのせようとした。呆然として混乱してはいたものの、まだ気力だけはしっかりと残っていたハミルトンは、救急班の手を払いのけると、自分で身をおこした。

自分の党の殺し屋たちに殴り倒されたマクフィーフは、激怒の表情を浮かべたまま横たわっていた。傷だらけでぼろぼろになったその顔は、憤怒と困惑に歪んでいる。その表情は苦しそうに意識を回復してもまだ、マクフィーフの顔にはりついていた。その息づかいが不規則ではげしくなる。なにかつぶやきながら、バタバタ手足を動かし、マクフィーフは太い指で宙をつかみながらもがいていた。

残骸のなかになかば埋もれて、ミス・リースが身動きしはじめていた。おぼつかなげに身をおこして膝をつくと、よわよわしく手さぐりし、こなごなになった眼鏡の残骸をひろおうとした。「まあ」視力の弱い眼をまばたいて、恐怖の涙をこぼしながら小さな声でいった。「なんてこと――」焦げてぼろぼろになった上着をかき寄せ、身を守るようにからだにまきつけた。

技術者たちがミセス・プリチェットのところにたどりついた。山のようになって煙をあげている彼女のからだから、急いで残骸や破片をとりのけはじめた。痛みをこらえてなんとか身をおこしていたハミルトンは妻のところに這いもどると、焼けて黒ずんだ服にまだ残る小さな炎をもみ消しはじめた。マーシャが身をふるわせ、反射的にからだを動かした。

「動くんじゃないよ」注意した。「骨が折れているかもしれないから」

彼女は眼を閉じて、身をこわばらせたまま、おとなしく横たわっていた。遠くで、火炎に黒ずんだセメントの灰が渦巻くあたりで、デイヴィッド・プリチェットのおびえた悲鳴があがった。全員がからだを動かしはじめた。みんな意識をとりもどしたのだ。ビル・ロウズは、自分のまわりに白人が集まってきたとき、あてどなく手をふりまわしていた。叫び声、悲鳴、非常警報サイレンの唸り……

現実世界があげるけたたましい騒音だった。なかば破壊され燃えあがる電子設備の刺戟《しげき》的な臭い。神経をとがらせた救急班によるぎこちない応急処置。

「もどってきたんだ」ハミルトンは妻にいった。「ぼくの声が聞こえる?」

「ええ」マーシャがいった。「聞こえるわ」

「うれしいかい?」彼が訊いた。

「ええ」マーシャが静かにいった。「叫んだりしちゃだめよ、あなた。わたしは、とてもうれしいわ」

ハミルトンが発言しているあいだ、T・E・エドワーズ大佐はなにもいわずにじっと聞いていた。ハミルトンが告発のあらましを述べ終わると、細長くて能率的な高級会議室は静まり返った。葉巻をくゆらすものういリズムと、速記をとる音だけになった。

「きみは当工場の保安責任者が共産党の党員だと告発している」眉をひそめて考えていたあと、エドワーズがいった。「そうだね？」

「正確にはそうではありません」ハミルトンがいった。このときもまだからだがふるえ気味だった。ベバトロンの事故が発生してから、やっと一週間がたったばかりだった。「ぼくは、マクフィーフが練達のコミュニストで、共産党の目的を推進するために自分の地位を利用していると申しあげているのです。しかし、それがみずからの意志であるか、または外部から強制されたものであるかは――」

エドワーズはきびしい態度でマクフィーフに向きなおっていった。「これに対してきみはなにか申し立てることがあるのか、チャーリイ？」

マクフィーフは眼をあげずにいった。「おれにいわせれば、まさしく見えすいた中傷ですよ」

「ハミルトンはきみの動機を非難しようとしているだけだというのかね？」

「そのとおりです」マクフィーフは機械的にそのことばを口にした。「ハミルトンはおれの動機の正当さに疑惑を投げかけるようにしむけてるんですよ。妻の身を守るかわりに、おれを攻撃することでね」

エドワーズ大佐はハミルトンに向きなおった。「これを認めなければならんのは心苦しいのだがね、目下議題にあげられているのはきみの細君であって、チャーリイ・マクフィーフではない。弁護をするなら、それが適切であるように注意したまえ」

「ご存じのように」ハミルトンは、いよいよ論戦の火蓋を切った。「ぼくとしては、以前もいまも、マーシャがコミュニストではないと証明することはできません。でも、彼女に対してマクフィーフがなんでそうした非難を浴びせたか、その理由はここで論証できるんです。マクフィーフがなにをしていて、こんどの件が実際にはどういうことだったかを説明することはできるんですよ。彼の地位を考えてみてください。彼を疑う者がいるでしょうか？　彼は立場上、保安に関する極秘書類に自由に近づくことができ、だれに対しても思うがままに告訴できるんです……党員としては、理想的な地位じゃありませんか。党が嫌う人物、党にとって障害になる人物は、いかなる人物であれ葬り去ることができるんですからね。かくして党は、組織的に敵対者を根だやしにしていくんです」

「しかし、それではあまりにも間接的ではないかね」エドワーズが指摘した。「確かに筋はとおっている――しかし証拠は？　チャーリイがアカだということを立証できるのかね？　きみの主張にしたがえば、彼は共産党員ではないんだから」

「ぼくは私立探偵ではありません」ハミルトンがいった。「警察官でもありません。マクフィーフに不利な証拠を集める手段はないんです。おそらく、彼はアメリカ共産党ないしは党の前衛的組織となんらかの関係があるにちがいありません……どこからか指令を受けとっているはずですからね。もしFBIがマクフィーフの調査にとりかかれば――」

「つまり、証拠はないわけだ」エドワーズは葉巻を嚙みながらいった。「そうだろう?」

「証拠はありません」ハミルトンが認めた。「チャーリイ・マクフィーフが心のなかでなにをたくらんでいるか、という証拠はない。ぼくの妻が心のなかでなにを考えているか、彼に証拠がないのと同じです」

「しかしきみの細君に関しては、その名誉をそこなうに足りる資料がそろっているんだよ。細君が署名した数々の嘆願書。参加した左翼の集会。チャーリイが署名した嘆願書をきみはひとつでも持っているかね。彼が出席した集会をひとつでもいえるのかね」

「真のコミュニストは、表面にはけっして現われないものです」ハミルトンは、自分でいいながら、そのことばがどんなにおかしな響きを持っているかわかった。

「それだけの根拠では、チャーリイを退職させることはできないよ。きみだって、それがどんなに薄弱な根拠であるかわかっているはずだ。彼が左翼の集会に出席しなかったから、クビにするのかね?」エドワーズ大佐の顔にうっすらと微笑が浮かんだ。「残念だな、ジャック。この件では、きみに勝ち目はないよ」

「わかっています」ハミルトンが同意した。

「わかっている?」エドワーズが驚いた。「きみはそれを認めるのか?」

「もちろん認めます。勝ち目があるとは、はじめから思っていませんでした」とりたててなんの感情もこめずにハミルトンは説明した。「ぼくはただ、あなたがたの注意を惹くだけでいいと思ったのです。記録には残りますから」

むっつりして椅子に腰をおろしているマクフィーフはなにもいわなかった。ずんぐりした指をきつく組みあわせ、じっとその指さきに精神を集中させている。けっしてハミルトンに視線を向けようとはしなかった。

「きみの力になってあげたかったんだがね」エドワーズがいいにくそうにいった。「しかし、そうもいかんのだよ、ジャック。きみの論法でいくと、国民すべてを危険人物と見なさなければならなくなるからね」

「いずれそうなさるんじゃないですか。ぼくはただ、マクフィーフに当局の調査が行なわれるようにしたかっただけなんです。彼が見逃されたままでいるなんて、考えただけでいやだったものですから」

「わしは、チャーリィ・マクフィーフの高潔さと愛国心は」エドワーズが色をなしていった。「非のうちどころがないものと思っとるよ。この男が第二次大戦のとき、空軍で戦ったことを知っているのかね？　彼が敬虔《けいけん》なカトリック信者であることはどうだ？　海外派遣軍の在郷軍人会の会員であることは？」

「おそらくボーイ・スカウトにも入っていたでしょうね」ハミルトンは認めた。「それに、毎年クリスマスには、クリスマス・ツリーを飾るんだ」

「きみはカトリック信者で在郷軍人の忠誠心を疑うのかね？」エドワーズが訊いた。

「いいえ、そんなことはありません。ぼくは、この人物がそのすべてでありながら、しかもなお、危険な破壊工作員であり得るといいたいだけです。そして、平和宣言に署名したり《真相》を購読している女性でも、この汚れた国を愛しているんだということをね」

「どうやら時間のむだのようだ」エドワーズが冷たくいった。「無意味なたわごとじゃないか」

　椅子をうしろに押しやりながら、ハミルトンは立ちあがった。「ぼくの話を聞いてくださってありがとうございました」

「どういたしまして」エドワーズは困ったようにいった。「わしとしてはきみにもっとしてあげたかったんだがね。しかし、わしの立場も理解してくれ」

「あなたが悪いのではありません」ハミルトンがいった。「実際、ちょっとひねくれたいいかたですが、ぼくの話に注意を払わないでいてくれたので、逆にうれしいんですよ。とにかく、有罪が証明されるまでは、マクフィーフは無罪ですから」

　会議は終わった。カリフォルニア・メンテナンスの重役たちは、各自の仕事にもどれるのをよろこびながら、廊下に出て歩きはじめた。すらりとした速記者が速記の機械と煙草とバッグを集めた。マクフィーフは悪意のこもった視線をさっとハミルトンに投げて、荒々しく彼を押しのけて姿を消した。

　戸口でエドワーズ大佐がハミルトンをよびとめた。「きみはこれからどうするんだ？」彼が訊いた。「半島に行って仕事をするのか？　ティリンフォードのところに行って電《E》子工学《D》開《A》発局にはいるのかね？　ティリンフォードならきみを雇ってくれるだろう。彼ときみのお父上は親友だったからね」

この現実の世界では、ハミルトンはまだガイ・ティリンフォードと連絡をとっていなかった。「ぼくを使ってくれるでしょう」考えながらいった。「ひとつにはそれが理由ですが、もうひとつはぼくが一流の電子工学の専門家だからです」

エドワーズは困惑し、語気を強めた。「すまん。きみを傷つけるつもりはなかった。わしはただ――」

「よくわかりますよ」ハミルトンは、ひびが入り、きつく包帯が巻かれた脇腹を気にしながら肩をすくめた。新しく入れた前歯の二本の義歯が、口のなかで落ちつかない奇妙な感じだったし、右の耳の上の大きな絆創膏もへんな感じだった。頭を二針縫ったのだった。こんどの事故と、一連の試練は、多くの意味でハミルトンを成長させていた。「ぼくはティリンフォードのところには行きませんよ」彼はいった。「自分で道を切り開いていくつもりです」

エドワーズはためらいながらいった。「われわれに腹をたててはいないんだね？」

「ええ。ここでの仕事は失いましたが、それはもうどうでもいいんです。ある意味では、ほっとしてるんですよ。もしこんどのことがなかったら、いつまでもここに勤務していたでしょうからね。保安体制なんかに悩まされることもなく、そんなものがあることも知らなかったでしょう。でも、いまはもうぼくもはっきりわかりました。いやでも眼をさまされたわけですよ」

「おいおい、ジャック――」

「ぼくはいままで順調すぎたんです。家には財産があったし、父は専門分野では有名でしたからね。普通なら、ぼくみたいな人間はマクフィーフのような人間にいいようにはされないものです。でも、時代は変わった。マクフィーフたちは、ぼくたちにちょっかいをだそうとしている。ぼくたちはやっと顔をつきあわせたんですよ。そろそろ、ああいう連中の存在に気がつきはじめてもいいころなんだ」

「それはけっこうなことだ」エドワーズがいった。「気高く感動的でもある。しかしきみだって生活のことを考えなければならないだろう。仕事を探して家族を養わなきゃならん。身上調査に疑問な点があれば、ここであれどこであれ、もうミサイルの設計はできないよ。政府と契約しているところはどこでも、きみを雇わないだろうからね」

「それもいいことかもしれませんよ。爆弾を造るのはもうあきました」

「退屈したのかね？」

「むしろ良心が眼ざめたといいたいところです。ぼくの身におこったいくつかのことが、ぼくの考え方を変えたんですよ。殻を破って生まれかわった、とでもいったところでしょうか」

「ああ、そうか」エドワーズがぼんやりいった。「あの事故か」

「いままで存在すると思わなかった現実のさまざまな姿を見ましたよ。そのつど、現実認識が変えられました。型どおりの日常の壁を破るには、ああいったことが必要なんでしょうね。あのときの経験すべてに、それだけの価値はあったのです」

廊下のうしろから、甲高いハイ・ヒールの足音が聞こえてきた。マーシャが息を切らし、頬を染めながらやってきて、彼の腕をとった。「もう出発のしたくはできているのよ」彼女は熱っぽくいった。

「大事なことは」ハミルトンはエドワーズ大佐にいった。「もう解決ずみです。マーシャはほんとうのことをいっていたんです。ぼくにはそれだけで充分なんですよ。仕事なんかいつでも見つかるけれど、女房は簡単には見つかりませんからね」

「これからなにをする気だね？」ハミルトン夫妻が廊下を歩きだしたとき、エドワーズが訊いた。

「はがきを出しますよ」ハミルトンは肩ごしにいった。「社名入りのね」

「あなた」ふたりがカリフォルニア・メンテナンスの正面の階段を降りて、長いコンクリートの歩道を歩きはじめたとき、マーシャが興奮していった。「トラックがもうきているの。荷物をおろしはじめたわ」

「よかった」ハミルトンは満足していった。「そいつはさぞ見映えがいいだろうね。ぼくたちがクソババアの仕事にとりかかるときに」

「そんなふうにいわないで」マーシャは彼の腕をつかみながら心配そうにいった。「いやだわ、そんなあなたって」

ハミルトンはにやりと笑いながら彼女を車に乗せた。「いまからぼくは、だれに対してもあくまで誠実に、いいたいことをいい、したいことをすることに決めたよ。人生ってやつは、なにをするにしても短いからね」

マーシャは怒って苦情を並べた。「あなたとビル——いったいこれからどうなるのかしら？」

「せいぜい金を儲けるさ」ハミルトンはハイウェイに車を出しながら陽気にいった。「ぼくがいったことをおぼえておくといい。きみとニニーは、クリームのお皿を舐めて絹の枕で眠るんだ」

三十分後、ふたりは手入れの行きとどいていない地面に立った。ハミルトンとロウズが借りた小さな波型鉄板造りの小屋を注意深く調べた。機械が大きなベニヤ板の箱に入れられて山のように積まれている。重苦しく動くトラックが裏にある荷台スペースへと列をつくっていた。

「そのうちにね」ハミルトンが考え深げにいった。「ノブとダイヤルがついた、ちっちゃくて光沢のある四角い箱が、あそこの荷台から出荷されるんだ。トラックはいまみたいに荷をおろすんじゃなくて、荷を積みこむためにやってくるんだよ」

ふたりに向かって歩いてきたのは、冷たい秋風に痩せたからだをかがめたビル・ロウズだった。火のついていない吸いさしの煙草を薄い唇にはさんで、ポケットに手を深く突っこんでいる。「やあ」顔をしかめた。「たいしたものじゃありませんが、けっこう楽しめそうですね。失敗するかもしれないけど、そいつはとことん楽しんだあとですよ、きっと」

「ジャックったら、いまにわたしたちがお金持ちになるっていったわよ」ロウズのことばに失望して、マーシャは頰をふくらませ、唇をつきだした。

「それはたぶん、ずっとあとの話ですよ」ロウズが説明した。「こっちがヨボヨボになって、楽しいことはもういいや、ってなったころかな」

「イーディス・プリチェットはこなかったか？」ハミルトンが訊いた。

「どこかそのへんをぶらついているようですよ」ロウズは曖昧《あいまい》な身ぶりをした。「いろいろな場所にあのおばさんのキャデラックがとまっているのを見ましたからね」

「あのキャデラック、ちゃんと走るのかい？」

「それはもちろん」ロウズがはっきりいった。「すごくよく走りますよ。もうわれわれは、あの世界にいるわけじゃないんですからね」

十一歳くらいの少年が、楽しそうにはねまわりながらやってきた。「なにをつくるの？」彼は訊いた。「ロケット？」

「違うよ」ハミルトンは答えた。「蓄音機さ。みんなが音楽を聞けるようにね。新製品なんだ」

「すごいなあ」少年は感心したようにいった。「ねえ、ぼくも去年、真空管一本と電池をつかったヘッドフォン型の受信機を組み立てたよ」

「最初にしてはすごいね」

「いまはね、TRFのチューナーを組み立てているんだ」

「なかなかだね」ハミルトンがいった。「きみにも手伝ってもらうかもしれないね。もちろん、自分たちで紙幣を印刷しなきゃならないようなはめにおちいらなければの話だけど」

まだ手入れもされていない地面を用心深く歩いて、ミセス・イーディス・プリチェットがやってきた。ずっしりした毛皮のコートを着て、ヘンナ染料で染めた巻き毛にちょこんと、すばらしくごちゃごちゃした帽子をかぶっていた。「ミスタ・ロウズとミスタ・ハミルトンのおじゃまをしてはいけませんよ」息子に命令した。「おふたりとも、いろいろとおいそがしいんですからね」

デイヴィッド・プリチェットは怒ったようにさがった。「電子工学の話をしてたんだよ」

「まあ、ずいぶんたくさんの機械を買いましたねえ」ミセス・プリチェットはびっくりしたようにふたりにいった。「とても費用がかかったでしょう」

「必要なものばかりですよ」ハミルトンがいった。「規格品を使ってアンプを組み立てるわけじゃありませんから。ぼくたちふたりで、コンデンサーから変圧器にいたるまで、すべてを設計して組み立てるんです。摩擦抵抗のない新しい種類のカートリッジの設計図をビルが書きあげています。ハイファイ市場で、これまでにない大ヒットまちがいなしですよ。レコードがまったくすりへらないという保証付きですから」

「まあ、ほんとに堕落しちゃったのね」マーシャがおもしろがっていった。「有閑階級の気まぐれな欲望を満たしてあげるなんて」

「ぼくの考えでは」ハミルトンがいった。「音楽はもうそのままでいいんだ。問題はどうやって操作するかだ。ハイファイ装置を操作すること自体が芸術になるんだよ。ぼくたちが造りだす装置は、組み立てるのと同様に、操作するのに熟練を要するんだ」

「わたしにはもう眼に見えるようですよ」ロウズがにこやかに笑いながらいった。「ノース・ビーチのアパートの床に、ほっそりとした青年がすわりこんで、やたらにノブやスイッチを夢中になっていじりまわしている。すると、航空エンジンや、吹雪や、屑鉄を積みおろすトラックや、その他もろもろの音がものすごい音で鳴り響くんです」

「あたくしにはどうもよくわからないわ」ミセス・プリチェットが疑わしそうにいった。「あなたがたおふたりは、ちょっと変わっていらっしゃるから」

「変わった分野の仕事をしているからですよ」ハミルトンが教えた。「ファッション業界よりもずっと変わってるし。男ばかりのパーティに料理の仕出しをする仕事よりも変わってるかもしれない。でも、儲けは莫大なんですよ」

「だけど、ほんとうに確かなんですか」ミセス・プリチェットがくいさがった。「あなたの事業が経済的に成功することは？　確実に回収できる見通しがなければ、投資したくないんですよ、あたくしは」

「ミセス・プリチェット」ハミルトンが、まじめにいった。「いつか、あなたが芸術の保護者になりたいとおっしゃったのを聞いたような気がしますが」

「まあ」ミセス・プリチェットがいった。「文化活動をしっかり援助することと以上に、社会にとって有益なことはありませんわ。霊感をうけた天才たちが何世代にもわたって創造した偉大な芸術的遺産なしでは、人生は——」

「それなら、あなたはまさに正しいことをなさるんですよ」ハミルトンがいった。「正しい場所にあなたのルート《お金》をおくわけですからね」

「あたくしの――」

「あなたのリュートですよ」ビル・ロウズがいった。「あなたはリュートをまさにあるべき場所においたわけです。われわれは音楽業界に身をおいています。われわれの装置で、民衆がいままで聞いたこともないような音楽を聞くことになるんです。数百ワットのひずみのない電力で。何万サイクルの均一の周波数でね。これは文化的な大革命ですよ」「きみはどう思う？」

腕を妻のからだにまわしながら、ハミルトンははげしく抱きすくめた。

「すばらしいわ」マーシャが息をのんだ。「だけど気をつけて――わたし、火傷《やけど》してるのよ、忘れたの」

「うまく成功すると思うかい？」

「もちろんよ」

「これでみんなが満足するはずですよ」ハミルトンが、妻のからだを離しながらミセス・プリチェットにいった。「そうでしょう？」

まだ半信半疑だったが、イーディス・プリチェットはばかでかいバッグから小切手帳を出した。「どうやら充分な根拠がありそうですね」

「もちろんですよ」ハミルトンが同意した。「われわれにお金という充分な根拠がなければ、作業にとりかかることもできませんからね」

パシリとするどい音をたててミセス・プリチェットはバッグを閉じた。「あたくしはかかわらないほうがいいんじゃないかしら」

「このひとのいうことなんか気になさらないでください」マーシャがあわてて説得した。「いつだってわけのわからないことしかいわないんですから」

「それはそうね」ミセス・プリチェットは、とうとう納得したらしく同意した。細心の注意と几帳面さで、小切手に最初の資金の金額を書いた。「きちんと返済されることを期待してますよ」ロウズに小切手をわたしながら、きびしくいった。「あたくしたちの契約条項にしたがってね」

「確実にお返ししますよ」ロウズがいった。そのとたん、苦痛に顔をゆがめ、あわててとびのいた。いらだたしそうに腰をかがめると、くるぶしをつかみ、なにか小さいものを親指で押しつぶした。

「どうしたんだい?」ハミルトンが訊いた。

「ハサミムシですよ。靴下をはいあがってきて嚙みついたんです」不安そうに微笑しながらロウズはつけ加えた。「ただの偶然ですよ」

「資金はきちんと返済するよう努力します」ハミルトンはミセス・プリチェットを安心させるためにそんなことをいった。「もちろん、約束はできません。しかし、できるだけのことはしますからね」

ハミルトンは身がまえたが、かんだり刺したりする生きものは現われなかった。

「神さま、感謝します」マーシャは小切手をみると安堵の息をもらした。

波型鉄板造りの小屋をめざして、足どりもかるく向かいながら、ロウズがどなった。「なにをぐずぐずしているんです？　さあ、仕事にとりかかりましょう！」

「非現実への不安」を小説化したディックの出世作

SF研究家
牧 眞司

お待たせしました！ ついに『宇宙の眼』がハヤカワ文庫SFに入りました！ この日を待ちわびていた読者も多いことでしょう。

この作品は、日本で最初に翻訳されたフィリップ・K・ディックの長篇。オールドファンには懐かしい《ハヤカワ・SF・シリーズ》（以下、HSFSと略記）の――より正確に言えば、初期叢書名《ハヤカワ・ファンタジイ》の――一冊として、一九五九年（昭和三四年）五月に刊行されている。〈SFマガジン〉もまだ創刊されていなかった、まさに日本SFの黎明期だ。そのHSFS版は何回か増刷されて、SFファンに広く読まれた。後述するように、プロ筋からの評価も高かった。七〇年には早川書房《世界SF全集》の第十八巻に、アルフレッド・ベスター『虎よ、虎よ！』と併せて収録され、ディックの代表作と位置づけられた。ところが、この名作は文庫化されなかった。ハヤカワ文庫SFというれっきとした受け皿があったのにもかかわらず。

これは早川書房編集部の怠慢ではなく、ひとえに翻訳権の事情だ。ちなみに、同じ中田耕治訳の『虎よ、虎よ！』は、順当なタイミングでハヤカワ文庫SFに収録されている。同文庫がスペース・オペラやヒロイック・ファンタジイ路線から、名作SFも収録するようになったのが一九七五年（挿絵を入れずに背表紙を青くした装幀が目安）。『虎よ、虎よ！』の文庫化が七八年である（以下、本解説中で特記のない刊本はハヤカワ文庫SF）。

本来ならこれと同時期に『宇宙の眼』も文庫化されていたはずだが、ひと足違いでディック作品の翻訳権をごっそりと他社が取得してしまったのだ。こう言えばベテラン読者はピンとくるだろう、その他社というのはサンリオである。同社はディック作品に限らず大量に翻訳権をとったため、それを消化するのに時間がかかり（未刊行に終わったものも多い）、『宇宙の眼』も長らく陽の目をみることがなかった。『虚空の眼』というタイトルのサンリオSF文庫版（大瀧啓裕訳）が刊行されたのは、ようやく一九八六年のことである。

《世界SF全集》は図書館に備えられていることが多かったので幻の一冊というほどではないのだが、新刊書店の店頭で面白そうな本をチェックしている読者にとって、一時期『宇宙の眼』は、「タイトルはよく聞くが読んだことのないSF」になっていた。SFファン層が厚い一九六〇年前後生まれに、そう証言するひとがけっこういる。ちなみにサンリオSF文庫は『虚空の眼』刊行から約一年で完全撤退（在庫もすべて処分）となり、大瀧啓裕訳は創元推理文庫SFマークへと移籍（九一年）。しかし、それも現在すでに品切れである。そこで、満を持して本家（？）早川書房の出番となった。翻訳権を改めて取得し、中田耕治訳を新しい装いでのお届けだ。読者のみなさま、どうぞご堪能ください。

考えてみると、HSFS版『宇宙の眼』は凄い。原著 ***Eye in the Sky*** が刊行されたのが一九五七年。その二年後の邦訳だ。現在のように海外と即座に情報交換ができる時代ではなかったのに、なんという早さ。じつは初期HSFSはこうしたパリパリの新作が揃っていた。五九年といえば、本国アメリカでも『高い城の男』（六二年）がヒューゴー賞を獲る以前。当時の日本SFファンは、ほぼリアルタイムでディック作品に接することができたのだ。

当時の読者が受けた衝撃は、想像にかたくない。宇宙や未来を舞台にした作品、時間旅行やロボットを扱った物語は、戦前から翻訳のあるH・G・ウエルズや、日本SFのパイオニアである海野十三の作品、あるいは手塚治虫のマンガなどがあった。しかし、『宇宙の眼』が提示する多元世界アイデアは、まったく斬新だった。フレドリック・ブラウン『発狂した宇宙』が元々社《最新科学小説全集》ですでに翻訳されてはいた（五六年）ものの、同作品はこちらの日常からあちらの空想的世界へ転移するだけで（オチにもうひとひねりがあるが）、多元宇宙の段差は一段だった。それに対して、『宇宙の眼』は現実が次々と入れ替わるのである。しかも、そのひとつひとつが異様だ。

ここで、本書のストーリーを簡単におさらいしておこう。伏線とかネタということが問題になる小説ではないと思うが、一方で「本書のように、あまりに抜目なく計算され、巧みに語られた小説に対しては、少しでも内容を暗示することが、作品観賞の阻げになる」（福島正実によるHSFS版の解説）との主張もある。先にこの解説をお読みになっているかたは、このへんで本篇をどうぞ。あるいは、次の一行アキまで飛ばしてください。

世界最大のベバトロン陽子ビーム加速器が故障し、見学していた八人が装置のなかへ投げだされる。生命に別状はなかったが、病院での治療を終えて普段の生活に復帰した彼らは、世界がそれまでと異なっていることに気づき戦慄する。ここでは第二バーブ教なるイスラム由来の宗教が信奉され、それが文化や習慣、それどころか科学の基底にさえなっている。それは迷信ではなく、〈ただひとつの真なる神〉の恩寵や天罰があたりまえのようにくだされるのだ。しかし、それらの奇跡はあまりに気まぐれで、まったく予想がつかない。

どうしてこんな狂った世界が成りたっているのか？　ある手がかりをきっかけに、この現実は客観世界ではなく、ひとりの人物の主観が創りだしたものだという仮説が浮上する。ベバトロン事故に巻きこまれた八人のうちの誰かだ。

その八人とはこんな顔ぶれだ。(1)先端電子工学の技師ジャック・ハミルトン。彼がこの物語の主人公である。(2)その妻で、人権擁護や平和活動に関心を持つマーシャ・ハミルトン。彼女の行動が左翼的とみなされ、ジャックは勤務先のミサイル工場を解雇されていた。(3)ジャックのミサイル工場の同僚チャーリイ・マクフィーフ。(4)ベバトロン施設の案内人で教養ある黒人のビル・ロウズ。(5)書籍と美術用品の店に勤めるジョーン・リース。(6)年輩の退役軍人アーサー・シルヴェスター。彼はこの事故でいちばんの重症を負った。(7)古めかしい道徳心を持つ中年女性イーディス・プリチェット。(8)その息子のデイヴィッド・プリチェット。

事態収拾において厄介なのは、この主観世界はその内部にいる人間の精神へも食いこむことだ。理性的なジャックでさえ第二バーブ教の毒にあてられ、電気の初歩すらおぼつかなくなってしまう。それでも事故当事者の七人が協力し（役に立つ度合いはそれぞれ違うが）、主観世界の張本人と対峙し、その支配から抜けだすことに成功。しかし、それで終わったわけではない。彼らは元の現実へ戻ったのではなく、新たな主観世界へ移行しただけだった。
こうしてジャックたちは、ひとつをクリアすればまたひとつ、次々に別な現実へ陥入していく。どの世界も創造者の精神を反映し、それぞれ固有の妄念・偏見・欲望に律されている。はたして、この悪夢のような繰りかえしはどこまでつづくのか。

なんというめまぐるしい展開。HSFS版でこの作品に接した筒井康隆は、「シュール・リアリズムがSFに活かせる、ぼくがそれを発見したのはこの作品によってであったろう。パラレル・ワールドというジャンルがその武器になることを知ったのだ」と賞している（書評集『漂流　本から本へ』朝日新聞出版、二〇一一年）。筒井さんは学生時代にフロイト全集を通読し、同志社大学文学部心理学科の卒業論文で「心的自動法（オートマティスム）」を扱ったくらいだから、こう読むのは当然だろう。まあ、ディックの場合はオートマティスムというより、ペイパーバック作家の早書きなのだけど。でも、見切り発車で場面ごとのイメージとスピーディな転換でつなぎ、全体として何か凄い強迫観念が伝わってくるあたりは、シュールと言えなくもない。

わたくしごとで恐縮だが、ぼくが『宇宙の眼』を知ったのは、その筒井さんが編集した児童向けSF入門書『SF教室』（ポプラ社、一九七一年）によってだ。中学校の図書室にあったこの本を、何度借りだしたかしれない。同書のうち伊藤典夫担当の「世界の名作」では、ディック『高い城の男』が取りあげられているのだが（伊藤さんはディックが苦手と言いながら、こうした記事ではバランスのよい扱いをしている）、それとは別に「SFに出てくることば」を豊田有恒が書いており、そのうちの「次元（異次元・多元宇宙）」の項で『宇宙の眼』が言及されるのだ。豊田さんの文章を引用しよう。「多元宇宙のいろいろな世界が、うつり変わるたびに、宇宙に巨大な眼があらわれる。／この宇宙の眼が、ナゾをとくカギになるのだ。／この小説は、アメリカでも、多元宇宙をテーマにしたSFの傑作として、大評判になった。きみたちも、ぜひ一度読んでおきたまえ」。そう言われたら探して読むでしょう、SF少年は！　豊田さんの紹介記事にはエース版の *Eye in the Sky* の書影が添えられていた。地平線の向こうに浮かぶ巨大な眼から、数人の人物が逃げ惑っている印象的な絵柄だ。作中の描写とはだいぶ違うけど、まあ、いいか。雰囲気は出ている。

日本SF初期の担い手のなかには、いわゆるハードSFよりも精神的なもの心理的なものへの関心が強い人が少なくなかった。〈別冊・奇想天外〉2号（一九七七年四月）の企画「海外SFベスト10」はSF関係者四十人余へのアンケートによるものだが、『宇宙の眼』は第六位にランクされている。ちなみに一位は『幼年期の終り』、以下『火星年代記』『ソラリスの陽のもとに』『夏への扉』『虎よ、虎よ！』の順だ。『宇宙の眼』に票を入れたのは、浅倉久志、石上三登志、石川喬司、稲葉明雄、小松左京、筒井康隆、中田耕治、平井和正、堀晃、眉村卓。本書の訳者である中田さんはコメントで、「私がSFの翻訳を手がけたのは、もうかなり前のことで、福島正実の慫慂《しょうよう》によるものだった。これは、いまでもありがたいことに思っている。このベスト・テンに、拙訳を二篇入れてあるのは、亡き福島正実に対する感謝をこめたつもりである」と述べている。もう一篇は『虎よ、虎よ！』だ。

こうした高評価があった一方で、わが国におけるニューウェイヴSFの唱道者、山野浩一(ディック翻訳権総ざらいをおこなったサンリオSF文庫の顧問も山野さんだ)が、『宇宙の眼』を評価していないのが面白い。山野さんはHSFS版『逆まわりの世界』に解説「フィリップ・K・ディックの形而上学」を寄せ、その冒頭で「フィリップ・K・ディックの作品は、最初『宇宙の眼』が訳され、続いて『高い城の男』がやはりこのハヤカワ・SF・シリーズから出たが、この二作を読んだ時の記憶は薄く、あまり良い作品と思わなかったようだ。むろん他の多くの作家のSFもあまり良い作品と思わなかったので、ディックが特に劣悪な作家と考えたわけではない。要するにアシモフやハインラインと同じくらいつまらない作家だと思ったのである」と述べている。バッサリだ。

のちに山野さんは『火星のタイム・スリップ』を読み、『偶然世界』を読み、ディックこそ最高のSF作家と考えるようになったという(のちにバラードを読んで二番手に格下げしたとのことだが)。ちなみに先の「海外SFベスト10」アンケートで、山野さんは『火星のタイム・スリップ』を入れている。『宇宙の眼』を「アシモフやハインラインと同じくらいつまらない」とクサした山野解説は、逆説的にこの作品の特質を明かしている。山野さんは、ディック作品は通俗小説的なストーリーと、通俗SF的なアイデアを持っていると指摘したうえで、しかし『火星のタイム・スリップ』や『逆まわりの世界』のような優れた作品においては、手法としてストーリーの破綻や設定の非整合性が用いられていると評価する。つまり不条理小説であり、その難解さが読者をスペキュレーションへと導くのだ。かような価値観に照らせば、たしかに『宇宙の眼』は物足りないだろう。通俗小説・通俗SFであるばかりか、ストーリーは（それほど）破綻しておらず、設定も（それなりに）筋が通っている。不条理感は濃厚だが、それも主観世界だと明かされたとたん、すんなりと図式化される。

こうしたわかりやすさ、派手なスリルとサスペンス、娯楽読書に最適なストーリーの起伏は、言ってみれば幼稚なものだ。しかし、ディックはたんに幼稚ではなく（これはぼくがディックを好きな理由なのだが）臆面もなく幼稚で、過剰に幼稚なのだ。むちゃくちゃ腕力のあるガキがぶんぶん手脚をふりまわして暴れていて、近寄ったらアブないが、つい身を乗りだして見入ってしまう――そんな独特の魅力がある。

その臆面なさ／過剰性は、たとえば脇役である娼婦シルキーの造型・役割にあらわれており、彼女は複数の主観世界をまたいで異常な存在感を発揮する。ほかにも複数の主観世界を横断する人物（当事者八人以外）にガイ・ティリンフォード博士がいるが、こちらはベバトロン事故以前の現実（客観世界）に存在していた。それに対してシルキーは、いわば主観世界が創りだした存在だ。分析心理学で言えば、集合的無意識に潜むアニマといったところか。

それにしても、計算ができるエンタメ作家なら、もっとストーリーになじませてキャラクターを使うところだ。しかし、ディックは（キャラクターへの偏愛か、ただの無頓着なのかわからないが）ぜんぜん回収しない。あー、ベバトロンよりも始末悪いよ、このオンナ！
また、宇宙にあらわれる巨大な眼も臆面なさ／過剰性であって、ストーリー進行上はそれほど大きな意味を持たない。しかし、インパクトは抜群だ。先に引用した豊田さんの紹介文では、「多元世界がうつり変わるたびに眼があらわれる」とあったが、（本篇をお読みのかたならおわかりのとおり）これは正確ではない。しかし、そういう印象を持つのもわかる。夢に出てきそう。

さて、ディックのキャリアのなかで、『宇宙の眼』はどのような位置づけにあるか？ ひとことで言えば「出世作」だ。彼は一九五二年にSF雑誌でデビューし、三～四年は短篇を量産していたが、やがて長篇主体へとシフトする。このあたりの状況は、ディック自身が六八年のエッセイ「セルフ・ポートレート」でふれている。かいつまんで紹介しよう（同エッセイの全文は『フィリップ・K・ディックのすべて』「ジャストシステム」で読める）。

一九五四年の世界SF大会の時点で、ディックはすでに「有望な新人」と認められるようになっていた。A・E・ヴァン・ヴォクトと並んだところをファンから「新旧両巨頭だね」と言われてご満悦。ところがディックには悩みがあった。ヴァン・ヴォクトは『非Ａ《ナル》の世界』のような長篇をいくつも書いている。それに引き替え自分はどうだ。

そうだ、自分も長篇を書こう！ 最初の『偶然世界』は、書評で好ましく扱われた。また、収入的にも短篇よりも割りがいいとの算段で長篇に注力。『ジョーンズの世界』『いたずらの問題』（ともに創元SF文庫）を送りだし、その次に書きあげたのが本書『宇宙の眼』だった。「これが突破口になった」とディックは述懐する。

ディックの才能を最初に見いだした〈F&SF〉誌編集者アンソニイ・バウチャーは、この作品を年間ベスト級と賞賛し、シオドア・スタージョンは別なSF雑誌〈ベンチャー〉の書評欄で手厳しい注文をつけながらも「読み通す価値がある」と太鼓判を押した。

大先輩と会って奮起→長篇に挑戦→好評を博す、と三段跳びのようなサクセス・ストーリーだが、実際はこれほど劇的ではない。ディックはちょっと話を盛っている。「セルフ・ポートレート」は、もともとデンマークの雑誌（ファンジンかもしれない）向けに書かれたもので、海外読者にちょっと良い格好をしたかったのだろう。彼がヴァン・ヴォクトと会ったSF大会は夏だが、その前の春に『偶然世界』を書きあげていたのだ。まあ、長篇中心の執筆へのシフト、『宇宙の眼』が好評価を得たこと――この大略は嘘じゃない。

それまでの四長篇（先に題名をあげた三冊の書き下ろしと、雑誌掲載作品に加筆した『宇宙の操り人形』）は、すべてエース・ダブル（別の長篇と抱きあわせで一冊になっている）での刊行だったが、『宇宙の眼』は同じエース・ブックスからではあるものの、ダブルブックではなく一作一冊の扱いである。同社の鬼編集者ドナルド・A・ウォルハイムの眼鏡に適ったわけだ。ちなみに、ディックがつけたもとの題名は *With Opened Mind* である。

ディックは自身はこの作品について、「非現実に対するわたしの不安はこの作品から始まっている。われわれが眼にしているものは現実ではないかもしれないというアイデアが、このとき頭に浮かんだんだ」と語っている（「ディック、自作を語る」、創元SF文庫『去年を待ちながら』の巻末に大森望訳がある）。その意味でも記念すべき作品だ。

二〇一四年八月

本書は一九七〇年七月に早川書房より世界ＳＦ全集として刊行された作品を改訳のうえ文庫化したものです。

訳者略歴　1927年生，1953年明治大学文学部卒，作家，英米文学翻訳家　訳書『虎よ、虎よ！』ベスター，『死の接吻』レヴィン，『裁くのは俺だ』スピレイン（以上早川書房刊）他多数

HM=Hayakawa Mystery
SF=Science Fiction
JA=Japanese Author
NV=Novel
NF=Nonfiction
FT=Fantasy

宇宙《うちゅう》の眼《め》

〈SF1975〉

二〇一四年九月二十日　印刷
二〇一四年九月二十五日　発行
（定価はカバーに表示してあります）

著者　フィリップ・K・ディック
訳者　中《なか》田《だ》耕《こう》治《じ》
発行者　早川浩
発行所　株式会社　早川書房
郵便番号　一〇一-〇〇四六
東京都千代田区神田多町二ノ二
電話　〇三-三二五二-三一一一（大代表）
振替　〇〇一六〇-三-四七七九九
http://www.hayakawa-online.co.jp

乱丁・落丁本は小社制作部宛お送り下さい。
送料小社負担にてお取りかえいたします。

印刷・精文堂印刷株式会社　製本・株式会社明光社
Printed and bound in Japan
ISBN978-4-15-011975-1 C0197

本書は活字が大きく読みやすい〈トールサイズ〉です。